天下第一俠客

천하제일협객

천하제일협객 7

황규영 新무협 판타지 소설

초판 1쇄 찍은 날 § 2007년 5월 18일
초판 1쇄 펴낸 날 § 2007년 5월 28일

지은이 § 황규영
펴낸이 § 서경석

편집장 § 문혜영
편집책임 § 유경화
편집 § 이재권 · 유혜림

펴낸곳 § 도서출판 청어람
등록번호 § 제1081-1-89호
등록일자 § 1999. 5. 31
어람번호 § 제2-1210호

주소 § 경기도 부천시 원미구 심곡1동 350-1 남성B/D 3F (우) 420-011
전화 § 032-656-4452 팩스 § 032-656-4453
http://www.chungeoram.com
E-mail § eoram99@chollian.net

ⓒ 황규영, 2007

ISBN 978-89-251-0717-2 04810
ISBN 978-89-251-0495-9 (세트)

황규영 新무협 판타지 소설 7
[완결]

天下第一俠客

천하제일협객

Fantastic Oriental Heroes

도서출판 청어람

목차

고소미가 방 한가운데 주저앉아 지친 숨을 내쉬었다.

"헉헉. 야, 용가야."

지존이 옆에 서서 짜증 가득한 눈으로 그녀를 내려다보았다.

"내 이름은 용자룡이다, 용자룡."

"너 용이 그렇게 좋냐? 얼마나 용이 좋으면 이름에 용을 두 개나 넣었냐?"

"네가 상관할 일이 아니다."

고소미가 손을 휘저었다.

"맞아. 니 이름이 뭔지 난 관심도 없어. 하지만 한 가지는 대답해 줘."

“대답하겠다고 약속은 못한다.”

“그냥 좀 대답해 줘. 소라 지금 괜찮아?”

지존이 침을 꿀꺽 삼켰다.

“아주 잘 있다.”

“거짓말하지 마. 소라도 기연이처럼 만들려고 데려갔잖아.”

“아니다. 나를 믿어라.”

고소미가 힘겹게 몸을 일으켰다.

“내가 믿을 놈이 없어서 너를 믿어?”

그녀가 비틀거렸다. 지존은 깜짝 놀라 그녀를 잡아주려고 몸을 움직이다가 그대로 멈췄다.

“다치지 마라.”

“알아. 내가 다치면 니들이 손해가 크지. 그러니까 꼭 다쳐 줄 거야!”

고소미가 그대로 몸을 휙 뒤집으며 머리부터 땅으로 찍었다. 이젠 이런 모습에 익숙해진 지존이 손을 뻗었다.

손의 움직임이 부드러웠다. 고소미의 몸을 한 바퀴 빙글 돌려 똑바로 세워놓았다.

고소미가 욕을 했다.

“지독한 놈. 넌 방심도 안 해?”

지존은 단호하게 말했다.

“너를 앞에 두고 방심하지는 않아. 절대로.”

“넌 우리 거지만 오면 죽었어.”

지존이 화를 버럭 냈다.

“그놈의 거지 소리 좀 그만 해!”

*　　　*　　　*

원래 마교 교주의 정식 취임식은 시작하기 일 년 전부터 온 천하에 소식을 전하는 것이 전통이다. 마교의 눈치를 보는 여러 문파들은 그 기간 동안 진귀한 예물을 구해 취임식 때 바친다.

소마 북건곤의 마교 교주 취임식은 기존의 것과는 완전히 달랐다. 외부 손님은 아무도 초대하지 않았다. 그 시점에 총단에 머물던 사람들만을 모아 하객으로 삼았다.

총단의 마교 무사들은 이 갑작스런 사태에 당황했다.

“이게 무슨 난리냐?”

“우리야 위에서 까라면 까야지 뭐.”

일반 무사들이야 당황하는 것으로 끝났지만 한자리 하는 사람들은 사정이 다르다.

“도대체 예물을 뭘 준비해야 하는 거야!”

어떤 사람들은 그동안 받았던 뇌물들을 뒤져 그중에서 귀한 것을 찾아냈다. 마땅한 것이 없는 사람들은 남의 것을 훔치려고 주변을 기웃거렸다.

총단 내에 있던 사람들은 그나마 사정이 나았다. 한 시진이나마 시간이 있었다. 총단 근처에 나가 있던 사람들은 그럴 시간이 없었다. 소식을 듣자마자 죽을힘을 다해서 달렸다. 예복이나 예물은 꿈도 꾸지 못했다. 취임식 시간 안에 도착하는 것이 목표였다.

취임식 준비가 그런 식으로 얼렁뚱땅 처리됐는데 진행 역시 제대로 될 리가 없다.

소마 북건곤은 취임식의 중간 과정을 대부분 생략했다. 거의 모든 과정은 번갯불에 콩 구워 먹듯이 순식간에 끝났다.

소마 북건곤은 교주가 되자마자 사람들 앞에서 선언했다.

"나는 지금부터 두 가지를 하겠다."

무림에 악명이 자자한 마두에서부터 이름 모를 마졸까지 모두 북건곤의 입을 주시했다.

"첫째. 배교에 대해 철저한 조사를 하겠다. 놈들은 감히 우리 교에 침입했다. 나의 아버지를 죽이고 우리 교를 차지하려고 했다. 감히 그런 짓을 했다. 나는 용서하지 않겠다. 우리 교를 건드린 놈들을 모두 죽여 버리겠다. 다시는 그 누구도 우리 교에 손대지 못하게 만들겠다!"

마교도들이 함성을 질렀다.

"와아아!"

북건곤이 손을 들었다. 사람들이 즉시 입을 다물었다.

"둘째. 무림을 제패하겠다!"

사람들은 이 갑작스러운 선언에 어떻게 반응해야 할지 몰라 웅성거렸다. 북만극의 평화주의가 그들에게 끼친 영향은 그만큼 컸다.

북건곤이 다시 손을 들었다. 사람들이 입을 다물고 긴장한 채 북건곤의 다음 말을 기다렸다.

북건곤이 말했다.

"전쟁이다."

침묵이 흘렀다.

북만극은 오랜 세월 동안 마교를 눌러 전쟁을 막았다. 하지만 마교의 근본은 힘을 숭상하는 것이다. 북만극이 만들어낸 평화는 그들의 본성에 맞지 않는다.

누군가가 소리를 질렀다.

"교주님 만세!"

그 소리를 신호로 여기저기서 함성이 터져 나왔다.

"천하제일교주!"

"무림제패! 무림제패!"

함성은 점점 커져 광장을 가득 채웠다.

한천양은 그 모습을 보며 정신이 아득해졌다.

'교도들의 지지를 단숨에 획득했다. 교도들은 약해 빠진 정파와 평화롭게 지내는 것에 불만이 많았지. 북건곤, 무공만 강한 자가 아님은 알고 있었지만 이렇게 단숨에 교를 휘어잡다니. 이제 우리 힘으론 북건곤을 누를 수 없다.'

*   *   *

남궁진미는 전서구를 통해 날아온 작은 통을 조심스럽게 개봉했다. 첫 줄을 확인한 그녀의 얼굴이 살짝 굳었다.

"할아버지께서 나에게?"

작은 쪽지에는 깨알만 한 글씨가 가득 적혀 있었다. 그녀는 그것을 천천히 읽어 내렸다. 마지막까지 읽은 후 확인 삼아 처음부터 다시 읽었다. 빼먹고 못 읽은 문구가 없는지 확실히 확인했다.

그녀가 손가락 사이에 쪽지를 넣고 비볐다. 쪽지가 가루로 변해 흩어졌다.

그녀의 얼굴에 웃음이 맺혔다.

*   *   *

당이환도 전서를 받았다. 그는 전서통의 봉인을 조심스럽게 제거했다.

"지독한 독으로 봉인했군. 얼마나 중요한 내용이지?"

쪽지를 펴 첫 줄을 읽었다.

"큰형님께서 나에게?"

그는 쪽지 내용을 꼼꼼히 읽었다. 잘못 읽지 않았는지 몇 번을 확인했다.

쪽지를 손가락 사이에 끼우고 비볐다. 쪽지가 독기운에 녹아 사라졌다.

그의 얼굴이 딱딱하게 굳었다.

*　　　*　　　*

서흑수는 남궁진미와 당이환 중 누구를 먼저 찾을지 잠깐 고민했다.

'일단 찰거머리부터.'

그는 우선 남궁진미를 찾아갔다. 남궁세가에 할당된 건물 앞에는 무사 몇 명이 보초를 서고 있었다. 서흑수는 그들 중 한 명에게 말했다.

"진미 아가씨를 뵙고 싶습니다."

남궁세가의 무사는 젊은 남자가 남궁진미를 찾아오자 기분이 나빠졌다.

'이 불나방 같은 놈이 소저의 미모에 빠졌군. 주제를 모르는 놈. 나처럼 그냥 바라보기만 해야지.'

불쾌한 표정으로 말했다.

"우리 남궁진미 소저를 말하는 거요?"

"맞습니다."

"우리 매화 소저는 아무나 만날 수 있는 분이 아니시오."

"제가 찾아왔다고 전해나 주십시오."

"흠! 이름을 들어보고 그럴 가치가 있으면 그러겠소."

옆에 있던 중년 무사가 그를 말렸다.

"어허, 이 친구. 어찌 사람을 그리 대하나?"

"조장님, 아시다시피 이런 놈이 매일 몇 명씩 찾아옵니다. 이젠 지겹습니다."

"우리가 잘못하면 세가가 욕을 먹네."

"알겠습니다."

그가 서흑수를 보고 여전히 싸늘한 목소리로 말했다.

"이름이 어떻게 되쇼?"

"서흑수입니다."

"서흑수? 어서 많이 듣던 이름… 헉!"

무사의 얼굴이 흙빛으로 변했다. 말도 제대로 못하고 손가락으로 서흑수만 가리킨 채 굳었다.

"어, 어, 어……."

조장인 중년 무사가 급히 나섰다.

"자, 잠시만 기다려 주십시오."

그 무사는 부리나케 안쪽으로 뛰어갔다.

또 다른 무사가 당황한 얼굴로 그에게 사과했다.

"서 준호법님, 친구의 무례를 사죄드립니다. 저 친구가 원래 저런 친구가 아닌데, 젊은 남자가 매화 소저를 찾기만 하면 뭐가 그리 불만인지……."

서흑수가 웃어주었다.

"괜찮습니다."

'세가의 젊은 무사들이 찰거머리를 좋아하나 보군. 하긴, 찰거머리가 겉모습은 꽤 예쁘지. 속은 도둑년이지만.'

서흑수는 남궁진미가 금방 나올 것으로 예상했다. 그러나 그녀는 꽤 긴 시간이 흐른 후에야 천천히 걸어나왔다.

그녀는 아까 헤어질 때와는 완전히 다른 모습을 하고 있었다.

활동에 편한 옷은 벗고 화려하고 깨끗한 옷을 입고 있었다. 얼굴은 분을 발라 원래 곱던 피부를 한층 더 뽀얗게 만들었다. 붉은빛을 칠한 입술이 마치 잘 익은 앵두 같았다.

서흑수가 그 모습을 보고 생각했다.

'우리를 따라다니느라 고생을 했지만 원래는 남궁세가의 금지옥엽. 자기가 통제할 수 있는 공간으로 들어가자마자 숙녀로 변했군.'

남궁진미가 서흑수를 보고 방긋 웃었다. 보조개가 예쁘게 만들어졌다.

"서 공자가 저를 다 찾아오시다니. 정말 놀랄 일이네요?"

"대화를 좀 하고 싶어서 찾아왔습니다."

"어머, 그래요? 안으로 들어오시겠어요? 차라도 마시면서 이야기해요."

서흑수는 그녀가 나온 건물을 힐끗 쳐다보았다. 건물 안에서 여러 사람의 기척이 느껴졌다. 그중의 일부는 제대로 느끼기도 어려울 정도로 은밀했다. 고수의 기척이었다.

'저긴 귀가 너무 많아.'

"같이 산책이라도 하겠습니까?"

남궁진미가 가벼운 걸음으로 다가왔다.

"가요."

서흑수와 남궁진미는 간단한 잡담을 나누며 무림맹을 걸었다. 대화 내용에 알맹이는 없었다. 그는 남궁진미를 사람들이 잘 오지 않는 작은 숲으로 이끌었다.

남궁진미는 군소리없이 그를 따라왔다. 다른 젊은 여자들처럼 소소한 화젯거리를 끊임없이 쏟아냈다.

숲에 들어온 후 서흑수가 지나가는 말처럼 질문했다.

"남궁세가의 가주님께서 무림맹으로 오신다는 소리를 들었습니다."

서흑수는 그 이야기를 제갈관우에게 들었다. 남궁현천이 오면 직접 조사하는 것이 그가 맡은 일이었다.

'찰거머리를 통해서 남궁현천에게 접근하자.'

남궁진미가 미소를 지었다.

"할아버지요? 그럴 예정이었죠."

"그럴 예정? 안 오십니까?"

"사천의 조사단으로 방향을 바꾸셨어요."

서흑수의 의심이 한층 심해졌다.

'한 세가의 가주씩이나 되는 사람이 왜 그곳으로 가지?'

"남궁현천 대협의 명성은 무림을 진동시킵니다. 그런 분이 왜 무림맹으로 직접 오시지 않고 일선에서 일하는 조사단으로 가십니까?"

'그가 청풍이니까? 조사단을 정찰하러?'

남궁진미가 작게 웃었다.

"호호. 할아버지가 뭐라고 전서를 날리셨는지 아세요? '사천 조사단으로 형을 만나러 간다' 였어요."

"조사단에 남궁현천 대협의 형님이 계시다고요?"

그녀가 고운 손을 흔들었다.

"아뇨. 거기 검선께서 계시잖아요."

서흑수의 얼굴이 살짝 굳었다.

'그 나이에 형님이 아니라 형이라고 부른다? 예의를 차려야 하는 얕은 관계가 아니다.'

"검선께서 아직 조사단에 계십니까?"

"어머, 그러고 보니 서 공자께서는 검선을 뵌 적이 없으시네요. 공교로워라."

"무림에 그런 사람이 있다는 것도 저번에 진미 아가씨에게 들은 것이 처음입니다."

"무림맹에서 조사단을 지원하기 위해서 검선 할아버지를 파견하셨어요. 서 공자는 그때 마교를 찾아갔었죠."

"맞습니다."

"서 공자가 돌아오자마자 다시 무림맹으로 가는 바람에 검선 할아버지를 못 뵌 거예요. 검선 할아버지께서는 조사단 활동을 도와주고 계세요. 성과도 많이 내셨어요."

서혹수는 이 이야기를 심각하게 받아들였다.

'남궁세가 가주 남궁현천과 아주 가까운 검선. 그가 조사단의 일에 깊이 개입하고 있어. 만약 남궁현천이 청풍이라면 자기와 가까운 사람을 이용해서 조사단의 정보를 빼내고 싶겠지. 그 나이에 형이라고 부른다면 아주 가깝다는 소리. 아니면 검선 역시 배교의 인물이거나.'

서혹수의 머릿속에서 그림이 그려졌다.

'그래. 검선은 지난 이십여 년 동안 활동이 없었어. 천년독각사가 잡힌 것으로 추정되는 때는 그가 활동을 접을 때쯤이야. 그리고 이십여 년 만에 나타났는데 그게 하필 배교가 본격적으로 활동하는 시기. 더구나 그는 배교를 추격하는 일에 개입했어. 검선은 배교의 핵심 인물일 가능성이 높아.'

서혹수가 남궁진미를 빤히 쳐다보았다.

'검선은 배교의 인물. 남궁현천이 청풍이라면 남궁세가는 처음부터 배교의 일에 개입했어. 이 모든 가정이 사실이라면 이 아가씨도 뭔가 알겠지. 찰거머리의 무공이 정말 낙뢰검법이라면 이 여자도 깊게 개입한 거겠지. 아마 그렇겠지. 영악한 년.'

남궁진미는 서흑수가 무슨 생각을 하고 자신을 보는지 깨닫지 못했다. 그 시선에서 뜨거움을 느낀 그녀는 얼굴을 붉히며 질문했다.

"왜 그런 눈으로 보세요?"

서흑수가 분노를 감추기 위해서 말했다.

"화장하니까 보기 좋네요."

남궁진미의 얼굴이 화악 달아올랐다. 그녀가 두 뺨을 손으로 가리며 말했다.

"가, 갑자기 그런 말을……."

서흑수가 속으로 그녀를 씹었다.

'가증스러운 년. 모든 것이 연기야. 부끄러워하는 척하고 있어. 연기 하나는 정말 죽이게 하는군.'

서흑수는 남궁진미와 헤어진 후, 고세옥에게로 돌아가며 생각했다.

'이제 남궁세가주가 청풍일 확률은 구 할쯤 돼. 그럼 이쪽으로 밀어붙여 볼까?'

고세옥을 찾아갔던 그는 걸음을 멈추었다.

'당이환 대협?'

다른 것이 생각났다.

'남은 일 할의 가능성은 바로 당문. 당문에 실마리가 연결되어 있는 게 문제야.'

그의 시선이 닿는 곳에서 당이환이 고세옥의 무공을 지도하고 있었다.

당이환이 서흑수를 힐끗 보더니 말했다.

"왔냐?"

"여기서 뭐 하시는 겁니까?"

"보면 모르냐? 세옥이 무공 지도하고 있지."

"당문 사람들과 함께 지내시는 줄 알았습니다."

"거긴 인사나 하러 들렀지."

"돌아오실 줄 몰랐습니다."

당이환이 서흑수를 향해 돌아섰다.

"소미를 아직 찾지 못했지. 나는 화련이에게 약속했다. 소미를 찾아주겠다고."

서흑수는 당이환과 마주 서자 의심이 무럭무럭 솟아올랐다.

'배교와 손을 잡은 것은 남궁세가임이 거의 확실해. 하지만 한 가지가 엇갈려. 소미와 소라 아가씨는 당문의 방계 가문에 방문했다가 그 정체를 들켰을 거야. 그럴 가능성이 높아. 남궁세가에서 당문에 손을 썼을 리가 없어. 이 모순점은 도대체 어떻게 해결하지?

생각을 감추고 말했다.

"참 잘하시겠습니다."

서흑수의 말에는 자기도 모르게 가시가 돋아 있었다.

당이환이 고세옥에게 말했다.

“잠시 쉬자꾸나.”

“예, 당 대협.”

당이환이 서흑수에게 말했다.

“흑수 너, 뭐가 불만이냐?”

“불만이라니요. 그런 것 없습니다.”

‘남궁세가가 아니라 당문이 배교와 손을 잡았을 수 있어. 당이환 대협은 그래서 돌아온 걸 수 있어. 나를 감시하기 위해서. 단 일 할의 가능성일 뿐이야. 하지만 불가능한 건 아니야. 일 할이 아니라 일 푼의 가능성만 있어도 의심해 주겠어.’

당이환이 불쾌한 얼굴로 따졌다.

“그런데 어째 나를 대하는 태도가 삐딱하다? 네 녀석이 설마 명성 좀 얻었다고 나를 함부로 대할 리는 없을 텐데?”

“그걸 어떻게 확신하십니까?”

“그런 싸가지없는 놈이었다면 애초에 거지꼴로 고가장에 나타나지도 않았겠지. 신비협객 왕삼씩이나 되는 놈이 거지꼴로 굶고 다녔다는 건 명성을 쫓지 않는다는 뜻이니까. 아니면 다른 비밀이 있거나.”

서흑수는 다른 비밀이라는 말을 듣자 심장이 뜨끔했다.

‘내가 마교와 무림맹에서 얻은 지지는 단 한순간에 무너질 수 있어. 내가 예전에 저지른 짓이 밝혀지는 순간 모든 게 끝장나. 누구도 미친놈을 지지하지는 않을 테니까. 그리고 이

사람은 여전히 나를 의심하고 있어.'

둘 사이의 분위기에 긴장감이 돌자 당황한 고세옥이 말했
다.

"아, 그러고 보니 누나 생일이 얼마 안 남았네."

서흑수는 달아날 구멍을 찾았다. 그는 재빨리 말을 돌렸
다.

"그전에 소미를 찾아서 제 날짜에 생일잔치를 해줘야지.
안 그렇습니까, 당 대협?"

당이환의 얼굴은 일그러져 있었다.

"소미의 생일?"

고세옥은 둘의 얼굴을 보고 재빨리 판단했다.

'흑수 형 쪽은 풀어졌어. 당 대협만 풀어드리면 되겠군.'

"예. 누나 생일이 이번 달이거든요."

"세옥이 네 나이가 열아홉이지?"

"예."

당이환이 얼굴을 폈다.

"그래. 생일 전에는 찾아야지. 노력하자꾸나."

분위기가 다시 밝아지자 서흑수가 말했다.

"저는 사천의 조사단으로 돌아갑니다."

"그곳에? 왜?"

"남궁현천 대협이 그곳으로 향했다고 합니다. 그분과 함께
조사할 것이 좀 있습니다."

‘남궁현천 자체를 조사해야지.’

“흐음. 남궁현천 대협이라… 좋다, 서둘러 짐을 챙기도록 하지.”

“형, 나도 얼른 챙길게.”

서흑수가 당이환을 보며 말했다.

“감사합니다.”

‘역시 따라붙는군. 소미를 찾는 것이 목적이냐, 아니면 내가 목적이냐? 당이환 대협, 당문은 정말 깨끗한가?’

서흑수와 고세옥은 방에 들어가 짐을 챙겼다. 당이환은 자기는 따로 챙길 것이 없다며 따라 들어와 구경했다.

서흑수가 봇짐을 풀어 필요한 물품을 확인했다.

“마른 음식은 다음 객잔에서 보충하면 되고, 여행 경비도 이만하면 됐고.”

봇짐을 정리하자 그 속에서 금목걸이가 하나 나왔다. 서흑수가 목걸이를 들고 생각했다.

‘소미야.’

그 목걸이는 예전에 손광태가 당화련에게서 훔쳤던 것이다. 그리고 서흑수가 이것을 찾아 당화련에게 돌려주었다.

그것이 고소미의 손에 넘어갔다가 납치당할 때 뒷목을 맞는 순간 끊어졌다. 그리고 납치 현장을 살피던 서흑수에게 발견되어 그의 수중에 들어갔다.

서흑수가 목걸이를 보고 회상에 잠기자 고세옥이 말했다.

"와, 엄마 목걸이구나."

"너도 아는구나."

"그럼. 엄마가 이거 얼마나 소중하게 생각했는데."

"그렇게 소중한 걸 왜 소미에게 줬지?"

"소라 누나가 경호무사 생겼다고 자랑했을 때 누나가 그거
부러워 죽으려고 했거든."

"경호무사? 내가 있는데 왜 경호무사를 부러워해?"

"아니. 경호무사 붙여주는 아버지가 있다는 것 때문에 무
척 부러워했어. 그래서 엄마가 이걸 누나한테 준 거야. 아빠
가 준 거라고 하면서."

갑자기 서혹수의 옆쪽에서 강력한 기세가 몰아쳤다. 서혹
수는 그 기운을 느끼자마자 몸을 옆으로 날렸다.

서혹수가 서 있던 공간을 당이환의 손이 훑고 지나갔다. 그
의 손가락이 갈퀴처럼 변했다.

'기습! 당이환. 내가 방심한 틈을 노렸어. 드디어 정체를
드러내는 거냐!'

당이환이 서혹수를 향해 달려들었다. 그의 손이 번개처럼
날아왔다.

서혹수의 왼손이 마주 날아갔다. 두 손이 공중에서 충돌했
다 맞부딪친 장력이 폭발했다. 강력한 충격파가 문짝을 날려
버렸다.

두 사람이 뒤로 쿵쿵 물러났다. 서혹수가 한 걸음, 당이환

이 세 걸음을 물러섰다.

서흑수가 날카로운 눈으로 당이환을 노려보았다. 기다렸던 순간이다. 하지만 의문이 들었다.

'그런데 왜 지금 기습했을까?

"뭘 원하지?"

당이환이 붉어진 눈으로 말했다.

"좀 보자."

"뭘?"

"그 목걸이 좀 보자."

"이건 소미의 목걸이다. 다른 단서는 없어."

"그 목걸이, 눈에 익구나."

서흑수는 뒤통수를 망치로 얻어맞는 것 같았다.

'설마!

그는 즉시 고세옥에게 말했다.

"세옥아, 밖에 나가서 누가 다가오지 않는지 감시해라."

고세옥은 누구를 편들어야 할지 몰라 울상을 짓고 있었다.

"싸, 싸우지 말고……."

"싸우지 않아. 작은 오해였을 뿐이다. 아무도 다가오지 못하게 멀찌감치 나가서 감시해!"

"아, 알았어."

고세옥을 바깥으로 내보낸 후 서흑수가 목걸이를 내밀었다.

"망가뜨리면 가만두지 않겠습니다."

당이환이 목걸이를 조심스럽게 받아 들었다. 그는 그것을 부드럽게 쓰다듬으며 말했다.

"틀림없군. 틀림없어."

서흑수가 질문했다.

"무슨 사연입니까?"

"꼭 알아야 하나?"

"대충 짐작은 하고 있습니다. 하지만 확실히 해야겠습니다."

'이건 당신을 신뢰할 수 있느냐 아니냐의 문제이니까.'

당이환의 눈에 눈물이 맺혔다.

"이건 내가 화련이에게 선물한 목걸이다."

서흑수는 예상했던 그대로의 이야기가 들리자 조금 씁쓸해졌다.

'예전에 목걸이를 잃어버렸을 때, 마님은 이게 소미의 아버지가 선물로 준 거라고 했다. 분명히 소미의 아버지라고만 말했어. 죽은 고가장주라고 말하지 않고.'

"두 분의 관계는……."

"결혼하려고 했지."

"왜 마님을 버렸습니까?"

"버리지 않았다. 오히려 내가 버림받았어."

서흑수는 당황했다. 그가 예상한 이상의 이야기였다.

'뭐?'

“설명을 해주십시오.”

당이환이 목걸이를 물끄러미 바라보다가 결심한 듯 말했다.

“꼭 들어야 하나?”

“중요한 일입니다.”

“왜 중요하지?”

“당신을 얼마나 신뢰해야 하는지 알아야겠습니다.”

당이환이 한숨을 쉬었다.

“휴우. 날 의심하고 있었군.”

“고가장을 떠날 때 결심했습니다. 소미를 찾을 때까지 모든 사람을 의심하겠다고.”

“좋네. 말하지. 자네만 알고 있게.”

“그래서 세옥이를 멀리 보냈습니다.”

당이환이 의자에 털썩 앉았다. 손에 든 목걸이를 쓰다듬었다.

“우리 아버지가 바로 당문의 문주이신 독제 당백결 대협이시지.”

“알고 있습니다.”

“우리 어머니는 누군지 아는가?”

“당문의 안주인은 모용청 여협이라고 알고 있습니다.”

“아니, 그분은 우리 형님의 친어머니시지. 내 어머니시기도 하지만 친어머니는 아니시라네.”

"그럼 친어머니는……."

"나도 모르지. 기녀 출신이라고만 알고 있네."

"출생의 비밀이 있다고 하나 지금 당 대협께서는 당문의 삼공자이십니다. 그게 이 일과 관계가 있습니까?"

"있지. 자네는 지난번에 왜 독룡대가 왔는지 아는가?"

"독룡대장 당이암 대협도 같은 처지입니까?"

"그렇지. 그 녀석도 비슷해. 무림에 그다지 알려진 이야기는 아니야. 하지만 아는 사람은 알아. 그렇게 심하게 차별을 받는데 모를 수가 있나."

"차별받는 사람이 어떻게 삼공자로 인정받습니까? 그것도 당문제일검의 무림명과 함께 인정받았잖습니까?"

"이암이나 나는 모두 죽도록 노력했네. 지금의 위치를 얻기 위해서 정말 노력했지. 차별을 극복하고 지금 지위를 얻기 위해서 안 해본 짓이 없네. 내가 왜 그렇게 고문 수법을 많이 아는지 아는가? 가문을 위해서 별의별 짓을 다 했기 때문이야."

"그것과 이 일의 상관 관계를 아직 모르겠습니다."

"이십 년쯤 전에, 나는 화련이와 결혼을 약속한 사이였네. 화련이가 지금도 그렇게 예쁘니 그때는 얼마나 고왔겠나?"

"소미를 생각한다면 마님의 옛날 미모도 짐작이 갑니다."

"화련이를 위해서 나는 가문에서 인정받았어야 했네. 화련이와 결혼하려면 그 이전보다 더 인정받았어야 했지. 화련이까지 차별받게 할 수는 없었으니까."

"그래서 어떻게 하셨습니까?"

당이환이 잠시 입을 다물었다가 다시 이야기를 시작했다.

"그 당시에 사천에서 배교의 잔당들이 발견되었네. 마지막 잔당이라고 생각했지. 나는 그 일에 뛰어들었네."

서흑수의 눈이 커졌다.

"배교?"

"그래. 지금 말썽을 부리는 그 배교라네. 그 일에 사천의 무인들이 여럿 참여했지. 배교의 마지막 잔당을 박살 낸 것은 검선이셨지. 듣기로 그분이 가장 많은 전공을 세우셨다고 했어. 그다음이 남궁현천 대협이었고. 하지만 나도 세운 공이 적지 않았다네."

서흑수의 안색이 변했다.

'역시 남궁세가와 검선. 그들은 배교와 뭔가 관계가 있다.'

당이환이 목걸이를 살펴보며 말했다.

"배교의 잔당과 일 년을 싸웠네. 무공이 부족한 때였지만 공을 세워야만 했네. 화련이에게 내가 당한 설움을 줄 수는 없었으니까. 결국 배교를 모두 토벌하고 나서 당문으로 돌아왔네. 무림명도 하나 얻었지. 그런데 돌아왔더니 뭐가 나를 기다리고 있었는지 아나?"

서흑수는 짐작할 수 있었다. 하지만 말하지 못했다.

"모릅니다."

“화련이가 시집가 버렸더군, 고가장으로. 난 정말 하늘이 무너지는 것 같았네.”

서흑수는 석연치 않았다.

‘이상해. 뭔가 이상해.’

“그래서 어떻게 하셨습니까?”

“어쩌겠나? 기다려 주지 못한 여인을 원망했을까? 아니, 나는 미안했네. 그녀를 기다리게 해서 미안했네. 더 일찍 돌아왔어야 하는데. 그깟 명성보다는 그녀와 같이 있는 것이 더 중요했는데.”

“당문제일검이 되신 것이 그 일과 관계가 있습니까?”

당이환이 망설이다가 말했다.

“화련이를 잊기 위해서 죽도록 수련했네. 독과 암기의 비전도 익혔네. 하지만 비전 중의 비전은 내가 배울 수 없었지. 그건 적통에게만 허락된 것이야. 차별받는 내게는 허락되지 않았지. 나는 그래서 검을 택했네. 검을 죽도록 수련했지.”

“당문의 검법을?”

“아니, 화련이를 잃은 대신에 외부의 검법 하나를 얻었네. 그것을 수련했지. 그것이 경지에 오르자 가문의 검법도 자연히 수준이 높아지더군.”

“그 검법에 대해서 남들도 압니까?”

“모르지. 아무도 모르지. 아직도 완성하지 못했으니까. 완성하고 나면 모두에게 공개하려고 했지.”

당이환이 자랑스럽게 말했다.

"그래서 나는 적들의 습격을 두려워하지 않았네. 놈들이 예상한 나의 실력. 그건 진짜가 아니니까."

"왜 고가장주가 죽고 나서 고가장을 찾지 않았습니까? 그때는 찾아간다고 해도 아무도 손가락질하지 않았을 겁니다."

"나는 화련이를 다시 볼 면목이 없었네. 미련 때문에 화련이의 친정을 자주 들르기는 했네. 혹시 화련이가 놀러 왔을 때 우연이라도 만날까 해서."

서흑수가 당이환의 눈을 보았다.

'거짓말은 아니야. 하지만 뭔가 더 있어. 당 대협도 모르는 뭔가가 더 있어. 자기 일이라 생각 못하는 거야. 이건 뭔가 앞뒤가 맞지 않아.'

"그 목걸이가 뭔지 아십니까?"

"내가 배교의 잔당들과 싸우러 가기 전에 화련이에게 선물로 준 거지."

"마님은 그 목걸이를 소미의 아버지에게 받았다고 했습니다."

당이환의 눈에 눈물이 맺혔다.

"소미의 생일이 이번 달이라는 소리를 듣고 조금 의심하기는 했네. 내가 싸우러 가기 전날, 화련이와 첫날밤을 보냈으니까. 그날부터 계산하면 날짜가 맞으니까. 하지만 소미가 남들보다 일찍 태어났을 수도 있다고 생각했지."

"이젠 진실을 아십니까?"

당이환이 주먹을 꽉 쥐었다.

"그래. 소미는 내 딸이지. 이십 년을 모르고 살았네. 아직 얼굴도 모르지. 아비가 돼서 딸 얼굴도 몰라. 내가 그렇게 서럽게 자랐으면서, 정작 나는 내 딸이 있는 것조차 몰랐다니. 난 정말 한심한 놈이군."

서흑수는 당이환을 뚫어져라 쳐다보며 생각했다.

'이제 당이환 대협을 믿어도 될까? 아니야. 부족해. 한 가지가 더 필요해. 당이환 대협을 확실히 믿으려면 한 가지를 더 확실히 해야 해. 그러기 위해서는 조사단으로 가야 해. 그리고 계획을 조금 바꿔야겠다.'

그는 당이환을 내려다보며 말했다.

"전 출발하기 전에 처리할 일이 좀 있습니다. 여기서 잠시 기다리시지요."

당이환이 눈을 빛내며 일어섰다.

"서둘러라. 이젠 내게도 남은 시간이 없다."

서흑수는 제갈관우를 찾아갔다. 그가 뭐라고 인사말을 하기도 전에 요구 사항부터 토해놓았다.

"사천신투를 찾아주십시오."

제갈관우가 잠시 생각하다 말했다.

"독은 독으로 제압하는 수법이군. 복면미녀를 상대하기 위해서 사천신투가 필요한가?"

"나중에 알게 될 겁니다. 지금은 묻지 말고 사천신투를 찾아주십시오. 최대한 조심해서."

"하지만 그는 신출귀몰한 도둑놈이네. 쉽게 찾을 수는 없어."

"놈은 아마 아직 감옥에 갇혀 있을 겁니다. 설사 탈옥했다고 하더라도 요새 주로 어디서 활동했는지에 대한 정보를 제공하겠습니다. 거기다 놈의 행동 습성까지 알려 드리면 되겠습니까?"

"호오. 그런 정보가 있나? 그렇다면 잡은 것이나 다름없지. 알았네. 비각의 최정예 요원을 동원해서 잡아오겠네."

"무림맹으로 데려오지 마십시오. 때와 장소를 가르쳐 드릴 테니 그곳에 데려다 놓으십시오."

제갈관우는 아무 불만이 없었다.

'발에 땀나도록 뛰어야 하는 건 어차피 부하 녀석들이지 내가 아니야. 그리고 서혹수라면 이유가 있어서 그놈을 요구하는 거겠지.'

"알았네. 다른 사람도 아니고 자네가 요구한다면 그렇게 하지."

서혹수 일행의 인원 구성은 변하지 않았다. 남궁진미는 당당하게 따라붙었다. 제갈무한은 그녀의 꽁무니를 쫓는 척하며 뒤를 따랐다. 팽도천은 정말로 그녀의 꽁무니를 쫓았다.

언제나처럼 그들은 강행군을 했다. 이제는 지존이 보든 말든 상관이 없었다. 말을 갈아타며 큰길을 달렸다.

사천에 들어선 후 서흑수가 일행에게 말했다.

"우선 독룡대부터 만나겠습니다. 그들의 현재 위치는 예정대로입니까?"

당이환이 대답했다.

"물론이다. 재차 확인했다. 현재 당문으로 복귀 중이다."

"반드시 당문에 도착하기 전에 만나야겠습니다."

남궁진미가 질문했다.

"서 공자, 왜 조사단이 아니라 독룡대를 찾아가는 거죠? 조사단으로 가면 우리 할아버지와 검선 할아버지가 계세요. 그분들의 도움을 얻는 것이 더 좋지 않나요?"

"아니, 독룡대를 만나 먼저 확인할 일이 있습니다."

'당문에 청풍이 있다면 남궁세가에는 볼일없어. 당문이 결백하다면 남궁세가에 청풍이 있겠지.'

그녀는 따지지 않았다.

"뭐, 서 공자가 그렇다면 그런 거겠지요."

서흑수는 새로운 의심이 들었다.

'찰거머리가 왜 이렇게 순순히 말을 듣지? 평소와 달라. 뭘 노리는 거지?

서흑수가 쳐다보자 남궁진미가 방긋 웃어주었다.

“어서 가요.”

그들은 결국 독룡대가 당문으로 돌아가기 하루 전에 그들을 따라잡았다. 그곳은 당문에서 겨우 하루 거리였다.
당이환이 손을 흔들었다.
“여어, 잘들 있었나?”
독룡대 무사들이 일제히 포권을 했다.
“삼공자를 뵙습니다!”
당이암이 당이환을 맞았다.
“형님, 여기서 만날 줄은 몰랐습니다.”
“어, 그렇게 됐다.”
“집으로 돌아가시는 중이십니까?”
“그렇지. 그보다 이암아, 우리 잠깐 이야기 좀 할까?”
당이암의 눈빛이 변했다.
“여기서 하기 곤란한 이야기입니까?”
“그렇지. 여기 흑수 녀석이 몇 가지 묻고 싶은 것이 있다는구나.”
당이암이 서흑수를 돌아보았다. 농담 삼아 말했다.
“이게 누구야? 무림맹의 준호법이자 마교의 준호법이시며 그 명성이 무림을 쩌렁쩌렁하게 울리는 신비협객 서흑수 대협 아닌가?”
“그런 명성은 필요없습니다.”

'난 그런 걸 가질 자격이 없어.'

"역시 명성대로군. 그래, 그 대단하신 분께서 무슨 일로 나를 보자는 건가?"

"꽤나 개인적인 일이 될 수 있어 남들의 귀가 없는 곳에서 대화하고 싶습니다."

당이암은 기분이 좋아졌다.

'서혹수처럼 명성 높은 녀석을 형님 덕분에 미리 알게 돼서 다행이다. 지금 무림에서 신비협객 서혹수에게 일방적으로 말을 놓을 수 있는 자가 얼마나 될까?'

"하하하. 그러지."

남궁진미가 그들의 대화에 따라붙으려고 했다.

"저도 같이 가도 되겠죠?"

서혹수가 손을 휘저었다.

"개인적인 일이라 했습니다."

"하지만 당이환 대협께서는 같이 가시잖아요."

"당 대협과도 관계가 있는 이야기입니다. 하지만 찰… 진미 아가씨와는 상관없는 이야기입니다."

남궁진미가 입술을 깨물었다.

"흥. 알았어요."

第二章

　서흑수는 당이환과 당이암, 두 사람과 함께 숲으로 들어섰다. 일행과 적당히 거리를 띄운 후 당이환이 말했다.

　"흑수, 네 녀석의 요청대로 이암이를 불러왔다. 묻고 싶은 것이 뭐냐?"

　서흑수가 당이암의 눈을 쳐다보며 질문했다.

　"당이암 대협, 당화련 마님을 아시지요?"

　당이암이 작게 움찔거렸다.

　"물론 안다. 모를 리가 없지."

　그 모습이 서흑수의 눈에 잡혔다. 애초에 그런 반응을 기대하고 물어본 질문이기에 놓칠 수가 없었다.

‘찔리는 게 있어. 내가 원하는 것을 안다는 뜻.’

“당화련 마님께서 왜 고가장에 시집가셨습니까?”

“그걸 내가 어떻게 알겠나? 그거야 화련이의 사정이지.”

“당화련 마님은 당시 당이환 대협의 아이를 임신하고 계셨습니다. 그 아이가 바로 소미입니다.”

당이암의 눈이 커졌다.

“뭐, 뭣이?”

“당이암 대협이 알던 것보다 더 큰 사건입니까?”

당이암이 당이환을 돌아보고 더듬거렸다.

“혀, 형님, 그게 정말입니까? 고소미가 정말 형님의 딸입니까?”

“나도 최근에 알았다. 그리고 소미는 원래 고씨가 아니다. 앞으로는 당소미라고 불러라.”

“허, 어떻게 그런 짓을……..”

서흑수가 당이암의 눈앞에 얼굴을 들이밀고 질문했다.

“그런 짓? 무슨 짓?”

“아, 아니, 나는……..”

서흑수가 한 걸음 물러서서 말했다.

“두 분의 관계는 당이환 대협께 들어 알고 있습니다. 당장 얼마 전에만 해도 당이환 대협의 지원 요청에 직접 나선 당이암 대협이십니다. 당화련 마님이 시집갈 때 당이암 대협이 구경만 했을 리는 없습니다.”

"그, 그야 그렇지. 형수님이 될 거라고 믿었으니까. 하지만
그때 난 그걸 막을 만한 힘이 없었어. 그땐 독룡대장도 아니
고 그저 흔한 젊은 무사였으니까."

"그래도 뭔가 알고 있습니다. 그게 뭡니까?"

당이암은 말을 못하고 머뭇거렸다.

당이환은 고소미가 자신의 딸인 것을 알고 나서 자기 인생
에 그것보다 더 놀랄 일은 없다고 생각했다. 하지만 당이암이
머뭇거리는 것을 보자 다른 생각이 떠올랐다.

"소미가 내 딸이라는 것이 전부가 아니구나."

"혀, 형님."

"넌 뭘 알고 있느냐?"

"말하기가 좀……."

"세가에 너와 나는 같은 처지. 어려서부터 서로 의지하고
자라지 않았느냐? 뭘 알고 있느냐?"

당이암이 한숨을 크게 내쉬었다.

"휴우. 제가 어떻게 형님께 숨기겠습니까? 모든 것을 다 말
씀드리겠습니다."

"고맙구나."

"화련이가 고가장으로 시집간다는 소리를 들은 건 형님이
떠나고 나서 넉 달 뒤의 일입니다."

"넉 달이었구나. 난 그런 것을 묻는 것이 두려웠다. 겨우
넉 달… 화련이는 그것밖에 기다리지 않았구나."

서흑수가 참견했다.

"넉 달이라면 임신 사실을 스스로 자각할 수 있는 시간입니다. 그걸 알자마자 고가장으로 시집을 갈 리가 있습니까? 아니, 그게 아니지요. 당 대협의 아이를 밴 것을 알고서도 고가장으로 시집을 갈 리 없습니다. 애초에 그건 말이 되지 않습니다."

당이환의 얼굴이 점점 창백해졌다.

"그렇지. 그건 말이 되지 않지. 이암아, 그때 도대체 무슨 일이 있었던 거냐?"

"저도 모든 것을 아는 건 아닙니다."

"네가 아는 이야기만이라도 해다오."

"전 믿어지지가 않았습니다. 형님 없이는 죽고 못살 것 같던 화련이가 그렇게 빨리 시집간다는 말을 들었을 때 거짓말인 줄만 알았습니다."

"하지만 시집을 갔다."

"나름대로 조사를 해봤습니다. 그랬더니……."

"그랬더니?"

"형님도 아시다시피 화련이의 집은 거의 망해가기 직전이었습니다. 끼니야 어떻게 겨우 해결하지만 옷을 기워 입을 정도였습니다."

"안다. 화련이의 옷을 내가 사서 줘야 할 정도였으니까."

"그런데 화련이가 시집간 후에 그 집에서 돈 냄새가 나기 시작하더군요."

"돈 냄새?"

"화련이의 오빠들이 질 좋은 새 옷을 입고 돌아다녔습니다. 하도 의심스러워서 뒤를 쫓았습니다. 오래 쫓을 필요도 없었습니다. 끼니나 겨우 때우던 집의 사람들이 술집에 출입하는 것을 발견했습니다."

"그들이 고가장에서 예물을 받았다는 소리냐?"

"술집 이야기만이라면 그렇게 생각할 수 있습니다. 하지만 무공이라고는 삼류무사 수준이던 그 녀석들. 그 이후로 본 가의 무공 지도를 받게 됐습니다. 아직도 보잘것없는 실력이지만 그때에 비하면 엄청나게 발전했습니다. 적어도 손가락질은 안 당하니까요."

"나도 녀석들의 실력은 안다. 고수라고 하기는 어렵지만 그만하면 나쁘지 않아."

"그게 나이 스물이 넘어서 무공 지도를 새로 받고 얻은 실력입니다. 이미 망가진 그들을 대충 가르쳐서는 그 경지에 오르지 못합니다. 누군가 좋은 약으로 혈도를 씻어내고 나쁘지 않은 수준의 무공을 가르쳤다는 뜻입니다."

당이환의 얼굴이 점점 더 창백해졌다.

"설마……."

"저는 그 일에 세가의 입김이 작용했다고 생각했습니다. 하지만 지금까지는 좀 더 단순하게 생각했습니다."

“네가 생각한 것은 무엇이냐?”

“세가에서 화련이와 형님의 사이가 가까운 걸 알게 된다면 모든 게 설명되잖습니까? 세가에서 화련이에게 그런 대가를 제시하고 형님을 버리라고 제안했을 거라고 생각했습니다. 화련이는 집안을 일으키기 위해서 돈에 팔려 고가장으로 시집갔다고 생각했습니다.”

당이환이 손을 떨었다.

“화련이가… 내 아이를 가지고 어찌 그런 짓을 할 수가 있을까?”

당이암이 맞장구를 쳤다.

“그러게 말입니다. 방금 화련이가 형님 아이를 가지고 있었다는 소리를 듣고는 저도 깜짝 놀랐습니다. 그렇게 안 봤는데 어찌 그리 독할 수 있는지…….”

“화련이가 나에게 어떻게 이럴 수 있지? 나는 그동안 화련이에 대한 죄책감을 가지고 살았는데!”

서흑수가 끼어들었다.

“사정이 그게 전부가 아닐 겁니다.”

독룡대장 당이암이 화를 버럭 냈다.

“흑수, 내가 거짓말을 했다는 뜻이냐? 난 이런 이야기까지 거짓을 말하지는 않는다!”

“아니, 당이암 대협은 아는 것을 모두 말했습니다. 하지만 모든 것을 알지는 못하기에 거기까지밖에 생각할 수 없는 겁니다.”

당이환이 일말의 희망을 가졌다.

‘흑수라면 뭔가, 뭔가 다른 이야기를 해줄지 몰라.’

“무슨 뜻이냐? 어서 설명을 해라.”

“제가 아는 당화련 마님은 바보가 아닙니다. 고가장을 더 키우지는 못했지만, 망하지 않고 유지할 수 있는 만큼의 상재는 있습니다.”

“여기서 돈 이야기가 왜 나오느냐?”

“뭐가 이익인지 안다는 뜻입니다.”

“네 이놈! 이런 일을 계산적으로 따지다니! 화련이는 그런 아이가 아니다!”

당이환은 조금 전까지만 해도 당화련에게 분노했다. 하지만 서흑수가 그녀를 욕한다고 생각하자 자기도 모르게 그녀의 편을 들었다.

서흑수가 눈을 가늘게 떴다.

“그런 사람이 아니다? 하지만 두 분은 지금 마님이 돈과 무공에 팔려갔다고 생각했습니다. 그 생각 자체가 마님을 계산적인 사람으로 본 것입니다. 아닙니까?”

당이환이 대답할 말을 제대로 찾지 못해 더듬었다.

“그, 그거야 현재 상황이 그렇게밖에 생각할 수 없는 것이니까 그런 것 아냐.”

“그러니까 마님이 계산적인 사람이라는 전제로 계속 생각

해 보십시오. 그 당시 마님의 입장에서 계산해 보란 말입니
다.”

“뭘 계산하란 말이냐?”

“그분이 당이환 대협의 아이를 낳는다면 어떻게 되겠습니
까? 당문 삼공자의 아이를 낳는 것입니다. 더구나 당이환 대
협이 마님을 생각하는 마음은 진심입니다. 데리고 놀다 버리
려는 것이 아닙니다. 당이환 대협은 마님을 아내로 맞으려고
하셨지요?”

“물론이다. 그러기 위한 자격을 얻으러 배교를 토벌하러
간 것이니까.”

“당화련 마님도 그걸 아십니다. 당문 삼공자의 아내가 되
면 그분의 집안은 자연히 일으켜 세워집니다. 돈 몇 푼 지원
받고 무공 조금 배우는 것보다 그쪽이 훨씬 이익입니다. 하지
만 그걸 포기하고 고가장으로 시집갔습니다.”

“이해가 가지 않는다. 화련이는 도대체 왜 그랬을까?”

“하고 싶어서 한 게 아닙니다. 그렇게 할 수밖에 없는 상황
에 처한 거지요.”

“그건 또 무슨 뜻이냐?”

서흑수가 품에서 목걸이를 꺼냈다. 고소미의 목걸이였다.

“당화련 마님은 이 목걸이를 이십 년이 지난 지금까지도
소중하게 간직했습니다. 지금까지 당이환 대협을 생각하는
마음이 깊다는 뜻입니다.”

당이환의 얼굴이 밝아졌다.

"역시 그렇지?"

"이십 년 전에는 사랑하는 마음이 더 깊었겠지요. 아까 말하셨듯이 정말로 죽고 못살 정도로 사랑하셨겠지요."

"맞다. 우리는 정말 사랑했다."

"하지만 시집갔습니다. 시집갈 수밖에 없었습니다. 왜?"

당이환이 소리를 버럭 질렀다.

"답답하구나. 어서 말해라!"

"당시에 당화련 마님에게 가장 소중한 것이 무엇이었겠습니까? 당이환 대협은 곁에 없습니다. 스스로 임신했음을 압니다. 당이환 대협과의 사이에 얻은 생명입니다. 세상에서 그것보다 더 중요한 것이 있었겠습니까?"

당이환의 얼굴이 창백해졌다.

"네, 네 말은……."

"당문에서 소미의 목숨을 가지고 협박했을 겁니다. 당이환 대협을 버리고 고가장으로 시집가 버리지 않으면 임신 중인 소미를 죽이겠다고."

당이환이 떨리는 손으로 서흑수를 가리키며 말했다.

"지금 그 말, 책임질 수 있느냐?"

"다른 이유로 그렇게 급히 시집갈 이유가 있습니까? 설마 고가장주에게 반해서라고 생각하시는 건 아니겠지요?"

창백해졌던 당이환의 얼굴이 빠르게 붉어졌다. 이마의 힘

줄이 툭툭 튀어나왔다.

"끄으으. 그랬구나. 화련이는 어쩔 수 없었구나."

그가 하늘을 올려다보며 소리를 질렀다.

"누구냐! 아버지? 아니면 형님? 도대체 누구냐. 어떻게 나를 이렇게까지 농락할 수 있느냐!"

서흑수가 낮은 목소리로 말했다.

"이야기는 아직 끝난 것이 아닙니다."

당이환이 서흑수를 노려보며 외쳤다.

"뭣이?"

마치 서흑수가 이 모든 일의 범인이라는 듯한 눈빛이었다.

서흑수는 그 눈빛을 무시하며 이야기를 계속했다.

"제가 고가장에 있을 때의 일입니다. 육사파라고 옆 동네에 작은 사파가 하나 있었습니다. 그곳이 고가장을 괴롭히고 있더군요. 그놈들은 감히 고가장에서 만드는 고화주 독점 판매권을 요구했지요."

당이환의 눈빛은 여전히 이글거렸다. 그 눈빛은 서흑수를 향했지만 그를 노려보는 것이 아니다. 그가 보는 것은 서흑수의 뒤쪽으로 하루 거리에 있는 당문이다.

"그 이야기는 들었다. 육사파는 멸문했지. 아마 네가 한 짓이겠지?"

"물론입니다."

"고맙다."

"그런데 말입니다. 마님은 육사파를 상대하기 위해서 친정의 힘을 이용하지 않았습니다. 오히려 자체적인 무력을 확보하려고 시도했지요. 손광태라는 개자식이나, 삼류무사로 알려진 저 같은 사람을 최대한 끌어 모았습니다."

"그게 무슨 소리냐? 나는 화련이가 친정에 도움을 요청하는 편지를 보냈기에 그곳을 찾아간 거다. 화련이는 분명히 도움을 요청했다."

"마님은 그 편지를 보내지 않고 해결하려고 버티고 버텼습니다. 하지만 소미가 육사파 소문주의 첩이 될 상황에 빠지자 할 수 없이 편지를 보낸 겁니다."

"왜 그랬단 말이냐? 진즉에 도움을 청했다면 훨씬 간단히 해결될 것을."

서흑수가 씁쓰레한 표정으로 말했다.

"저도 그게 궁금했습니다. 이제 알겠습니다."

"무슨 이유였느냐?"

"친정의 힘을 쓰기 싫었겠지요. 친정을 방문하는 것까지는 괜찮은데, 친정의 무력을 쓰기는 싫어했습니다. 왜이겠습니까? 친정에서 얻은 무력을 싫어하기 때문이었겠지요. 왜 싫어하겠습니까?"

"우리 당문에서 얻은 것이라서?"

"상황은 조금 더 더럽습니다. 이십 년 전의 마님은 당문의 고위층에서는 쳐다보지도 않던 작은 방계 집안의 딸입니다.

당화련 마님이 임신한 것을 당문의 고위층에서 어떻게 알았겠습니까? 당문의 문주나 제일공자가 어떻게 알았겠습니까?”

당이환의 얼굴에서 핏기가 가셨다. 소리를 버럭 질렀다.

“그놈들이 밀고를 했단 말이냐!”

“당화련 마님의 집에서는 그분이 당이환 대협과 사귀는 것을 알고 있었을 겁니다. 명색이 당문 사람이니 의술의 기본 정도는 알 테고, 임신 사실도 쉽게 눈치 챘을 겁니다. 누구 아이인지는 명확합니다.”

“놈들이 밀고를 해서…….”

“당화련 마님이 얻은 건 아무것도 없습니다. 임신 중인 소미의 생명을 위협받으며 쫓기듯 고가장으로 시집갔을 겁니다. 남은 사람들은 그 밀고의 대가로 당문에서 돈을 받고 무공을 배웠을 겁니다.”

“왜, 왜 그런 지독한 일을…….”

“당이환 대협은 당문의 삼공자. 내부적으로 어떤 설움을 받았을지 몰라도, 대외적으로는 삼공자입니다. 당문에서는 당 대협이 망해가는 방계 가문의 여자와 결혼하는 것을 반길 리가 없습니다.”

“내가 돌아온 후 나를 정략결혼시키려 했지. 다른 세가의 여자와 결혼시키려 했어. 내가 거절했다. 아무리 미움받아도 거절했다. 화련이를 잊을 수가 없어서…….”

“당이환 대협의 가치는 충분히 높습니다. 박대는 박대고

가치는 가치입니다. 당문의 입장에서 당화련 마님은 방해만 될 뿐입니다. 그 집 사람들은 마님이 당 대협과 결혼하지 못할 거라 생각하고 선수를 쳐서 거래를 한 거였겠지요."

당이환이 털썩 주저앉았다. 당문이 그를 배신했다. 이제 그의 마음을 채우는 것은 죄책감이다.

"화련이가 많이 괴로웠겠구나."

"당이환 대협이 고가장에 왔을 때, 마님은 대화를 최대한 피하려는 인상이었습니다."

"나, 나는 그게 아직도 나에게 화가 나서인 줄 알고……."

"화가 났다면 목걸이를 간직하고 있을 리가 없습니다. 마님은 당이환 대협과 똑같은 생각을 가지고 있어서 차마 얼굴을 볼 수 없었을 겁니다."

"똑같은 생각?"

"죄책감이지요. 당이환 대협의 아이를 가진 채 고가장으로 시집가 버린 죄책감. 그래서 그 후로 다시는 연락도 못했습니다. 고가장주가 죽어도 연락하지 못했습니다. 그 죄책감 때문에 얼굴을 보고서도 대화를 하지 못했습니다."

당이환의 눈에서 눈물이 뚝뚝 떨어졌다.

"그랬구나, 그랬어. 화련이가 그랬어. 화련이가 그런 것도 모르고 난… 난 정말 한심한 놈이야."

서혹수는 자신의 추측을 확신했다.

'상황은 너무 명확해. 불행한 사람들이야. 이십 년이나 서

로에게 미안해하면서 만나지 못한 사람들.'

불쌍한 건 불쌍한 거고, 당장 해야 할 일은 따로 있다. 서흑
수가 군이 시간을 내서 당이암을 만나러 온 것은 당이환을 구
원하기 위해서가 아니다.

"당이암 대협, 자리를 좀 피해주시겠습니까?"

당이암이 고개를 끄덕였다.

"알았네."

"오늘 들은 이야기는 잊어주셨으면 합니다. 만에 하나라도
당문에 알려지면 두 분은 더 불행해집니다."

"물론이네. 못 들은 것으로 하지."

서흑수는 당이암이 떠나고 나자 당이환에게 질문했다.

"이제 어떻게 하겠습니까?"

"소미를 찾아야지. 내 딸 소미를 찾아야지. 그리고 화련이
에게 돌아가야지. 돌아가서 사과해야지. 내 집이, 당문이 한
짓을 사과해야지. 엎드려 사죄해야지."

"소미를 찾기 위해서 당문과 싸워야 한다면 그렇게 하시겠
습니까?"

당이환의 눈에서 불꽃이 튀었다.

"당문이 이 일에 개입되어 있나?"

"아직은 가능성일 뿐입니다."

당이환이 이를 갈았다.

"역시 그랬군. 당문은 화련이와 내 딸을 내게서 떼놓았다.

만약 내 딸을 납치하는 일에까지 개입되어 있다면 내 목숨을 걸고 당문과 싸우겠다."

서흑수는 만족했다.

'진심이다. 이제 다른 사람은 몰라도 당이환 대협은 이 일에 한해서 신뢰할 수 있다. 당문과의 원한이 엄청나게 클 테니까. 그보다……'

"역시 그랬다니요? 그건 무슨 소리입니까?"

"무림맹에 갔다가 편지를 한 장 받았다. 큰형님이 보내신 거지."

"무슨 내용입니까?"

"흑수 자네에게 들러붙으라고 하더군. 무슨 일을 하는지 그 정보를 최대한 뽑아내서 보고하라고 했다."

"제가 최근에 얻은 명성을 생각한다면 딱히 이상한 요구는 아닙니다만?"

"그 일의 옳고 그름을 따지지 말고 무조건 보고하라고 했다. 그 대가로 가문 내에서의 내 지위를 한 단계 격상시켜 준다고 하더군."

"한 단계?"

"나는 당문의 삼공자. 하지만 삼공자로서 누려야 할 지위는 아무것도 가지고 있지 않다. 가진 것은 내 스스로 얻은 당문제일검의 명성뿐. 내 휘하의 부대는 하나도 없지. 그 문제를 해결해 주겠다고 했다."

"확실히 큰 대가이군요."

"그렇지. 아주 크지. 내가 가문에서 인정받게 된다는 뜻이니까. 난 그걸 보고 마음이 무거웠다. 흑수 네 곁을 따라다니면 얼마나 대단한 비밀을 알게 되는 걸까? 얼마나 크기에 이런 보상을 걸어야 안심할 수 있었을까?"

"당문이 이 일과 관계되어 있다면 그런 것을 내밀어서라도 정보를 얻으려고 할 겁니다."

"그래, 하지만 결국 나는 당문을 믿었었지. 단지 이번 일을 핑계로 내 자리를 찾아주려는 건지도 모른다고 생각했다. 배다른 형제이지만 그래도 내 형님이니까."

"아직도 그렇게 생각하고 계십니까?"

"흥. 화련이와 헤어진 후, 나는 그 누구도 사랑할 수 없었다. 내 딸은 누가 자기 아비인지도 모르게 살았다. 나는 용서할 수 없다. 당문도, 나 자신도."

서흑수는 만족했다.

'당문을 뒤지려면 당 대협의 협조가 반드시 필요하다. 이 정도면 믿을 수 있어.'

"좋습니다. 사실대로 말하겠습니다. 저는 당문에 배교의 여섯 왕 중 하나, 청풍이 있다고 생각합니다."

"청풍? 검걸개가 청뢰라고 했지. 그와 비중이 비슷한 자인가 보군."

서흑수가 고개를 가로저었다.

"비슷? 청뢰와는 비교도 할 수 없을 만큼 비중이 높습니다. 배교의 근거지가 어디인지, 그리고 소미가 어디 있는지 모두 알고 있는 자입니다. 애초에 이 일이 시작하는 단계부터 개입한 자입니다."

"뭣이! 확실한가? 설마 우리 당문이……."

"확실하지 않습니다. 그래서 확인을 해야 합니다."

당이환이 잠시 생각하다가 고개를 가로저었다.

"아니, 그건 불가능하다."

"아직도 당문을 믿으십니까?"

"믿지 않아. 하지만 네가 말한 것은 불가능하다."

"어째서 그렇게 확신하십니까?"

당이환이 조금 슬픈 얼굴로 말했다.

"나는 당문의 삼공자이다. 그리고 우리 큰형님이 그 유명한 독군자 당이정이지."

"알고 있습니다."

"그럼 자네는 둘째 형님이 누군지 아는가?"

서흑수가 고개를 흔들었다.

"모릅니다. 중요한 일입니까?"

"첫째 형님도 알고 셋째인 나도 아는데 둘째 형님은 왜 모를까? 당문 최고의 천재라고 불리던 둘째 형님을. 그건 둘째 형님이 옛날에 죽었기 때문이지."

"당문의 가정사일 뿐입니다."

"단순한 가정사가 아니야. 둘째 형님이 언제 죽었는지 아는가? 이십 년 전이네."

서흑수의 얼굴빛이 확 변했다.

"배교와 관련이 있습니까?"

"그렇지. 둘째 형님은 배교를 토벌하다가 함정에 빠져 죽었다. 우리 아버지 독제 당백결 대협께서는 둘째 형님을 가장 아끼셨다. 다음 가주를 둘째 형님에게 물려줄지도 모른다는 이야기가 나올 만큼 아꼈다. 그 둘째 형님이 배교의 손에 돌아가셨다. 그런 원수와 손을 잡는다고? 불가능하다."

서흑수는 잠시 고민하다가 말했다.

"그렇다고 당백결이 혐의를 벗은 것은 아닙니다. 마음을 독하게 먹고 모두를 의심하지 않으면 소미는 못 찾습니다."

"그래도……."

"그리고 설사 당백결이 청풍이 아니라고 하더라도 상관없습니다. 당문은 여전히 제 의심을 벗어나지 못합니다."

"어째서?"

"독군자 당이정은 당문의 실질적인 일을 처리하는 위치에 있습니다. 이십 년 전에도 강력한 실권을 가지고 있었습니다. 그 정도면 충분히 청풍이 될 수 있습니다."

"설마 첫째 형님께서……."

"어쩌면 다음 대 가주의 경쟁자인 동생을 죽였을지도 모르지요."

"그럴 리가 없다. 큰형님과 둘째 형님은 친형제 간이다. 나와는 사정이 다르다!"

"당문의 사정에는 관심없습니다. 저는 소미를 찾기 위해서는 모든 사람을 의심합니다."

당이환은 인정하지 않았다.

"난 당문에 원한이 생겼다. 하지만 그렇다고 해서 당문이 배교와 손을 잡았다고 생각하지는 않아. 내가 아무리 가문 내에서 허수아비라고 해도, 그런 일이 있다면 모를 리가 없다."

"배교의 은밀함은 타의 추종을 불허합니다. 모든 일은 수뇌 몇 명밖에 모릅니다. 그래서 확인을 해야 합니다."

당이환이 머뭇거리다가 말했다.

"증거를 찾아내면, 내 딸을 찾을 수 있는가?"

"당연합니다. 청풍은 분명히 모든 것을 알고 있습니다. 소미가 어디에 있든 그 위치만 알아내면 제가 반드시 구해냅니다."

당이환이 고개를 끄덕였다.

"그래. 현재 무림에서 무림맹과 마교의 힘을 모두 쓸 수 있는 존재는 네 녀석뿐이지. 네 녀석의 힘이라면 내 딸이 세상 어디에 있더라도 못 구할 리가 없어."

"전 이미 배교와의 원한이 너무 깊어서 절대로 화해할 수 없습니다. 모든 것을 동원해서 배교를 멸절시키겠습니다."

"그런데 네 녀석은 단지 가능성이라고 했다. 우리 당문에 청풍이 없다면? 나는 내 딸을 꼭 찾아야겠다. 확실한 것이 필요해.”

서흑수는 망설이지 않았다.

‘당이환은 이제 배신하지 못해.’

“당문이 아니라면, 남궁세가입니다.”

“남궁세가? 설마…….”

“의심할 여지가 없습니다. 청풍이 당문에 없다면 남궁세가주 남궁현천이 범인입니다. 우리는 이제 거의 끝까지 왔습니다. 당문을 확인하면 청풍의 정체도 밝혀집니다.”

“그럼 혹시 남궁진미는…….”

“남궁현천이 청풍이라면, 남궁진미 역시 이 일에 어떻게든 개입되어 있다고 봐야 합니다.”

“같이 다니면 정보가 샐 위험이 있지 않나?”

“어차피 지금은 당문을 조사하는 중입니다. 상관없습니다. 오히려 같이 다녀야 빈틈을 찾아내기 좋습니다. 제갈무한이 우리를 도와 그녀를 감시하고 있습니다.”

“제갈무한 그 실없는 녀석이?”

“그도 괜히 저 여자를 쫓아다니는 것이 아닙니다. 이번 일에 대한 기본 정보를 가지고 움직이고 있습니다.”

“좋다. 난 네 녀석을 완전히 믿겠다. 흑수, 부탁이다. 내 딸을 구해주게.”

“반드시 구합니다.”

그들은 다시 일행을 향해 돌아갔다. 당이환은 서흑수의 등을 보았다.

'대단한 놈.'

갑자기 그때까지 생각하지 못하던 것이 떠올랐다.

'헛. 이 녀석과 내 딸의 관계는 보통이 아니다. 그럼 우리 소미를 구한 후에는……'

당이환이 인상을 썼다.

'이 녀석이 바로 천하제일 사윗감이다. 하지만, 하지만 뭔지 모르게 내 딸이 아깝군.'

그들은 우선 당문에서 멀지 않은 마을로 이동했다.

사람들은 객잔에 들어가서 음식을 시키고 술을 주문하며 간만의 휴식을 취했다.

서흑수는 밥도 먹지 않고 자리에서 일어났다.

남궁진미가 질문했다.

"어디 가시게요?"

엉덩이를 들썩거리는 것이 따라나설 기세였다.

서흑수가 히죽 웃었다.

"똥 누러 갑니다."

남궁진미의 얼굴이 새빨개졌다.

"또, 또 그런 더러운 소리를, 그것도 식당에서 하다니!"

당이환이 서흑수를 편들었다.

"생리 활동이다. 부처께서도 하셨고, 공자, 맹자 모두 하신 일이다. 욕할 일이 아니야.”

“하지만 당 대협, 그걸 굳이 말로 하지 않아도……."

“네가 물으니 대답했겠지. 내가 보기엔 우리 흑수의 잘못이 아니구나.”

남궁진미의 얼굴에 의혹이 떠올랐다.

‘우리 흑수? 언제나 녀석이라고 부르시더니… 둘이 갑자기 왜 이렇게 친해졌지?’

그녀가 서흑수를 돌아보았다. 그는 이미 사라진 후였다.

‘기척도 없이 나갔어.’

눈을 힐끗거려 제갈무한을 쳐다보았다. 제갈무한은 입 다물고 있었다. 그가 아무 소리 안 하고 있자 팽도천도 사람들의 눈치만 보았다.

‘나서주던 제갈무한도 가만히 있고.’

그녀가 억지로 웃었다.

“알았어요. 밥이나 먹을게요.”

‘수상해. 내가 모르는 무슨 일이 벌어지고 있어.’

서흑수가 마을 바깥의 관제묘를 찾아갔다. 몇 명이 그곳에서 그를 기다리고 있었다.

무사들이 일제히 포권했다.

“서 준호법님을 뵙습니다. 비각의 강화기입니다.”

서흑수도 포권을 했다.

"서흑수입니다."

그곳에서 단 한 명만이 서흑수의 눈치를 보고 있었다. 서흑수가 그와 눈이 마주쳤다.

사천신투가 서흑수에게 허리를 숙였다.

"대, 대협. 오랜만에 뵙습니다. 이렇게 훌륭하신 분인 줄 미처 몰랐습니다."

"아직도 도둑질하고 다니냐?"

"아, 아닙니다. 저는 그동안 감옥에 갇혀 있느라 도둑질을 할 수 없었습니다."

강화기가 설명했다.

"저희가 갔을 때 막 탈출 준비를 끝내놓은 상태였습니다. 하루만 늦었어도 놓쳤을 겁니다."

서흑수가 혀를 찼다.

"쯧쯧. 역시 매가 부족했어."

사천신투가 급히 변명했다.

"도, 도망치려던 게 아닙니다. 그간 벌어놓은 돈을 좋은 일에 쓰고 싶었습니다. 그냥 있으면 목이 달아날 텐데, 그럼 그 돈이 아깝잖습니까?"

"벌어놓은 돈?"

"아, 아닙니다. 훔친 돈입니다. 훔친 돈을 다시 돌려줘야 하지 않겠습니까?"

"그게 제법 되나 보다?"

"도, 도박으로 많이 잃었습니다만 그래도 제법 남아 있습니다. 혹시 대협께서 필요하시면……."

"도둑질한 돈, 주인을 찾아줘야지."

"물론입니다. 당연하지요. 제가 반드시 주인을 찾아주겠습니다."

"거짓말이면 내 손에 죽어."

"제가 어찌 감히 신비협객 왕삼 대협을 속이겠습니까? 대협께 죄를 지으면 무림맹과 마교가 동시에 제 뒤를 쫓을 텐데요. 그럼 전 죽은 목숨이잖습니까?"

서혹수는 사천신투의 말에 만족했다.

'상황을 제대로 알고 있군. 이만하면 일을 맡길 만하겠어.'

그가 무림맹 비각의 무사들에게 말했다.

"감사합니다. 이제 그만 가보셔도 됩니다."

강화기가 말했다.

"저희들은 정보 수집이 전문입니다. 혹시 필요하시면 도움이 되고 싶습니다."

서혹수는 사양하지 않았다.

"그럼, 최근에 활동이 활발한 표국이나 상단 등이 뭐가 있는지 조사해 주십시오."

"얼마나 자세한 조사를 원하십니까?"

"자세한 것은 알아볼 시간이 없습니다. 사람들이 급격히 이동하는 곳이 어디인지와 현재 어디에 머물고 있는지만 알아보면 됩니다. 배교 놈들은 분명히 신분을 위장하며 움직이고 있을 겁니다.”

“알겠습니다. 최대한 빨리 알아보겠습니다.”

“황금장의 북궁엽 대인에게 협조를 받으십시오. 시간이 단축될 겁니다.”

“알겠습니다!”

비각의 무사들이 떠난 후 서흑수가 사천신투에게 말했다.

“맞혀봐라. 내가 널 왜 불러왔을까?”

사천신투가 웃었다.

“헤헤. 도둑놈을 찾으셨으면 당연히 도둑질 때문이 아니겠습니까?”

“맞다. 너 어디를 좀 털어줘야겠다.”

사천신투가 그때서야 허리까지 펴고 당당히 말했다.

“제 스스로 자랑하기는 좀 그렇지만 제가 사실 사천 제일의 도둑놈입니다. 말씀만 하시면 쌀 한 톨까지 탈탈 털어오겠습니다. 어디입니까?”

“당문.”

“까짓 당… 허억!”

사천신투가 뒤로 주춤주춤 물러섰다.

“사천당문 말씀이십니까?”

"당연하지."

"부, 불가능합니다. 거길 털 수 있는 도둑은 없습니다. 당문을 지키는 기관은 무섭습니다. 제가 아니라 천하제일신투라고 하더라도 기관에 걸려 죽을 겁니다."

"밖에서 들어가면 그렇지."

"예?"

"안에까지 들여보내 주면 할 수 있겠나?"

사천신투가 머리를 굴리다가 말했다.

"그래도 어렵습니다. 당문은 너무 위험합니다. 저 알고 보면 도둑질 실력이 별것없습니다. 저 같은 하급 도둑이 어떻게 할 수 없습니다."

"안 하면 내 손에 죽어. 네가 무림맹과 마교 두 곳의 눈을 모두 피할 수 있다면 재주껏 도망쳐 봐."

"그, 그게……."

"넌 사천신투라는 이름을 들을 정도로 도둑질을 많이 한 놈. 얼마나 많은 사람들이 너 때문에 불행해졌을까? 너를 죽여 그들을 위로해 볼까?"

"하, 하겠습니다. 뭐든지 훔치겠습니다."

"좋아."

서흑수가 객잔으로 돌아왔을 때, 일행들은 모두 배가 부르게 밥을 먹고 술까지 마신 상태였다.

　서혹수는 먼저 당이환을 불러냈다. 당이환과 말을 맞춘 그들은 사천신투를 데리고 다시 객잔으로 들어갔다.
　당이환이 사천신투를 소개했다.
　"이 사람은 우당랑이라고 한다. 예전에 나와 작은 인연을 맺은 사람이다."
　사람들이 인사를 했다.
　"남궁진미예요."
　"제갈무한입니다."
　"팽도천입니다."
　"고세옥입니다."
　사천신투가 침을 삼키고 말했다.
　"우, 우당랑이라네. 젊은 친구들을 만나 반갑군."
　당이환이 말했다.
　"배를 채웠으면 가자."
　남궁진미가 질문했다.
　"당 대협, 지금 시간에 조사단을 찾아가자는 건가요? 곧 밤이 되는데요?"
　"아니, 당문으로 들어간다."
　"예?"
　"여기까지 와서 객잔에서 잘 이유는 없다. 당문에 들어가서 하룻밤 자고 내일 출발한다."
　고세옥의 얼굴이 환해졌다.

"아, 당문."

제갈무한이 질문했다.

"세옥이 너, 당문에 가보고 싶다고 했지?"

"네. 한 번도 못 가봤거든요."

고세옥에게 당문은 특별한 곳이다. 당화련의 아들인 그에게 당문은 가고 싶지만 갈 수 없었던 가깝고도 먼 곳이었다.

"나중에 우리 제갈세가에도 꼭 오너라."

팽도천도 덩달아 말했다.

"우리 팽가도 꼭 와야 된다."

"알았어요. 꼭 들를게요."

남궁진미는 의심이 무럭무럭 들었다.

'애초에 잠을 당문에서 잘 거라면 객잔에서 밥 먹을 이유가 없잖아. 도대체 뭘 노리는 거지? 왜 나에게는 이야기해 주지 않는 거지? 흥. 지금 날 우습게보는 거지? 두고 보자. 기회만 온다면 내 손으로 알아낼 테니.'

그녀가 품을 쓰다듬었다. 보석 대신 야광석을 박아 넣은 반지가 만져졌다.

그들은 당당하게 사천당문의 정문으로 걸어갔다.

정문을 지키던 무사들이 그들을 발견하고 급히 인사했다.

"삼공자님을 뵙습니다!"

중년 남자가 문에서 기다리다 당이환을 맞았다.

"형님, 가신 일은 잘 끝나셨습니까?"

"아직 끝나지 않았다. 이 근처를 지나는 길에 하룻밤 쉬어 가려고 들렀을 뿐이다."

"아, 그러시군요."

중년 남자가 당이환의 뒤를 힐끗거렸다.

"그런데 먼저 오신 이암이 형님께서 그러시더군요. 형님의 일행 분 중에 신비협객 왕삼 대협께서 계시다고 말입니다. 제가 안목이 낮고 일행 분 중에 젊은 분이 많아 누가 그분이신지 모르겠습니다."

당이환이 서흑수를 가리켰다.

"이 녀석이 서흑수다. 다른 동네에서는 대부분 왕삼이라고 부르지."

중년 남자가 즉시 포권을 했다.

"왕삼 대협을 뵙게 돼서 영광입니다. 저는 당이곡이라고 합니다. 당문의 부총관을 맡고 있습니다."

당이환이 보충 설명을 했다.

"다섯 명의 부총관 중 하나다."

서흑수도 가볍게 인사를 받았다.

"서흑수입니다."

"아, 왕… 아니, 서흑수 대협. 실례를 범했습니다."

"괜찮습니다."

"들어오시지요. 곧 가주님과의 접견 자리를 마련하겠습

니다.”

서흑수가 웃었다.

“환대에 감사드립니다. 가주님을 꼭 뵙고 싶었습니다.”

‘이공자가 배교 때문에 죽었다면 당백결이 청풍일 가능성
은 대단히 낮아. 그렇다고 완전히 믿어줄 이유는 없어. 일단
그 면상부터 확인해 두자.’

“하하하. 가주님께서도 같은 말을 하셨습니다. 어서 들어
오십시오.”

다른 일행은 소개조차 받지 못했다. 당이곡의 관심은 서흑
수에게 쏠려 있었다. 심지어 문을 지키는 무사들마저 서흑수
를 힐끗거렸다.

서흑수와 나머지 일행의 이름값은 이미 그 정도로 큰 차이
가 벌어져 있었다.

남궁진미는 그것이 불만이었다.

‘나와 비슷한 나이에 서 공자처럼 유명한 사람이 존재하면
곤란해. 그것도 이미 신비협객이라 불리다니. 흥. 시작은 서
공자가 앞섰어. 그건 인정해. 하지만 결국 천하제일협객이 되
는 건 나야.’

그들은 손님을 맞는 접객당에 안내되었다. 약간의 휴식 시
간이 지난 후, 곧바로 사천당문의 가주, 독제 당백결에게 안
내되었다.

그들이 집무실에 들어가자 당문의 소가주인 당이정이 일

어서서 말했다.

"어서 오시오. 젊은 영웅을 보게 되어 반갑소. 내가 바로 당이정이오."

서흑수는 당이정을 힐끗 보았다. 일부러 시선을 오래 두지 않았지만 그 외모를 머릿속에 박아 넣었다.

'당문 최고의 기재. 독을 다루는 경지가 벌써 독제에 근접했다는 평가를 받는 사람. 확실히 뛰어나지. 그리고 당문에 청풍이 있다면 이자일 가능성이 가장 높지.'

모르는 척 포권을 했다.

"독군자 당이정 대협을 뵙게 되어 영광입니다."

"하하하. 나야말로 신비협객 왕삼 대협을 뵙게 되어 영광이외다."

서흑수가 이번에는 그 뒤쪽 화려한 의자에 앉아 있는 노인에게 인사했다.

"서흑수입니다."

당백결이 자리에서 일어나 그 인사를 받았다.

"허허. 이거 마교와 무림맹 양쪽에서 준호법의 자리를 받은 서흑수 대협의 인사를 먼저 받다니. 내가 복이 과하군."

서흑수가 미소를 지었다.

"별말씀을."

미소 속에는 칼을 숨기고 있었다.

'무림맹보다 마교를 먼저 언급했다. 당문이 비록 정사지간이라지만 무림맹에 더 가깝다고 알려져 있다. 하지만 당문의 가주는 마음속으로는 마교를 더 지지하는 것 아닐까? 당신, 청풍일 가능성이 조금 올라갔어.'

서흑수와 당백결이 서로를 보고 푸근한 미소를 지었다. 겉보기에는 둘 다 서로를 신뢰하는 듯한 모습이었다. 모르는 사람이 보면 방 안의 공기를 훈훈하게 느낄 분위기였다.

당백결이 먼저 말을 꺼냈다.

"서 대협 덕분에 생강시를 두 번이나 검시했다오. 어떤 젊은 영웅인지 못내 궁금했는데 마침내 이 늙은이의 궁금증이 풀어지는구려."

"신세를 졌습니다. 협조 감사드립니다."

"허허, 당연히 해야 하는 일이지. 그래, 여기는 무슨 일로 들르셨소?"

"조사단과 합류하러 가는 길에 잠시 들렀습니다."

"무림맹에서 조사단이 현재 머무는 곳으로 가려면 이곳을 지나칠 리가 없는데?"

서흑수가 씩 웃었다.

'그게 왜 궁금할까?

"인사라도 드리고 싶었습니다."

"허허허. 서 대협과 같은 영웅이 나에게 인사를 드리러 일부러 길을 돌아왔다? 이거 영광이로군."

"그저 조금 돌아가면 되는 길입니다. 저도 이제 명성이 있는데 당문의 영역에 들어서면서 인사조차 없이 다닐 수는 없지 않겠습니까?"

'반응이 예민해. 당백결, 당신은 뭘 숨기고 있지? 정말 당신이 청풍인 거냐?'

"허허. 서 대협, 명성만큼이나 무림의 예의를 잘 아는구려."

"작은 명성일 뿐입니다."

"그 명성이 작다니. 얼마나 큰 명성을 가지시려고 그러시나. 하여간 잘 오셨소. 내 잔치를 열어 귀한 술을 대접할 테니 하룻밤 푹 쉬다 가시오."

"술은 마시지 않으니 그것은 사양하겠습니다. 잔치에서 좋은 음식을 주시면 배불리 먹고 힘을 내서 배교를 때려잡겠습니다."

"영웅은 본래 술과 여자를 좋아하는 법. 귀한 술인데 정말 거절하시겠소?"

"술은 배교를 다 때려잡은 후 마시겠습니다."

당백결은 더 이상 권하지 않았다.

"알았소. 내 귀한 재료들을 아낌없이 써서 몸보신에 좋은 요리를 만들어 드리라 이르겠소."

"감사합니다."

당백결이 지나가는 말처럼 질문했다.

"그런데 이런 대단한 분을 누가 키워내셨는지 궁금하군. 은사 분께서는 뉘시오? 대단한 분이시라고 생각되오만?"

“사문의 사정이라 말씀드릴 수 없습니다.”

‘내 뒤를 조사하고 싶어? 그게 아니라도 사부님 이야기는 해줄 수 없어.’

“아쉽군. 사문의 일이라니 캐물을 수도 없고.”

“이해해 주서서 감사합니다.”

당백결과 서흑수 사이에는 본래 깊게 나눌 이야기가 없다. 당백결은 무공을 논하고 싶어했지만 서흑수는 그것마저 피했다. 결국 세상 이야기 몇 가지를 나눈 후 그들은 헤어졌다.

접객당으로 돌아온 후, 남궁진미가 서흑수에게 공개적으로 질문했다.

“서 공자, 당문에 단순히 쉬러 온 게 아니죠?”

“왜 그렇게 생각하십니까?”

“서 공자처럼 시간을 아끼는 사람이 당문에 인사하러 오다니요. 말이 되지 않아요.”

“나 정도 명성을 가진 사람이 당문의 영역을 지나면서 인사차 들르는 것이 뭐 그리 이상합니까?”

“이것 보세요, 서 공자. 신비협객 왕삼이 명성을 신경 쓰는 사람이었다면 거지꼴로 세상을 돌아다니지 않았겠죠. 여긴 왜 온 거죠?”

서흑수가 일행을 돌아보았다. 당이환과 사천신투를 제외한 모두가 궁금해하는 표정이었다.

‘그래. 남궁진미를 방심하게 만들 필요가 있어.’

“당문이 이번 일과 관계가 있을지도 모른다는 의심이 들었습니다. 그 일을 조사하기 위해서 왔습니다.”

남궁진미는 깜짝 놀랐다.

‘물어본다고 정말로 대답해 줄 줄은 몰랐어. 미리 말하지 않기에 숨기려 한다고 생각했는데? 어쩐지 더 수상하잖아?’

“당문이 정말 관계가 있나요?”

“모릅니다. 하지만 현재 당문 외에는 마땅히 의심해 볼 곳이 없습니다. 확인 차원에서 들른 겁니다.”

‘그러니 남궁세가는 안심하라고. 푹 안심하고 있으라고. 당문이 아니라면 바로 너희들이니까.’

남궁진미가 마치 납득했다는 듯이 고개를 끄덕였다.

“알았어요. 저도 최대한 도와드릴게요.”

‘그럴듯한 말이야. 하지만 내게 뭔가 숨기고 있어. 그게 뭔지 모르겠어. 답답해. 너무 답답해.’

第三章

서흑수가 사천신투를 조용히 불러내 말했다.

"오늘 저녁에 잔치가 벌어질 것이다."

"그때 터는 겁니까?"

"당연하지."

사천신투가 침을 꿀꺽 삼켰다.

"알겠습니다. 죽기 아니면 살기로 털어보겠습니다. 어디를 털어야 합니까?"

"독제의 집무실."

사천신투의 얼굴이 노래졌다.

"도, 독제의 집무실이라고 하셨습니까? 경비가 철저할 텐데 거기에 들어가라는 말입니까?"

"잔치가 벌어지는 장소가 거기서 멀지 않다. 잔치 분위기 때문에 경비는 없다."

"잔치를 하면 하는 거지 경비가 왜 없어집니까?"

"그건 내가 알아서 한다."

"아, 알겠습니다."

"거기 들어가서 배교와 관련된 것이 없는지 철저히 수색해라. 아마 바깥에 내놓은 것이 아니라 숨겨둔 비밀 금고에 뭔가 있을 거다."

사천신투가 고개를 격렬히 가로저었다.

"독제의 집무실을, 그것도 비밀 금고를 털 수 있는 도둑은 없습니다. 성공한다고 해도 독에 중독돼서 죽을 겁니다. 전 못합니다."

"그럼 그냥 내 손에 죽던가."

사천신투가 울상을 지으며 사정했다.

"대협, 살려주십시오. 다른 사람도 아니고 독제의 비밀 금고입니다. 무슨 대단한 기관장치가 있을지, 어떤 극독이 있을지 어찌 압니까?"

서흑수가 장갑 하나를 내밀었다.

"이걸 쓰면 좀 나을 거다."

"이, 이게 뭡니까?"

"당문의 고위층에게서 얻은 물건이다. 어떤 독도 이 장갑을 통과할 수 없다. 이걸 끼우면 설사 칠보추혼독을 만진다고 해도 중독당하지 않는다.”

사천신투의 눈에 욕심이 스쳤다.

“아, 이게 그 유명한 당문의 피독갑입니까?”

“당문에도 많지 않은 귀한 물건이다. 이걸 빌려줄 테니 잘 훔쳐 봐라.”

“하지만 이걸 끼고 있어도 다른 기관장치가 있으면 아무 소용 없습니다.”

“넌 명색이 사천 제일의 도둑놈이다. 그런 건 재주껏 해결해.”

사천신투가 머리를 굴렸다.

‘그래. 생각해 보면 내가 빠져나갈 방법이 없는 건 아니지.’

일부러 자신만만한 듯이 장담했다.

“알겠습니다. 목숨을 걸고 훔쳐 보겠습니다.”

“그간 도둑질한 죗값이라고 생각해라.”

서흑수가 당이환에게 말했다.

“잔치 도중에 사천신투가 독제의 집무실을 털 겁니다.”

“좋은 생각이군.”

“그곳을 지키는 무사가 있다면 처리해 주서야겠습니다.”

“아버지의 집무실은 원래 무사가 지키지 않는다. 이곳이 어디라고 생각하느냐? 당문이다. 외부의 도둑놈 따위는 담벼락조차 넘지 못한다."

"직접 지키지 않더라도 누군가의 감시 영역에 들어 있을 것 아닙니까?"

당이환이 잠시 생각하더니 말했다.

"음. 그곳에서 멀지 않은 곳에 매복하고 있는 녀석이 하나 있지. 집무실에 누군가 침입한다면 충분히 감지할 만한 위치야."

"그를 처리해 주십시오."

당이환이 인상을 썼다.

"나보고 지금 같은 당문의 사람을 죽이라는 소리냐? 그렇게는 못한다."

"그럴 리가 없잖습니까? 사천신투가 침입할 수 있을 정도로만 손을 써주시면 됩니다."

당이환이 잠시 생각하다가 말했다.

"내가 가진 독 중에 적당한 것이 있다."

"독? 죽일 생각이십니까?"

"그럴 리가 있느냐. 시간만 벌어줄 뿐이다."

"나중에 검사해서 드러나는 독이라면 곤란합니다."

"소량만 사용하면 한두 시진 만에 몸속에서 완전히 분해된다. 분해된 후에는 누구도 그 흔적을 찾을 수 없다."

"매복자에게 그걸 어떻게 먹일 겁니까?"

“나는 당문의 삼공자다. 내가 주는 것을 거절할 리가 없다. 그리고 나중에 일이 터진 후에는 감히 매복 중에 뭘 먹었다고 발설하지 못한다.”

“대신에 그 매복자는 당 대협을 의심하게 될 겁니다.”

“그 녀석이 설마 나를 의심하겠느냐? 말도 안 되는 소리. 그냥 재수가 없었다고 생각할 거다.”

“좋습니다. 그렇게 해주십시오.”

“그런데 그 정도 조치로 사천신투가 잠입할 수 있을까?”

“명색이 사천 제일의 도둑입니다. 조그마한 틈을 만들어주면 충분합니다.”

“알았다. 나에게 맡겨라.”

“당문에 큰 해가 될지도 모르는 일입니다. 괜찮으시겠습니까?”

당이환이 주먹을 꽉 움켜쥐었다.

“아버지와 큰형님은 이미 내게 못할 짓을 했다. 참고 있으면 내가 당가가 아니지.”

그날 저녁에 서혹수를 환영하는 잔치가 벌어졌다.

서혹수는 음식을 조금 입에 댈 뿐 술은 마시지 않았다. 하지만 다른 사람들까지 금주를 한 것은 아니다. 특히 팽도천은 술을 물처럼 퍼마셨다.

그가 새로운 술의 밀봉을 뜯어 한 모금 쭉 들이켜고는 붉어진 얼굴로 말했다.

"크으. 좋구나. 세옥아, 사나이는 말이다. 술이 세야 해. 너도 사나이라면 마셔라. 단숨에 쭉 들이켜."

고세옥의 얼굴은 팽도천보다 몇 배 더 붉었다. 팽도천의 술 상대를 해주다 이미 주량의 한계를 넘게 마셨다.

하지만 팽도천이 그의 잔에 억지로 술을 따라주었다. 그는 술이 들어가자 평소와는 다른 적극적인 자세로 고세옥을 밀어붙였다.

고세옥은 그가 주는 술을 마다하지는 못했다. 어쩔 수 없이 독한 술을 받아 마셨다.

"컥!"

혀가 타는 듯했다. 뜨거운 기운이 몸속을 타고 흘렀다. 위장이 어디 있는지 확실히 느껴질 정도로 독한 술이었다.

"도, 독해요."

팽도천이 고세옥의 등을 두드렸다.

"하하하. 그게 사나이의 술이다!"

적어도 지금 이 순간만은 부화뇌동 전문 팽도천은 없었다.

당이환은 잔치에서 점점 사람들의 눈에 뜨이지 않는 자리로 이동했다. 잔치가 한창 무르익고 사람들의 관심이 멀어지자 그 자리에서 조용히 사라졌다.

사천신투는 당문 가주의 집무실이 보이는 위치에 조용히

숨어 있었다.

'들은 대로 경비를 서는 사람이 보이지는 않는군.'

집무실을 볼 수 있는 위치에 경비 무사는 없었다.

'외곽 경계를 믿는다 그거겠지. 안마당에, 그것도 겨우 집무실에 눈에 띄는 보초를 세운다면 당문의 체면이 손상되니까. 하지만 무림세가에서 이런 경우에는 보통……'

이번에는 고개를 조심스럽게 돌려 수풀이나 어두운 구석, 나무 위 같은 곳을 유심히 살펴보았다.

'어딘가에 매복이 있는 것이 정상인데……'

도둑질 경험이 많은 그의 눈에 매복에 적당한 지점 몇 군데가 잡혔다. 사천신투는 침을 삼켰다.

'만약 저 장소들 중 하나에만 매복이 있어도 절대로 몰래 침입할 수 없다. 사천당문 한복판에서 뭘 훔치다 들키느니 그냥 칼을 물고 죽는 게 덜 고통스럽겠지.'

약한 생각이 그를 유혹했다.

'그냥 튈까? 왕삼이 아무리 대단한 인물이라고 해도 신은 아니야. 깊은 산골 속에 숨어든 나를 어떻게 찾겠어? 공식적인 활동은 완전히 포기해야 하지만 그래도 살아남을 수 있어.'

그러나 그럴 수가 없었다.

'하지만 그건 사람 사는 게 아니지. 도박도 못하고, 좋은 음식이나 술 같은 것도 포기해야 하지. 아니, 끼니 걱정을 해

야 할까? 난 그렇게는 못살아.'

사천신투가 잡념을 끊었다. 누군가 집무실 쪽으로 걸어오는 것이 보였다. 바짝 긴장했다.

걸어오는 사람의 얼굴이 확인되고 나서야 속으로 안도의 한숨을 쉬었다.

'휴우. 당이환이다. 저자는 왕삼과 같이 다니는 자. 왕삼이 감시 문제를 해결해 주겠다고 한 건 빈말이 아니었구나.'

당이환은 사천신투가 점찍었던 매복 장소 중 한곳으로 걸어갔다. 그가 수풀이 무성한 곳 앞에 서서 말했다.

"수고가 많구나."

수풀 속에서 무사 한 명이 조용히 일어섰다. 그는 옷 곳곳에 풀을 잔뜩 꽂아 위장하고 있었다.

그가 당이환에게 포권을 했다.

"삼공자님을 뵙습니다. 여긴 어쩐 일이십니까?"

"잔치가 벌어졌잖은가? 좋은 것을 먹다 보니 고생하는 사람들 생각이 나더군."

"신경 써주셔서 감사합니다."

당이환이 품에서 기름종이로 싼 것을 꺼냈다. 그것을 펴자 잘 조리된 고기 몇 조각이 나왔다.

"모두에게 줄 수는 없고 누구를 줄까 하다가 이곳으로 왔다. 맛이라도 봐. 좋은 것으로 특별히 챙겨왔으니."

무사의 얼굴이 밝아졌다. 손을 내밀어 받으려다 멈칫했다.

'삼공자가 직접 주는 음식이니 먹다 걸려도 뒤탈이 나지는 않겠지만…….'

"저는 매복임무 수행 중입니다. 그깟 고기야 나중에라도 먹을 수 있는 것인데 왜 일부러……."

당이환이 그럴 줄 알았다는 듯이 웃었다.

"그냥 고기가 아니다. 흑수 녀석에게 나온 걸 조금 빼앗아온 거야. 평소에 먹던 것과는 부위가 달라, 부위가."

그 말을 들은 무사가 고기를 냉큼 받았다.

"이게 바로 신비협객께서 드시던 고기입니까?"

얼른 한 조각 집어 씹었다.

"음음. 그래서 그런지 쫄깃쫄깃한 것이 확실히 다릅니다."

당이환이 한마디 더했다.

"남들 눈이 있어 다른 녀석들 몫까지는 챙겨오지 못했다. 혼자 먹어라."

"후후. 그거야 다른 자리에 매복을 선 녀석들의 복이 그것밖에 안 되는 것 아니겠습니까?"

무사가 고기 몇 조각을 게 눈 감추듯 먹어치우고 나자 당이환이 일어섰다.

"그럼 계속 수고해라. 난 다시 잔치 자리에 가봐야겠으니……."

무사가 허리까지 숙였다.

"살펴 가십시오."

당이환이 사라지고 나자 다시 수풀 속에 몸을 숙였다. 누가 봐도 풀무더기만 보일 뿐 사람의 윤곽은 드러나지 않았다.

무사가 땅에 엎드린 채 눈을 껌뻑였다.

'고기를 먹어서 그런지 조금 졸립군.'

하품이 나오려는 것을 억지로 참았다.

'자다가 걸리면 난리난다.'

그는 단 한순간도 잠들지 않았다. 하지만 감각이 평소보다 많이 무뎌졌다.

당이환은 당당한 표정으로 돌아왔다. 마치 뒷간이라도 갔다 왔다는 태도였다.

서흑수가 당이환을 보고 웃었다. 당이환도 따라 웃었다. 서흑수는 만족했다.

'계획대로 되고 있어. 이제 결과를 기다리는 것만 남았군.'

사천신투는 당이환이 사라지고 나자 긴장하며 기다렸다.

'당이환은 분명히 손을 썼다. 그럼 뭔가 반응이 있어야 하는데 왜 변화가 없지?'

그의 눈은 이제 매복 무사가 엎드린 곳을 정확히 노려보고 있었다. 위치를 알고 보자 무사의 윤곽이 대충 구분이 갔다.

무사가 크게 하품을 했다.

"으아아암."

그는 급히 손으로 입을 막았다.

"오늘따라 너무 졸립군. 정신 차려야지."

그는 연신 하품을 하며 주변을 감시했다.

사천신투의 눈이 번쩍였다.

'하얀 것이 보였다. 분명히 이빨. 놈이 하품을 했다. 그렇구나. 아까 먹인 것에 약을 탔구나.'

그는 만족했다.

'하품하는 놈의 눈조차 피하지 못한다면 내가 어디 가서 도둑질 좀 한다고 말할 수 없겠지.'

다른 생각도 떠올랐다.

'정말로 당문 한복판에 길을 만들어줄 줄은 몰랐다. 앞으로도 왕삼에게는 거스르지 말아야겠군.'

그는 최대한 은밀히 집무실 건물로 다가갔다. 매복 무사가 하품하느라 흰 이가 보일 때마다 조금씩 움직였다. 다른 매복자가 있을 가능성은 걱정하지 않았다.

'저곳에 있는 매복자만 해결해 줬다는 것은 이 방향이 사각이 된다는 뜻.'

그렇게 문주의 집무실 앞까지 도착했다. 문은 자물쇠로 단단히 잠겨 있었다.

'흐흐. 낡은 방식으로 만들어진 자물쇠군. 이거 해체법이

나온 지 벌써 십 년이다.'

그는 꼬챙이 몇 개를 꺼내 열쇠 구멍에 집어넣었다. 이리저리 움직이자 자물쇠가 소리없이 열렸다.

그는 조용히 문을 열고 집무실 안으로 들어갔다. 소리가 나지 않도록 극히 조심했다.

집무실 안에 들어가서 문을 다시 닫은 후에야 사천신투는 한숨을 쉬었다.

"휴우. 이제 끝난 거나 다름없군."

그는 품에서 반지를 하나 꺼내 손에 끼웠다. 반지에 박힌 야광석에서 은은한 빛이 흘러나왔다.

그는 그것으로 주변을 비춰보며 중얼거렸다.

"흥. 왕삼, 나보고 배교와 손잡은 증거를 찾아내라고? 그것도 당문 문주의 비밀 금고를 열어서? 당문의 문주 집무실에서? 나보고 자살이라도 하라는 거야?"

그가 집무실을 어슬렁거렸다.

"그런 것에는 당연히 엄청나게 치명적인 함정이 설치되어 있을 거야. 문의 자물쇠가 겨우 저런 수준인 것 자체가 도둑을 방심하게 만들려는 함정이겠지. 그런 곳을 열라니."

그의 얼굴에 비웃음이 떠올랐다.

"왕삼, 나를 우습게봤어. 나는 그냥 여기 왔었다는 증거만 가져갈 거야. 너를 위해서 너무 많은 일을 해줄 생각은 눈곱만큼도 없어."

그는 당문 문주의 책상이나 주변의 장식들을 살폈다. 책상 위에 놓인 작은 함이 하나 눈에 들어왔다.

그는 그것을 잡았다.

"호오. 재질이 보통 아닌 것이 뭔지 중요한 것이 담겨 있나 보군. 게다가 당문 문주의 책상 위에 놓인 함이라. 뭔가 돈이 되는 것이 들어 있을 거야."

그가 함을 열려고 두 손으로 잡았다. 그러나 잠시 생각을 하더니 그대로 품에 넣었다.

"위험해. 독으로 봉인되어 있을지 몰라. 왕삼과 헤어지고 나면 다른 놈을 시켜 열어봐야지."

그는 다른 쓸 만한 것이 없는지 둘러보았다. 책상 위에 놓인 서류들이 보였다. 그중에서 글씨가 많은 것으로 몇 장을 챙겼다. 내용에는 관심도 없었다.

"왕삼에게는 이거나 가져다주자. 비밀 금고에는 이것밖에 없었다고 하지 뭐. 흥. 감히 나를 협박해서 부려먹으려 들다니. 왕삼, 그게 네 한계야. 밤일로 닳고 닳은 이 어르신이 너보다 훨씬 더 수준이 높지."

그는 필요한 것을 챙겼다. 더 이상 그곳에 머물고 싶지 않았다. 집무실의 문을 조심스럽게 열면서 웃었다.

"흐흐흐. 이제부터는 내가 바로 천하제일신투다. 당문 문주의 집무실을 턴 나 말고 누가 감히 천하제일신투가 될 수 있겠어?"

서흑수는 잔치 내내 사천신투가 붙잡이지 않았는지 주의를 기울였다. 그러나 잔치가 끝날 때가 되어도 독제 당백결이나 독군자 당이정은 특별한 변화를 보이지 않았다.

그는 만족했다.

'성공했다는 소리군.'

마침내 잔치가 끝났다. 그는 여러 사람과 번거로운 인사를 나눈 후 자기에게 할당된 방으로 돌아왔다.

방에는 사천신투가 먼저 와서 기다리고 있었다.

서흑수가 짧게 질문했다.

"성과는?"

사천신투가 품에서 서류를 꺼내 내밀었다.

"비밀 금고에는 이것밖에 없었습니다."

"무슨 내용인지 확인했나?"

사천신투가 고개를 살짝 가로저었다. 자신감 넘치는 표정으로 말했다.

"저는 그 내용이 무엇인지 단 한 글자도 읽어보지 않았습니다."

"돈이 될지도 모르는데?"

"비밀을 자세히 알면 목숨이 위험해진다는 것 정도는 알고 있습니다. 안심하십시오."

사천신투는 실제로 서류 내용에 관심이 없었다.

‘책상 위에 굴러다니던 서류가 중요하면 얼마나 중요하려고. 설사 중요하다고 해도 당문의 일에 깊게 개입했다가는 제명에 못 죽지.’

서흑수는 서류를 받아 들었다. 그도 서류 내용에는 관심이 없었다. 그래도 유심히 읽어보는 척했다. 마지막 장을 넘긴 후 고개를 끄덕였다.

“역시.”

사천신투는 갑자기 궁금증이 일어났다.

“찾던 서류인지요?”

‘그런 중요한 것을 책상 위에 놓아두었다니. 당문은 생각보다 훨씬 더 허술하군.’

서흑수가 씩 웃었다.

“찾던 서류지. 내용을 가르쳐 줄까?”

사천신투가 손을 크게 내저었다.

“조금도 알고 싶지 않습니다.”

“알아도 상관없어. 이건 당문의 일상적인 행정 서류. 조금도 의심스러운 점이 없어. 오히려 그 이상이지. 이 서류에 의하면 당문은 무림맹이 배교를 찾는 일을 적극적으로 지원하려고 하니까.”

“그거참 다행스러운 일입니다. 그럼 이제 당문은 결백한 겁니까?”

“그 반대지.”

“무슨 말씀이신지……."

서흑수가 서류를 던져 버렸다.

“이걸 비밀 금고에서 꺼내왔다고? 네 목숨에 걸고 맹세할 수 있나?”

사천신투는 뜨끔했다. 하지만 그의 얼굴색은 조금도 변하지 않았다.

‘표정 관리를 못한다면 도박사라고 할 수 없지. 이건 도박이야. 내가 반드시 이기는 도박.’

“물론입니다. 제 목숨을 걸겠습니다.”

서흑수가 싸늘한 표정으로 말했다.

“웃기고 있네.”

사천신투는 당황했다.

“예?”

“넌 사천에서 제일가는 도둑놈이잖아.”

“물론입니다.”

“감당하지 못할 위험한 것에 손대는 놈이라면 벌써 예전에 죽었겠지. 그 명성을 얻고 살아 있다는 건 위험한 건 건드리지 않는다는 뜻이지.”

“그, 그건……."

“그런 놈이 다른 곳도 아니고 사천당문 문주의 집무실에 있는 비밀 금고를 털어? 네 간이 그렇게 커?”

“그거야 시키셨으니까 당연히……."

서흑수가 사천신투에게 다가갔다.

"내가 시켜서? 내가 협박해서? 니가 왜 내 지시를 들어야 하는데?"

"그, 그거야……."

"너 같은 놈이 할 일은 뻔해. 거기 들어가서 대충 손에 잡히는 것을 주워왔겠지. 아무도 감시하지 못하는 곳에서 왜 시키는 대로 하겠어? 도둑질이나 하는 놈이 약속을 지키려고 목숨을 걸었겠어?"

사천신투의 심장이 두근두근 뛰었다.

'나보다 수가 훨씬 높은 놈이다. 도저히 이길 수 없다. 하지만 이대로 죽을 순 없어. 뭔가 변명을 해야 해.'

"저는 억울합니다."

"억울은 개뿔이 억울해?"

"그렇게 믿지 못한다면 왜 저에게 이 일을 시키셨습니까?"

서흑수의 입꼬리가 올라갔다.

"미끼가 필요했으니까."

"미, 미끼?"

"여긴 당문 한복판이야."

"당연합니다."

"어떻게 겨우 도둑놈인 니가 당문 문주 집무실을 들키지 않고 들락거릴 수 있지?"

"그거야 당연히 미리 손을 써주셨으니……."

"그건 너에게 건 미끼야. 미끼를 놓기 위한 미끼지."

"예?"

"사천신투, 당문이 네 정체를 모를까?"

"당연히 모릅니다."

"아니, 알아."

"예?"

"난 이미 네가 누군지 흘렸어."

"그게 무슨 말씀이십니까?"

서혹수는 교가장에서의 일을 생각했다.

'교가장에서 두 명이 독살된 건 내부인의 소행. 당문에 청풍이 있다면 그 일이 누구 짓인지는 뻔해. 그때 독을 쓴 건 바로 독룡대장 당이암이다.'

"당이환 대협이 당이암에게 흘렸어. 그럼 당이암이 당이정이나 당백결에게 보고하지 않았을 리 없어. 그럼 당문은 네가 우리 일행 중에 끼어 있음을 알 거야. 도둑놈을 가지고 뭘 할지는 명확하지."

사천신투의 얼굴이 창백해졌다.

"그럼 어서 다, 달아나야……."

"그런데 당문은 너에 대한 대비가 전혀 없었어. 집무실의 경비를 강화하지도 않았어. 그리고 내가 예상한 것을 당문도 예상했겠지. 네가 감히 비밀 금고를 뒤지지 않을 걸 짐작했겠지. 그래서 이런 서류를 눈에 띄는 곳에 늘어놓았겠지."

서흑수가 바닥에 굴러다니는 서류들을 가리켰다.

"당문이 죄가 없다면 왜 이런 짓을 하지? 그냥 나에게 항의하면 그만인데? 아니지. 평소의 당문이라면 너를 독살시켜버리겠지. 그게 당문이니까."

사천신투의 얼굴이 창백해졌다.

"저보고 죽으라고 그곳으로 보낸 것입니까?"

"살았잖아."

사천신투가 항의했다.

"당문에 죄가 없었다면 전 죽었습니다. 어떻게 저에게 이럴 수가 있습니까?"

서흑수가 싸늘한 눈빛으로 사천신투를 노려보았다.

"어이, 사천 제일의 도둑놈."

항의하던 사천신투가 바짝 긴장했다.

"예."

"넌 일반적인 도둑놈의 수준을 넘었어. 너 때문에 죽은 자가 없을까?"

"어, 없을 겁니다. 저는 강도가 아니라 그저 좀도둑……."

"웃기지 마. 너 때문에 죽은 사람, 찾아보면 있을 거야. 그것이 경비 책임자이든, 총관이든, 아니면 도둑맞은 본인이든 상관없이. 네 손으로 죽이지 않았다 뿐이지."

"그, 그거야 그들의 사정 아니겠습니까?"

"네가 죽고 사는 것도 네 사정이지."

사천신투는 이야기가 이상하게 흐른다고 생각했다.

'나 때문에 죽은 사람들 이야기를 왜 하는 거지? 혹시 날 죽여 입을 막으려고?

그 생각이 떠오르자 겁이 와락 났다.

'이놈이 신비협객이라지만 마교의 준호법이기도 해. 마교 놈이 사람 목숨을 아낄 리 없어.'

몸이 덜덜 떨렸다. 서흑수에게 사정했다.

"사, 살려주십시오."

서흑수가 웃었다.

"당문은 이미 네가 도둑질을 했다는 걸 알고 있어. 그래도 나와 함께 있을 땐 괜찮겠지. 그 후에는 재주껏 살아남아. 살아남기만 하면 당문주의 집무실을 턴 천하제일신투로 알려질지 모르지."

사천신투가 털썩 주저앉았다.

"허윽!"

그는 후회했다.

'이놈을 만나기 전에 은퇴했어야 했어. 아니, 일 년 전에 한몫 잡았을 때 은퇴했어야 했어. 삼 년 전에도 기회가 있었어. 어떻게 해서든 왕삼을 만나지 말았어야 했는데!'

서흑수는 도둑놈의 목숨을 지키기 위해서 노력할 생각이 조금도 없었다. 그는 이제 다른 쪽으로 관심을 돌렸다.

“어디, 그럼 이제 당이정부터 건드려 볼까? 내가 노리는 놈이 너에 대해 알겠지. 당이정이 이 일을 모른다면 그다음은 당백결이야. 그러니까.”

서흑수가 사천신투에게 손을 내밀었다.

“내놔.”

“뭐, 뭘 말씀이십니까?”

“도둑놈이 제 버릇 개를 줬을 리는 없어. 평소에는 꿈도 꾸지 못하는 장소에 들어갔으니 뭔가 기념이 될 만한 걸 훔쳐 왔겠지. 내놔.”

사천신투가 독기를 품었다. 고개를 가로저었다.

“아무것도 훔쳐 온 것 없습니다. 저는 순전히 시키신 대로 일만 했습니다. 억울합니다.”

서흑수의 입꼬리가 올라갔다. 주먹을 쥐었다.

“일단 좀 맞자.”

서흑수는 당이정의 현재 위치부터 확인했다. 그는 늦은 밤까지 서재에 있었다. 아직 불이 켜져 있었다.

그는 서재 앞에 가서 말했다.

“당이정 대협, 잠시 시간 좀 내주십시오.”

당이정이 곧바로 서재 문을 열고 나왔다.

“서흑수 대협께서 저를 찾으시는데 시간을 내지 못할 이유가 있겠습니까? 들어오십시오.”

서흑수가 들어오자 당이정이 말했다.

"아이들을 시켜서 차라도 대접하겠습니다."

"괜찮습니다. 소문내기 좀 그런 일이라……."

'다 같이 음식을 나눠 먹는 잔치 때와는 달라. 둘만 있을 때라면 차에 뭘 탈지는 아무도 모르지. 여기는 당문이란 말이야.'

"그러시겠습니까? 그런데 무슨 일로 이 야심한 시각에 저를 찾아오셨는지요?"

서흑수가 품에서 작은 함을 꺼냈다.

"이것을 돌려 드리려고 왔습니다."

당이정이 그 함을 보더니 의심쩍은 얼굴로 질문했다.

"이건 아버님 집무실에 있던 물건이군요. 이게 왜 서 대협의 품에서 나오는지요?"

서흑수가 정색을 했다.

"솔직히 말씀드리겠습니다. 사실 제 일행 중에는 사천신투가 있습니다."

당이정의 눈이 조금 커졌다.

"허, 그 유명한 도둑놈 말이십니까? 서 대협 같은 분께서 왜 그런 도둑놈과 함께 계십니까?"

"배교 놈들은 뭘 숨기는 재주가 탁월합니다. 그에 대한 대비로 그 도둑놈을 고용했습니다."

"아아, 그런 이유였군요. 자고로 숨겨둔 것을 찾아내는 데는 도둑놈이 제격이지요.”

“그런데 이놈이 버릇을 못 고치고 감히 당문의 물건에 손을 댔습니다. 문주님의 집무실에 잠입했다고 합니다.”

당이정의 눈이 날카로워졌다.

“간이 배 밖으로 나온 놈이군요. 감히 우리 당문에서 도둑질을 하다니.”

“그러게 말입니다. 다행히 제가 그 사실을 알게 되어 훔쳐 온 물건을 빼앗아왔습니다.”

당이정이 함을 만졌다. 그의 얼굴빛이 살짝 변했다. 함을 놓으며 그가 말했다.

“도둑놈이 이걸 열어보지 않았군요?”

서흑수의 얼굴에 옅은 웃음이 떠올랐다.

‘열어봤어야 한다는 건가? 당이정, 너도 이 함정과 관계가 있구나. 너는 뭘 알고 있지?’

“사천신투니 뭐니 해도 겨우 도둑놈입니다. 도둑놈의 간덩이로 어찌 감히 당문의 물건을 함부로 열어보겠습니까?”

당이정의 얼굴에 아쉬움이 슬쩍 나타나다가 사라졌다. 그 시간은 극히 짧았다.

“그걸 미처 생각하지 못했습니다.”

서흑수는 당이정이 별것 아닌 듯이 중얼거린 그 말을 듣는 순간 확신했다.

‘미처 생각하지 못했다고? 그렇구나. 당문 쪽의 함정을 판

건 당백결이 아니다. 당이정이다!'

그리고 새로운 계산이 이루어졌다.

'독군자 당이정을 중독시키려면 천년독각사의 독정이 필요해. 하지만 독정에 중독된 자는 왕으로 불린다. 왕은 여섯. 다섯은 이미 밝혀졌어.'

다른 가능성에 대해서도 결론이 나왔다.

'당백결은 이십 년 전에도 독제로 불리던 자다. 독정이 아무리 대단해도 애초에 그를 중독시킬 방법을 찾을 수 없었을 거야. 하독하는 순간 들킬 테니까. 하지만 이십 년 전의 당이정이라면 방법이 있었겠지.'

아직 문제점이 남아 있었다.

'그렇다면 당문이 끼어든 것은 천년독각사를 잡은 후의 일이란 소리. 그럼 천년독각사는 누가 잡았지? 아니, 그 문제는 이제 상관없어.'

서흑수가 당이정을 노려보았다.

'이자가 바로 청풍이다!'

그는 기분 좋은 긴장감을 느꼈다. 몸속에서 살기가 꿈틀거렸다. 그 감각을 즐겼다.

서흑수가 속내를 감추고 질문했다.

"당이정 대협, 그 함에 뭐가 들었습니까?"

당이정이 멈칫했다. 그의 얼굴이 굳었다. 하지만 그 시간 역시 극히 짧았다. 미리부터 의심하지 않았다면 알아보지 못할 만큼 짧았다.

그가 작게 웃었다.

"별것 아닙니다."

"실례가 되지 않는다면 열어봐 주실 수 있습니까?"

"하하. 남의 가문 물건을 열어달라니요. 실례가 되는 말씀이십니다."

서흑수가 웃었다.

"꼭 봐야겠다면?"

이제 당이정의 표정은 눈에 띄게 딱딱해졌다.

"물러가십시오. 내일 뵙겠습니다."

서흑수의 손이 함을 향해 움직였다. 빠르고 정확한 수법이었다.

당이정의 손이 곧바로 튀어나왔다. 그는 금나수법으로 서흑수의 손목을 잡으려고 했다.

서흑수의 손이 뒤집어졌다. 금나수법이 아슬아슬하게 빗나갔다.

당이정의 다른 손은 이미 함을 잡으러 날아가고 있었다.

뒤집혔던 서흑수의 손이 다시 변화를 일으켰다. 그 손은 당이정의 손길을 매섭게 쳐냈다.

당이정은 감히 부딪치려 하지 않고 손을 빼냈다. 하지만 그의 손끝에서 검은 안개가 뿜어져 나와 함을 뒤덮었다.

'독! 손대지 못하게 하려는 건가?

당이정의 얼굴에 득의만만함이 보였다.

서흑수의 손이 앉아 있던 의자의 팔걸이를 잡아 거칠게 뜯었다. 그것으로 곧바로 함을 때렸다.

당이정이 깜짝 놀라며 두 손을 내밀어 서흑수의 팔걸이를 잡아챘다.

서흑수는 순순히 팔걸이를 잡혀주었다. 오히려 손을 놓아버렸다. 당이정이 팔걸이를 붙잡는 사이 그의 손이 재빨리 움직였다. 손끝이 함의 자물쇠 부분을 노렸다. 손끝에서 강력한 지력이 뿜어져 자물쇠를 때렸다.

날카로운 소리와 함께 자물쇠가 부서지며 함의 뚜껑이 열렸다.

당이정이 짧게 소리쳤다.

"앗!"

함 속에는 작은 도장이 들어 있었다.

당이정이 벌떡 일어서며 외쳤다.

"이게 무슨 짓이오!"

서흑수도 천천히 일어섰다.

"특이한 모양의 도장이군. 그냥 도장으로 쓰기에는 모양이 안 좋아."

그가 당이정을 노려보았다.

"아마 어떤 기관장치의 열쇠겠지. 이를테면 비밀 금고 같은 것의……."

"무슨 말을 하고 싶은 거요?"

"사천신투가 비밀 금고를 찾을 마음이 있었다면 얼마든지 찾아냈겠군. 책상 위의 함을 열어보기만 하면 모든 것을 눈치 챌 수 있을 테니까."

당이정이 서흑수를 노려보았다.

"서흑수, 네가 요새 조그마한 명성을 얻었다고 눈에 보이는 것이 없구나. 감히 당문에 와서 나에게 누명을 씌우고도 무사할 줄 알았느냐?"

"누명? 당이정, 조사하면 다 나와. 이 함을 가져다 놓은 것은 당이정 당신이겠지."

"증거없이 함부로 말하지 마라."

"난 이 함의 출처가 어디고 비밀 금고의 열쇠를 누가 가져갔는지 알아낼 수 있어. 당신 아버지의 협조를 얻어 조사하면 돼. 내가 못할 것 같아?"

"그, 그건……."

"비밀 금고 안에는 아마 당문이 결백하다는 증거가 들어 있겠지. 당문이 비밀리에 배교를 추격하고 있다는 식의 자료였겠지. 혹시 사천신투가 그걸 발견하지 못할 경우를 대비해 책상 위에도 간단한 것 몇 장 얹어놓았겠지."

당이정이 코웃음을 쳤다.

"흥. 네가 무슨 말을 해도 나는 듣지 않겠다. 너는 지금 내게 누명을 씌우고 있다."

지금 서흑수는 점창파를 방문했을 때와 사정이 다르다. 그때는 숨겨야 할 것이 많아 모든 것을 비밀리에 처리해야 했다. 하지만 지금은 그렇게까지 숨길 필요가 없었다. 그리고 그는 그때는 없던 세력을 얻었다.

서흑수가 비웃었다.

"오호. 그렇게 나오시겠다?"

당이정이 매서운 눈빛으로 말했다.

"여기는 당문이다. 당문에서 설치지 마라!"

서흑수가 다시 의자에 앉았다. 한쪽 다리까지 꼰 채 당이정을 비웃었다.

"당이정, 내가 누군지 잊었어?"

"네놈의 명성이 대단한 건 알지만 그래 봐야 넌……."

당이정의 표정이 창백해졌다. 발작적으로 외쳤다.

"비겁하게 외부의 힘을 끌어들이겠다는 것이냐? 뭔가 하고 싶다면 네 스스로 해라!"

서흑수의 얼굴을 채우는 비웃음에 살기가 섞이기 시작했다.

"비겁? 난 소미를 구하기 위해서라면 뭐든지 동원해."

"난 아무것도 인정할 수 없다!"

"네가 인정하지 않아도 돼. 나는 이미 충분한 근거를 확보했어."

"네 이놈! 여기는 사천당문이다!"

“사천당문? 무림맹과 마교 양쪽의 힘을 끌어들여서 멸문시
켜 주마.”
“이, 이 비겁한 놈!”
“말했잖아. 난 소미를 되찾기 위해서라면 무슨 수든 쓴다.”
당이정이 소리를 질렀다.
“내가 납치하지 않았다!”
“소미가 납치된 걸 어떻게 알았나?”
“이환이가 그 아이를 찾고 있다는 말을 전해 들었다. 동생
이 하는 일인데 모를 리가 있느냐?”
“납치당했다는 건?”
“그것도 전해 들었다. 어쨌든 나는 그 아이를 납치하지 않
았다.”
“네가 직접 하지는 않았지. 납치 자체는 적뢰의 부하인 손
광태가 앞장서서 했으니까.”
당이정의 얼굴이 조금 밝아졌다.
“그것 봐라. 내가 한 일이 아니다.”
“그 일을 직접 한 놈은 내 손에 죽었어. 그런데 그놈들은
모두 독에 중독되어 있었다. 발작지연제로 버티고 있었지. 천
년독각사의 독을 억제할 수 있는 약을 만들 수 있는 곳이 사
천당문 말고 또 어디가 있지?”
당이정이 즉시 대답했다.
“마교의 독당이라면 가능하다. 독을 충분히 확보한 상태에

서 시간만 충분히 주어진다면 얼마든지 만들 수 있다.”

서흑수가 히죽 웃었다.

“실토했구나?”

“그게 무슨 말이냐?”

“독당의 능력이야 이미 알고 있었겠지. 하지만 천년독각사의 독이 어느 정도 수준인지 어떻게 알았지? 시간이 충분히 있어야 하는지 어떻게 알았지?”

“뭣이?”

“그걸 직접 다루어보지 못했다면 독당의 능력으로도 독과 시간이 충분히 확보되어야만 발작지연제를 만들 수 있다는 걸 알 수는 없다.”

당이정은 크게 당황했다.

“그, 그건… 오백 년 전의 일을 기록한 책에 그 독의 특성이 나온다. 그걸 짐작한 거다.”

“늦었다, 당이정. 그만하면 내가 손을 쓰기 위한 근거로 충분하다. 이제 사천당문은 멸문한다. 너 때문에.”

당이정이 서흑수를 노려보았다. 그는 초조해 보였다. 반면에 서흑수는 조금 여유가 있었다.

당이정이 한참을 망설이다 말했다.

“서흑수, 진심이냐?”

“내 명예를 걸고 말하지. 당문은 이제 무림공적이 될 거다.”

‘나에겐 내걸 명예 따윈 없어. 가짜 명예 따위, 얼마든지
버려주지.’

둘 사이에 더 이상 대화는 없었다. 침묵이 그들을 덮었다.

그렇게 한 시진이 지났다. 갑자기 당이정이 한숨을 크게 내
쉬었다.

“휴우.”

“인정하나?”

“인정하지 못하지. 하지만 정보라면 조금 있다.”

서흑수가 흰 이를 드러냈다.

‘약해졌군. 슬슬 당근을 던져 볼까?’

“정보? 당이정, 지금까지 내가 지존을 어느 정도로 몰아붙
였는지 알겠지?’

“소문은 들었다.”

“난 결국 지존을 잡고, 천년독각사의 독각을 차지할 거다.
나는 나에게 협조한 자들에게 그 독각을 나눠주겠다. 독각만
있다면 독정의 발작지연제가 아니라 해독제를 만들 수 있다.
그들은 구원받는 거지.”

당이정의 얼굴빛이 확 변했다.

“정말이냐?’

“하지만 협조하지 않은 자에게는 아무것도 주지 않아.”

“그, 그건 불공평하다. 네가 진정 협객이라면 사람의 목숨
을 구하는 데 차별을 두지 말아야 한다!”

서흑수의 입술이 비틀어졌다.

"불공평? 그건 누가 결정하는 거지?"

당이정이 다시 망설였다.

"이건 어디까지나 가정으로 하는 말이다. 만약, 만약 내가 네 의심을 사실이라고 인정한다면 앞으로 우리 당문은 어떻게 되는 거냐?"

서흑수의 웃음이 커졌다.

'걸렸군.'

"이거 하난 확실하지. 네가 인정하지 않으면 앞으로의 무림 역사에 당문은 없어."

당이정의 얼굴이 구겨졌다.

"협박이 너무 심하다."

"협박이라고 생각하면 버텨. 인정하지 않으면 독각은 없어. 그리고 지존을 잡으면 증거가 나와. 마교는 교주를 죽인 배교에 대해서 이를 갈고 있어. 내가 가서 마교를 부추기겠어. 배교와 함께 당문이 일을 저질렀다며 참지 말라고 부추기겠어."

"네가 감히……."

"마교는 지금 나를 신뢰해. 나는 마교를 설득할 자신이 있어. 그럼 마교는 참지 않아. 내가 그들이 참지 못하게 만들겠어. 그러니까 버텨. 네 죄를 인정하지 말고 버텨. 계속 버티다가 기왓장 하나 남기지 못할 정도로 망해 버려."

당이정의 얼굴에 경련이 일어났다. 그의 손끝이 살짝 움직였다.

서흑수가 그걸 힐긋 보고 경고했다.

"좋은 생각이야. 나를 죽여서 입을 막아. 그러면 돼."

당이정의 손끝이 조금씩 위로 올라왔다.

서흑수의 입꼬리가 점점 올라갔다.

"네 실력이 마교 교주보다도 강하다고 생각하면 나를 죽여. 그러면 돼. 그러면 네 죄는 묻혀."

그 말을 들은 당이정이 손을 움찔거렸다. 그가 고개를 가로저었다.

"마교 교주를 꺾었단 소식은 들었다."

"들었겠지. 적우 복양소를 통해 들었겠지."

"서흑수, 내 무림에서의 명성을 알면서도 나를 너무 핍박하는군."

"명성? 당문을 멸문당할 위기에 빠뜨린 자라는 명성?"

당이정이 이를 악물고 손을 뻗었다.

"너무 핍박하지 마라!"

그의 손끝에서 나비 모양 암기 네 개가 튀어나왔다. 당문이 자랑하는 비장의 암기, 독접이었다.

서흑수의 검이 튀어나와 독접을 강하게 후려쳤다. 독접은 나선형을 그리며 튕겨 나갔다. 다시 돌아와 목표물의 뒤를 노리려고 했다.

서흑수가 앞으로 튀어나갔다. 그의 검이 당이정을 노렸다. 당이정이 급히 물러섰다.

"무모한 놈! 네 뒤를……."

튀어나간 독접들이 벽에 충돌했다. 움직일 공간을 확보하지 못한 그것들은 그대로 벽으로 파고들었다. 돌아오지 못했다.

그 사실을 깨달은 당이정의 얼굴이 굳었다.

서흑수의 검이 어느새 당이정의 목을 겨누었다.

"당이정, 실내에서 독접이라니. 네 실력이 겨우 그 정도일 리는 없지. 그만큼 크게 당황했나? 네가 청풍임을 들켜서?"

당이정이 손가락이 슬쩍 움직였다. 서흑수가 다시 경고했다.

"이번엔 사정 봐주지 않아."

당이정이 손끝을 떨었다. 마침내 고개를 푹 숙였다.

"독각을 차지하면, 정말로 나눠줄 거냐?"

서흑수가 차가운 얼굴로 말했다.

"하늘에 맹세하지."

'망할 놈의 하늘 따위에게 맹세해 주지.'

당이정이 뒤로 물러섰다. 그러더니 자기 의자를 찾아 털썩 주저앉았다.

"내가 바로 청풍이다."

서흑수도 검을 집어넣었다.

'됐어. 놈이 인정했다. 이제 내가 얻어낼 건 소미의 위치에 대한 정보야.'

그는 자신의 의자에 몸을 파묻었다.

"독제는?"

"아버지는 아무것도 모르신다. 애초에 지존이 아버지를 중독시킬 수 있을 리가 없잖아."

이미 예상했던 일이다. 확인을 위해서 질문했다.

"독군자는 중독이 가능하고?"

"그 일은 약 이십 년 전에 일어났다. 그때 나는 독군자라는 명성을 얻기 전이었다. 실력보다 자만심이 컸다. 조금의 방심으로 독정에 중독을 당했지."

"천년독각사는 누가 잡았지? 당신은 그 일에 끼어들지 않았나?"

"그랬다면 내가 독정에 중독됐을 리 있나? 그것까지는 나도 모른다."

"상관없어. 어쨌든 너는 이 일이 시작할 단계부터 배교와 일을 했어. 그렇지?"

"그렇다. 배교가 사람들을 마음대로 부리려면 천년독각사의 독을 통제할 수 있어야 했으니까."

"독? 독정은?"

"독정의 발작지연제는 만들기 어렵지 않아. 사실 극히 간단했지. 천년독각사의 뿔이라는 최고의 재료가 있었으니까.

배교의 잔당은 이미 그 방법을 알고 있었어. 하지만 독정이 아니라 이빨에서 나오는 독은 사정이 다르지."

"무슨 사정?"

"그 독의 양은 많은데 뿔은 그렇게 크지 않아. 낭비할 수 없지. 하지만 발작지연제는 지속적으로 공급해야 해. 나는 살고 싶어서 놈들의 요구대로 이빨에서 나오는 독의 발작지연제를 만들어냈다."

"발작지연제가 네 작품이었군. 그 방법으로 독정을 처리할 수는 없었나?"

"후후. 일반 독의 발작을 지연시키는 약을 만드는 데만 오년이 걸렸다. 내 모든 능력을 쏟아 부어도 그것이 한계였다. 독정은 그 독의 정화. 내 능력으로는 불가능하다."

"독제에게 알렸다면 방법이 없었을까?"

"아버지의 힘으로도 불가능하다. 그건 확실해."

"참 많은 사람이 배교 때문에 죽었어. 그 일에는 네가 만든 그 발작지연제가 큰 몫을 했지."

"미안하다. 난 살고 싶었다."

"네가 살기 위해 너무 많은 사람을 죽였어."

"정말 미안하다."

서혹수는 생각을 정리했다.

'내게 필요한 건 정보. 당문에 대한 처리는 일단 소미를 구한 후 생각하자.'

“좋아. 이제 본론을 이야기하지. 소미 어디 있어?”

“그 아가씨는 지존과 함께 있다.”

“지존은 어디 있어?”

“배교의 최후 은거지.”

“사천이지?”

“어떻게 알았는지 모르겠지만, 그렇다.”

“정확한 위치는?”

당이환이 종이를 가져와 탁자 위에 펼쳤다. 그 위에 간단한 지도를 그렸다.

“이곳으로 가면 꽤 험한 산들이 모여 있다. 산세가 험하고 토질이 황폐하여 사람이 살지 않아. 그 산을 타고 이곳으로 들어가면 계곡이 하나 있다. 그곳이 배교의 최후 피신처다. 지존은 아마 거기 있을 거다.”

“거짓말이라면 앞으로 당문은 없어.”

“발작지연제 개발 때문에 그곳을 몇 번 찾아간 적이 있다. 틀림없다.”

서흑수는 조금 불안한 마음이 들었다.

‘너무 쉽게 털어놓는데?’

하지만 이 정보를 무시할 생각은 없었다.

‘상관없겠지. 독정에 중독된 인간들은 살기 위해서라면 무슨 짓이든 하니까.’

서흑수가 일어섰다.

"소미가 거기 있기를 빌어라. 네 목숨을 위해서."

당이정이 급히 말했다.

"약속은 반드시 지켜라."

"약속?"

"천년독각사의 뿔 말이다. 독정의 해독제를 만들려면 세 냥은 있어야 한다."

서혹수가 당이정을 노려보았다.

'놈은 다시 배신할 수 있어. 그걸 막으려면 놈에게 살 수 있다는 희망을 줘야 해.'

"뿔은 구해다 주지. 하지만 당이정, 널 용서한 건 아니야."

당이정이 머리를 숙였다.

"용서를 받기 위해서 최선을 다하겠다. 앞으로 내 인생은 지존의 대법에 희생된 아가씨들을 회복시킬 방법을 연구하는 데 전념하겠다. 이번 일이 정리되면 소문주의 지위도 버리고 참회하며 살겠다."

"부족해."

"그곳을 치는 데 우리 당문의 전투 부대들을 데려가라. 최대한 지원하겠다. 나에겐 그 정도 힘이 있다."

그의 제안 두 개가 서혹수에게 매력적으로 다가왔다.

"두고 보겠다."

第四章

서흑수는 당이정과 헤어진 후 일행이 있는 곳으로 걸어 갔다. 걸어가면서 생각했다.

"사람들을 모아야 해. 당문의 전투 부대만이 아니라 무림 맹과 마교의 힘을 최대한 모아야 해. 그들의 힘을 이용해 배교를 끝장내고 그 틈에 소미를 구한다."

서흑수가 일행이 머무는 곳에 다가갔다. 뭔지 모를 불안감이 그의 가슴을 채웠다.

"이제 소미만 구하면 되는데 왜 이렇게 불안하지? 당문에서의 일이 너무 쉽게 풀려서일까?"

그가 방문을 열기도 전에 남궁진미가 튀어나왔다.

“서 공자, 큰일 났어요!”

“무슨 큰일 말입니까?”

“마교가 전쟁을 일으키려고 한다는 소식이 들어왔어요!”

서혹수의 얼굴이 일그러졌다.

“그게 무슨 소리입니까? 마교에는 지금 그럴 수 있는 인물이 없습니다.”

“마교에 소교주 북건곤이 돌아왔어요. 살아 있었어요.”

“북건곤!”

남궁진미가 빠르게 설명했다.

“그가 교주에 취임했어요. 교주가 되자마자 무림맹과의 전쟁을 선언했어요. 마교는 지금 전쟁 준비에 혈안이 되어 있어요. 이대로라면 곧 전쟁이에요!”

그의 일행이 모두 튀어나왔다. 그들은 서혹수만 바라보고 있었다.

당이환이 말했다.

“혹수, 이걸 어떻게 해야 하겠나?”

제갈무한도 말했다.

“지난번 전쟁 위기도 네가 막았지. 무림맹에서는 이번에도 너에게 큰 기대를 하고 있다.”

서혹수는 뒤를 돌아보았다. 저 멀리 당이정이 머무는 건물 꼭대기가 보였다.

“잠시 다녀오겠습니다.”

그는 곧바로 당이정이 있는 곳으로 달려갔다. 문을 벌컥 열어젖히고 들어가 호통을 쳤다.

"당이정, 미리 알고 있었나!"

당이정이 웃었다.

"나도 방금 들었다."

"믿어지지 않는데?"

"너무 그러지 마라. 나는 청풍이다. 청 자가 들어간다는 뜻은 지존에게 원치 않게 얽매여 있다는 뜻이다."

서흑수는 그 말을 듣자 적과 청의 의미를 짐작할 수 있었다.

'적뢰와 적우는 지존의 힘을 이용해서 자신의 권력을 강화하려고 했지. 청뢰와 청우는 억지로 끌려 다녔고.'

"나에게 말한 것 중에 거짓은 없겠지?"

"물론이다. 나도 지존이 싫다. 이 금제에서 벗어나고 싶다. 네가 도와준다면 가능하겠지."

"믿겠다."

당이정이 한마디 덧붙였다.

"그리고 지금의 내 소문주로서의 지위도 유지하고 싶다."

"조금 전만 해도 평생을 사죄하며 살겠다던 놈이 그새 말을 바꾸는구나."

당이정은 한결 여유가 생긴 표정이었다.

"사정이 변했다. 전쟁이 벌어지면 당문은 무림맹에 붙을 거다. 그럼 우리는 어차피 마교와는 적대 관계가 되지. 우리만이 아니라 구파일방과 오대세가, 그리고 수많은 정파가 마교의 적이 돼. 마교가 굳이 우리만 따로 칠 이유는 없다. 그러니까 이제 우리 당문은 네가 아무리 수작을 부려도 정파가 완전히 패망하지 않는 한 괜찮아.”

“내가 만약 지난번처럼 마교와의 전쟁을 막는다면?”

“이번에는 어려울 거다. 내가 아는 바에 의하면 소마 북건곤은 미친놈이다. 북만극과는 완전히 다른 인간이지. 이 전쟁은 피할 수 없다.”

“자신만만하구나.”

“대신에 앞으로 너의 일에는 최대한 협조하겠다. 네가 천년독각사의 뿔을 가져다주지 않으면 난 어차피 죽을 테니까.”

서흑수가 그를 노려보았다.

“당이정, 네 모든 것을 쏟아 부어라. 다른 수작 부리면 넌 독정이 발작하기 전에 내 손에 죽는다.”

“만족할 거다, 서흑수. 아니, 왕삼인가?”

서흑수가 일행을 모아놓고 질문했다.

“전쟁의 명분은 무엇입니까?”

남궁진미가 말했다.

“북건곤은 북만극이 암살당한 일에 무림맹이 개입했다고

주장하고 있어요. 아버지의 복수를 위해서 전쟁을 하겠다는 거예요. 명분으로 그만한 게 없죠."

제갈무한이 보충했다.

"단지 명분으로 내세운 것이다. 북건곤은 오래전부터 전쟁을 원했다. 그동안은 북만극에게 눌려 참고 있었을 뿐이다."

서흑수는 잠시 갈등했다.

'다시 소미 일을 미뤄두고 마교로 가야 하는가?'

예전과는 상황이 달랐다.

'소라 아가씨가 생강시가 됐어. 그렇다면 소미에게 남은 시간이 별로 없어. 하지만 전쟁이 일어나게 놔둘 수도 없어. 그럼 너무 많은 사람이 죽어. 어떻게 해야 하지? 어떻게 해야 소미를 구하고 전쟁을 막을 수 있지?'

고민하던 그의 눈빛이 강렬해졌다.

'다시는 소미를 내버려 두지 않아.'

서흑수가 일행을 돌아보며 말했다.

"배교의 현재 위치를 파악했습니다."

남궁진미가 짜증을 냈다.

"서 공자, 당장은 배교보다 마교와의 전쟁이 더 큰일이에요. 전쟁을 막지 못하면 무림은 끝장이에요."

"북만극은 생강시에게 죽었습니다. 그것은 배교의 짓입니다. 배교를 붙잡으면 마교는 명분을 잃습니다."

“그것은 그야말로 명분일 뿐이에요. 명분이 없어져도 이미 시작된 전쟁을 막을 수는 없어요.”

“맞습니다. 전쟁이 시작된 후에는 아무도 되돌릴 수 없습니다.”

“그런데 왜 쓸데없는 소리를…….”

“전쟁이 시작되기 전에 명분을 제거하면 됩니다.”

제갈무한이 동의했다.

“가능하기만 하다면 그게 최선의 방법이지.”

남궁진미가 곧바로 반박했다.

“하지만 그럴 만한 시간이 없어요. 북건곤은 전쟁을 서두르고 있어요.”

서흑수가 설명했다.

“놈들이 있는 곳은 사천입니다. 여기서 그렇게 멀지 않습니다. 즉시 가용한 병력을 최대한 동원해서 놈들을 치겠습니다.”

“그다음에는요?”

“놈들을 잡고 증거를 확보하면 그것을 마교로 보냅니다. 나에게는 마교의 준호법이라는 지위가 있습니다. 가장 빠른 수단으로 통보할 수 있습니다. 그러면 전쟁을 지연시킬 수 있습니다.”

남궁진미는 물러서지 않았다.

“단지 잠시 지연시킬 뿐이잖아요.”

“시간만 벌면 됩니다. 그 후에는 찾아가서 직접 해결해야지요. 전쟁은 막아야 하니까.”

“다른 방법은 없나요?”

“없습니다.”

사람들이 서로 얼굴을 돌아보았다. 그러나 그들에게 더 나은 방법이 있을 리가 없다.

남궁진미가 주먹을 꼭 쥐고 말했다.

“알았어요. 최선을 다해보기로 해요.”

당이환이 일어섰다.

“아버지에게 이야기해서 우리 당문의 전투 부대들을 모으겠다. 도움이 될 거다.”

서흑수가 짧게 말했다.

“직접 손쓰실 필요 없습니다. 당이정이 도와줄 겁니다.”

당이환이 멈칫했다.

“형님과 무슨 이야기를 했나?”

“때가 되면 아실 겁니다. 여하튼 그는 적극적으로 도와줄 겁니다. 지금은 그것밖에 말씀드릴 수 없습니다.”

당이환이 서흑수를 물끄러미 바라보았다. 그러다 고개를 끄덕였다.

“그래. 네 녀석은 언제나 믿을 만하지. 모든 일이 끝나면 이야기해 주리라 기대하마.”

　　　　　*　　　　　*　　　　　*

　전쟁이 코앞에 닥쳤다.

　무림맹은 각 문파에서 최대한 병력을 끌어 모았다. 그 작업은 빠르게 진행됐다. 다들 집결지로 달려가느라 바빴다.

　마교의 움직임은 더 빨랐다. 북건곤은 총단에서 병력을 모으는 것 말고도 손을 썼다. 전쟁이 시작되기도 전에 마교 무사들이 무림 곳곳에서 활동을 시작했다.

　음귀곡의 무사 삼십 명이 이동하고 있었다. 음귀곡은 마교의 지부 역할을 겸하고 있는 유명한 사파였다.

　그들을 이끄는 사람은 음귀곡의 유명한 검객, 영사귀 소자운이었다.

　무사 중 한 명이 말했다.

　"소 장로님, 조금만 쉬었다 가면 안 되겠습니까?"

　다른 무사가 맞장구를 쳤다.

　"맞습니다. 아직 시간은 충분한데 말입니다."

　소자운이 음침하게 웃었다.

　"흐흐흐. 이 녀석들, 엄살 피우지 마라. 공을 세울 기회는 쉽게 오지 않는 법이다. 지금 이 순간에도 정파 놈들이 무림맹을 향해 몰려가고 있다. 그놈들을 습격해서 죽이려면 미리 가서 매복해 있어야 한다."

“하지만 무사들이 지쳤습니다.”

“시끄럽…….”

소자운의 얼굴이 갑자기 굳었다. 그의 몸이 팽이처럼 회전했다.

“누구냐!”

젊은 여자와 중년 남자가 그들의 앞쪽에 나타났다. 겉보기에는 평범한 남녀 한 쌍이었다.

하지만 소자운은 방심하지 못했다. 젊은 여자를 보는 순간 의심이 들었다. 그는 검을 잡으며 중얼거렸다.

“생강시?”

그 말을 듣자마자 무사들이 일제히 검을 잡았다. 삼십여 명이 거의 동시에 검 잡는 소리가 요란하게 들렸다.

무사들이 중얼거렸다.

“이번에도 그냥 길 가는 보통 여자 아닐까?”

“젊은 여자는 찔러서 확인하는 게 제일 좋아. 생강시는 칼이 들어가지 않는다고 하니까.”

“여기까지 오면서 그렇게 죽인 여자가 벌써 열 명이 넘잖아. 저 여자가 열한 번째가 되겠군.”

소자운이 여자를 노려보며 호통을 쳤다.

“정체를 밝혀라!”

중년 남자가 웃었다.

“후후후. 마교의 끄나풀들이 틀림없나?”

“역시 생강시로구나.”

“안목이 제법이구나. 하지만 그뿐. 이제 죽는 일만 남았군.”

남자가 패를 들었다.

“지존께서 내리신 명령이다. 저것들을 죽여!”

생강시가 소자운에게 달려들었다.

소자운이 고함을 질렀다.

“감히!”

그의 몸에서 내공이 솟아올랐다. 내공의 힘이 검을 휘감았다. 검에 강력한 기운이 깃들었다.

‘가장 파괴력이 강한 수법을 써야 해!’

소자운의 검이 느릿하게 움직였다. 느리지만 무거운 수법이었다. 그 날카롭고 강력한 칼날이 달려드는 생강시의 몸을 정확하게 찔렀다.

날카로운 쇳소리와 함께 소자운의 입에서 신음 소리가 터져 나왔다.

“큭!”

검은 생강시의 몸을 조금도 뚫지 못했다.

칼날은 강력한 공력의 보호를 받았다. 휘어지지 않았다. 그 덕분에 모든 반발력이 검을 움켜쥐고 있던 소자운의 손목을 때렸다. 손목에서 시큰한 통증이 올라왔다.

소자운은 손목을 잡고 뒤로 물러섰다. 생강시의 움직임은 그의 반응보다 훨씬 더 빨랐다.

생강시의 풍만한 가슴이 소자운의 눈앞에 갑자기 나타났다. 소자운은 처음에 상황을 제대로 이해하지 못했다. 그러다가 깨달았다.

'생강시의 젖가슴!'

다음 순간 생강시의 주먹이 소자운의 머리를 때렸다.

음귀곡의 무사들은 입을 떡 벌렸다. 그들의 눈앞에서 소자운이 머리가 깨진 채 날아가는 것이 보였다.

"소, 소 장로님이 한 수에……."

생강시가 그들을 돌아보았다. 그녀의 흐릿한 눈빛에 살기는 조금도 없었다. 하지만 무사들은 두려워했다. 그 흐릿한 눈빛을 두려워했다.

"여, 역시 배교의 괴물."

"사, 상대가 안 될 거야."

다음 순간, 생강시가 그들에게 달려들었다. 그녀의 주먹이 무사 한 명의 가슴을 때렸다.

"커억!"

무사는 가슴이 함몰되며 즉사했다. 그의 시체가 다른 무사들에게 날아갔다.

무사들의 검이 즉시 그녀의 몸을 때렸다. 단 한순간에 십여 차례 검에 베였다.

그러나 베여 나간 것은 옷자락뿐이다. 반라의 몸이 된 그녀가 다시 움직였다.

그녀의 주먹이 움직였다. 무사들이 피떡이 되어 사방으로 튕겨 나갔다.

"다, 달아나!"

무사들이 더 이상 저항을 포기하고 도망치기 시작했다. 패를 든 남자가 소리쳤다.

"으하하하. 음귀곡 놈들. 그깟 실력으로 마를 논했느냐? 내가 바로 마두다. 으하하하!"

그는 손에 든 패를 보며 음침하게 웃었다.

"나에게는 힘이 있다, 힘이. 크흐흐흐."

*　　　*　　　*

서흑수는 최대한 많은 무사들을 끌어 모으려 했다. 그러나 상황이 나빴다.

남궁진미가 보고했다.

"무림맹은 현재 마교와의 전쟁 준비로 병력을 따로 뺄 여유가 없어요."

제갈무한이 보고했다.

"마교 쪽은 말할 것도 없다. 그들은 전쟁 준비에 바빠. 더구나 사천의 마교 지부들은 언제 정파무림의 공격을 받을지 몰라 바짝 긴장한 상태다. 북건곤의 명령을 핑계로 병력을 빼

주지 않아."

서흑수가 질문했다.

"그래서 얼마나 모았지?"

남궁진미가 대표로 보고했다.

"사천에 있는 무림맹 쪽 문파들에서 무사 약 백 명, 마교 쪽 문파 몇 곳에서 무사 약 백 명을 보내왔어요. 하지만 정예라고 할 수 없는 무사들이에요. 그리고 당문에서는……."

당이환이 말했다.

"열 개의 전투 부대, 오백 명을 준비했다."

"많군요."

"현재 우리 당문에서 동원할 수 있는 전투 부대 대부분이다. 나머지는 너무 멀리 나가 있어 시간 안에 돌아올 수 없다. 나머지는 우리 당문을 위해 남겨둬야 한다."

"당이정이 얼마나 협조했습니까?"

"네 녀석이 어떤 수를 썼는지 모르겠지만 정말 적극적으로 나서더군."

서흑수가 고민했다.

"그래도 수가 한참 모자랍니다. 더구나 우리에게 필요한 건 고수입니다."

"무사들은 빼고 움직이자는 뜻이냐?"

"무사들은 놈들의 퇴로를 차단하기 위해 필요합니다. 하지만 정작 필요한 건 생강시에게서 스스로의 목숨을 지킬 수 있

을 정도의 고수입니다. 무림맹과 마교가 적극 지원해야 일이
수월한데 곤란하게 됐습니다."

남궁진미가 말했다.

"그 생강시 때문에 지금 큰 문제가 생겼어요."

"무슨 문제입니까?"

"저도 조금 전에 연락받은 내용이에요. 생강시들이 무림
전체에 나타났어요."

서흑수의 눈빛이 변했다.

"그게 무슨 뜻입니까?"

"생강시들이 마교를 공격하고 있어요."

"마교를?"

"우리 무림맹에 보고된 것만 해도 수십 건이 넘어요. 마교
를 조직적으로 공격하고 있어요."

당이환이 말했다.

"배교가 무림맹을 돕고 있다는 뜻이냐?"

"안타깝지만, 그래요."

서흑수가 인상을 썼다.

"애초에 배교의 계획은 무림맹과 마교를 싸움 붙이려는 거
였습니다. 하지만 현 상태로는 마교의 전력이 더 강합니다.
그래서 마교의 힘을 줄이려고 하는 겁니다."

남궁진미가 덧붙였다.

"그것만이 아니에요. 마교가 공격을 당했어요. 그들에게

명분이 추가됐어요. 마교에서는 이제 무림맹이 배교와 손을 잡았다고 주장할 거예요. 이렇게 되면 전쟁을 막기는 더 힘들어져요.”

잠시 생각하던 서흑수가 벌떡 일어섰다.

“당장 출발합시다.”

“어디로요?”

“배교가 있는 계곡으로.”

“하지만 지금 전력으로는 곤란하다고 했잖아요.”

“그건 놈들에게 생강시가 잔뜩 남아 있을 때의 이야기입니다.”

“예?”

“원래 생강시의 수 자체가 그리 많지 않습니다. 생강시가 많았다면 배교는 스스로의 힘으로 무림을 점령하려고 했을 테니까요.”

“그야 그렇죠.”

“지금 무림 곳곳에 생강시가 나타났습니다. 그건 놈들이 보유한 생강시 대부분을 이번 일에 동원했다는 뜻입니다. 이제 놈들의 본거지에 남은 생강시는 얼마 없습니다.”

“그 예상이 틀리다면요?”

“어차피 다른 방법을 강구할 시간이 없습니다. 당장 출발하겠습니다. 지존을 잡아야 전쟁을 멈출 수 있습니다.”

당문과 배교의 근거지 사이의 거리는 말을 타고 이틀이면
갈 수 있을 만큼 가깝다. 서혹수가 이끄는 무사들은 모두 말
을 타고 미친 듯이 달렸다.

그들은 밤에도 자지 않고 달렸다. 말을 갈아타며 최대한 시
간을 줄인 덕분에 이틀 거리를 단 하루 만에 주파했다.

목적지 근처에서 말을 내린 칠백여 명의 무사들은 산속으
로 들어갔다.

선두에서 사람들을 이끌던 서혹수가 무사들에게 작게 말
했다.

"정지!"

무사들은 모두 무림인이다. 하수들도 많지만 그래도 일정
수준 이상의 훈련을 받은 사람들이다. 그들은 즉시 입을 다물
고 몸을 낮췄다.

서혹수가 앞을 가리켰다.

"찾았습니다."

그가 가리킨 곳에는 건물 몇 채가 있었다.

당이환이 그걸 보고 말했다.

"돌아다니는 놈들이 있군."

서혹수의 입꼬리가 올라갔다. 송곳니가 드러났다.

"텅 비지 않았다는 뜻이지요. 지금까지와는 달리."

당이환은 서혹수에게서 느껴지는 살기에 흠칫했다.

"그, 그렇군."

남궁진미는 다른 의미로 흠칫했다.

'지금까지와는 다르다고? 역시 그동안 우리보다 앞서 손을 쓴 사람은 서 공자야. 이상해. 왜 그렇게 자신을 숨겨야 했지? 도대체 왜?

서흑수가 당이환에게 말했다.

"우선 소미의 안전을 확보하는 게 우선입니다."

"내 딸의 일이다. 내가 가겠다."

"이 일은 제가 합니다."

당이환이 그를 쳐다보다가 말했다.

"그래. 나보다는 네가 낫겠지. 부탁한다."

"제가 먼저 잠입해서 소미의 안전을 확보하겠습니다. 신호를 하면 돌격하십시오."

"신호를 어떻게 구분하지?"

서흑수의 송곳니가 더 드러났다.

"싸움이 시작되는 것이 신호입니다."

서흑수는 배교의 근거지에 조용히 잠입했다.

'무사들의 숫자는 약 백여 명. 지존은 이미 지원 세력을 다 잃었어. 백 명이나 있다면 여기가 놈들의 본거지. 당이정이 거짓말을 한 건 아니군.'

만족한 서흑수는 그림자 사이로 스며들며 움직였다. 건물 사이를 조용히 움직이며 하나씩 확인했다.

서흑수의 눈이 빛났다. 한 건물의 문이 특별히 튼튼해 보였다. 그 앞에는 무사 두 명이 보초를 서고 있었다.

'누군가를 가두기 위한 곳이다.'

몸의 감각을 더 예민해지도록 조절했다.

'안에서 인기척이 느껴진다.'

서흑수는 주변을 살폈다. 보초 외에는 아무도 없었다.

두 명의 무사가 서로 다른 곳을 돌아보는 순간 서흑수가 움직였다.

무사들은 누군가 자신들의 사이에서 솟아나는 모습에 깜짝 놀랐다.

그들은 놀라 소리를 지르려고 했다.

서흑수의 손이 더 빨랐다. 그의 손가락에 강력한 공력이 깃들었다. 돌이라도 뚫을 정도의 강력한 지법이었다. 그것이 두 무사의 사혈을 찔렀다.

손가락을 타고 파괴적인 기운이 뿜어졌다. 그 기운이 무사의 사혈을 내부에서부터 완전히 파괴했다.

무사 두 명의 눈이 돌아갔다. 그들은 소리조차 내지 못하고 그 자리에 무너졌다.

서흑수가 무너지는 그들의 몸을 잡았다. 소리가 나지 않도록 조용히 바닥에 내려놓았다.

'일단 두 놈.'

그가 검을 뽑았다. 검이 두꺼운 문짝의 자물쇠를 베었다.

칼날은 마치 두부라도 자르는 듯 자물쇠를 두 조각으로 갈라 놓았다. 베이는 소리조차 나지 않았다.

서혹수가 문을 조용히 열었다. 빛이 방 안으로 조금씩 들어 갔다. 방 안의 모습이 눈에 들어왔다.

젊은 여자의 떨리는 목소리가 들렸다.

"누, 누구세요?"

서혹수는 방 안을 재빨리 둘러보았다. 고소미는 보이지 않 았다. 그는 손가락을 세워 입을 가렸다.

"쉿!"

서혹수는 바깥을 둘러보았다. 아무도 없었다. 방 안으로 무사 두 명의 시체를 끌고 들어갔다. 조용히 문을 닫았다.

방 안에는 다섯 명의 젊은 여자들이 있었다. 서혹수는 상황 을 한눈에 파악할 수 있었다.

'생강시로 만들기 위해서 잡아놓은 사람들.'

그가 작은 목소리로 말했다.

"구해주러 왔습니다."

여자들의 얼굴에 화색이 돌았다. 서혹수가 재빨리 말했다.

"쉿. 소리를 내지 마십시오. 놈들이 눈치 채지 못하게 해야 합니다."

여자들이 즉시 자신의 입을 손으로 틀어막았다.

서혹수가 질문했다.

"혹시 소미, 고소미라는 아이를 보지 못하셨습니까?"

여자들 중 한 명이 입에서 손을 떼고 말했다.

"제가 알아요."

서혹수가 그 여자의 앞으로 바짝 다가섰다.

"지금 어디 있습니까?"

여자가 고개를 가로저었다.

"소미의 위치까지는 몰라요. 소미 덕분에 우리가 죽지 않은 것만 알아요."

"그게 무슨 말이십니까?"

"우리가 먹어야 할 약을 소미가 다 먹고 있는 것 같았거든요."

서혹수의 목소리가 조금 커졌다.

"확실합니까?"

"추, 추측이에요. 우리는 서로 다른 곳에서 약을 먹고 있었는데, 어느 날 이곳으로 모여졌어요. 여기서 소미를 만났어요. 소미가 우리보다 더 특별하단 건 알았거든요. 그리고 언제부턴가 우리에게 약이 끊겼으니까요."

서혹수는 일이 어떻게 돌아가는지 이해했다.

'소미와 소라 아가씨는 지금. 더 강력한 생강시로 만들려면 천년독각사의 피가 더 많이 필요했겠지. 다른 약재는 돈만 있으면 구할 수 있지만 용혈은 불가능해. 결국 두 사람을 생강시로 만들 때까지 이들에게 약을 먹이는 것을 중지시켰군. 그리고 그 소리는.'

“약을 다시 먹게 된 건 아니겠지요?”

“다행히 더 이상 약을 주지 않아요.”

서흑수의 얼굴이 밝아졌다.

‘소미는 아직 생강시가 되지 않았어. 그러니까 이 아가씨 들에게 다시 약을 먹이지 않고 있는 거겠지.’

서흑수가 여자들에게 말했다.

“여기 잠시만 숨어 계십시오. 소미만 찾아내면 모두 구해 드리겠습니다.”

여자가 안타까운 얼굴로 말했다.

“소미는 여기 없어요.”

서흑수의 얼굴이 굳었다.

“그게 무슨 소리입니까?”

“보초 서는 사람들이 떠드는 소리를 들었어요. 지존이라는 자가 소미를 데리고 떠났다고 했어요.”

서흑수가 저도 모르게 고함을 질렀다.

“뭐라고요!”

아가씨가 깜짝 놀라서 말했다.

“어, 어제 그 이야기를 들었어요.”

서흑수는 이를 악물었다.

‘젠장. 또 늦었다!’

사람들이 달려오는 소리가 들렸다. 서흑수는 자기 목소리 가 너무 컸음을 깨달았다. 그는 여자들을 돌아보았다.

"어차피 소미가 없다면 더 이상의 수색은 의미없습니다. 여러분이 여기 갇힌 사람들 전부입니까?"

"예, 맞아요. 다른 갇힌 사람은 본 적이 없어요."

서흑수가 검을 뽑고 문을 향해 돌아섰다.

"여러분은 이제 자유입니다."

그는 문을 노려보며 잠시 기다렸다. 그러다가 검을 벼락같이 뻗었다. 검끝에서 산을 부술 기세가 터져 나왔다.

꽈앙!

폭음과 함께 문을 포함한 벽이 통째로 터져 나갔다. 힘을 집중하는 대신에 오히려 확산시킨 파산검의 위력이었다.

터져 나간 나무와 돌조각들이 마치 암기처럼 폭사되었다.

비명이 연달아 터졌다. 서흑수의 고함 소리를 듣고 달려왔던 배교의 무사들이 그 파편을 뒤집어썼다.

"크아악!"

"으아악!"

서흑수가 부서진 벽 사이로 걸어나왔다.

그곳에 머물던 배교의 무사 백여 명이 모두 몰려왔다. 그들이 서흑수를 향해 검을 겨누었다.

중년인 한 명이 앞으로 걸어나왔다.

"감히 혼자서 이곳으로 침입하다니. 어차피 죽을 놈이지만 용기가 가상하구나. 이름이나 알자."

"서흑수."

중년인이 화들짝 놀랐다. 다른 무사들도 마찬가지였다.

"허억! 신비협객!"

서흑수의 몸에서 살기가 피어올랐다.

"모두 죽을 시간이다."

그의 말이 신호라도 되는 듯 사방에서 서흑수가 데려온 무사들이 벌떡 일어나서 달려오기 시작했다.

"와아아!"

배교의 무사들은 공포에 질렸다. 그들은 어쩔 줄을 몰라 했다. 숫자 차이가 너무 컸다.

중년인이 외쳤다.

"신비협객을 잡아! 그것만이 살길이다!"

하지만 어느 무사도 서흑수를 향해 덤벼들지 못했다. 그러기에는 서흑수의 명성이 너무 높았다.

중년인이 품에서 패를 꺼냈다.

"지존의 명령이다. 저놈을 잡아!"

서흑수가 웃었다.

"흐흐흐. 좋은 판단이다. 하지만."

생강시 한 명이 튀어나와 서흑수에게 덤벼들었다.

서흑수는 생강시의 손을 살폈다. 생강시는 주먹을 쥐지 않고 있었다. 단지 서흑수를 잡으려고 손가락을 쫙 편 상태였다.

서흑수는 생강시와 싸운 경험이 많다. 지금 무림에서 그보다 경험이 많은 사람은 없다. 생강시의 움직임에 대해서도 그만큼 잘 안다.

그가 손을 뻗었다. 생강시의 손가락이 서흑수의 손을 잡으려고 움직였다. 빨랐다. 독사가 먹잇감을 노리는 듯했다.

서흑수의 손이 더 빠르게 회전했다. 그의 손이 생강시의 손목을 잡았다.

완맥을 제압하려는 짓은 하지 않았다. 그런 것은 예전에 천가장에서 한번 시도했다가 실패한 일이다.

그는 그대로 생강시를 집어 던졌다. 방향은 하늘 위쪽이었다. 생강시가 미처 대응하지 못하고 하늘로 높이 띄워졌다.

중년인의 얼굴이 창백해졌다. 서흑수의 눈이 매서워졌다.

서흑수의 자세가 낮아졌다. 발이 땅을 박찼다. 그의 몸이 낮게 깔리며 패를 든 중년인에게 화살처럼 날아갔다.

중년인이 깜짝 놀라며 물러서려고 했다. 그러나 그의 무공은 보잘것없었다. 그가 미처 도망치기 전에, 그리고 공중에 뜬 생강시가 땅에 떨어지기 전에 서흑수가 먼저 도착했다.

서흑수의 검이 중년인의 팔을 베었다. 금빛이 번쩍임과 동시에 중년인의 손이 공중에 떠올랐다.

생강시는 막 땅에 내려서고 있었다.

서흑수가 잘린 손에 매달린 패를 잡아챘다.

생강시가 서흑수를 향해 달려들었다.

서흑수가 패를 내밀었다.

생강시의 공격이 멈췄다.

서흑수가 조용히 말했다.

"지존께서 내리신 명령이다. 이제 그만 쉬어라."

생강시는 더 이상 움직이지 않았다. 가만히 서서 서흑수만을 바라보았다.

서흑수가 뒤돌아섰다. 팔이 잘린 중년인이 피를 흘리며 서 있었다. 다른 무사들의 얼굴에는 공포가 가득했다.

서흑수가 말했다.

"패가 없는 이상 생강시는 너희들의 말을 듣지 않아. 너희들에게 승산은 없다."

중년인이 주변을 둘러보았다. 사방에서 무사들이 살기등등하게 달려오고 있었다.

중년인이 무릎을 털썩 꿇었다.

"모, 목숨만 살려주십시오. 우린 살기 위해서 어쩔 수 없었습니다."

다른 무사들도 일제히 무릎을 꿇었다.

"살려주십시오!"

서흑수가 중년인에게 다가갔다.

"생강시 한 명만 남겼군. 나머지는 다 데려갔어."

중년인이 급히 고개를 끄덕였다.

"그렇습니다. 대부분의 생강시들은 이미 예전에 출동시켰습니다. 지존과 적풍이 나머지 생강시들을 데리고 어제 떠났습니다."

"뭘 노리고?"

중년인은 급히 자신을 낮췄다.

"저는 보잘것없는 하급무사입니다. 배교가 무슨 일을 하는지도 모릅니다."

서흑수가 데려온 무사들이 그때서야 현장에 들이닥쳤다. 그들은 즉시 배교의 무사들을 굴비 묶듯 묶었다.

남궁진미가 다가왔다.

"역시 서 공자. 우리가 나설 필요도 없었네요."

서흑수의 얼굴은 편치 않았다.

"나설 필요가 있었어야 했습니다. 하지만 지존이 이미 도망쳤습니다. 소미가 없습니다."

"곧 찾을 수 있을 거예요."

"곧?"

"저는 서 공자를 믿어요."

그녀는 초롱초롱한 눈으로 서흑수를 바라보고 있었다.

서흑수의 마음은 어두웠다.

"나를 믿지 마십시오. 마교와의 전쟁을 막을 정보 역시 얻지 못했습니다."

"그, 그래도 서 공자라면 뭔가 할 수 있을 거예요."

서흑수가 기운 빠진 목소리로 말했다.

"소미를 구하기 위해서라면 뭐든지 해야겠지요."

갇혀 있던 여자들은 배교의 무사들이 완전히 제압되자 비로소 안심했다. 그녀들은 주변 눈치를 보며 서혹수를 향해 걸어왔다.

서혹수가 그녀들에게 말했다.

"그동안 고생하셨습니다."

여자들이 그에게 고개를 숙였다.

"감사합니다, 대협."

여자들 중 한 명이 앞으로 나와서 인사했다.

"저는 오혜련이라고 해요. 제가 죽는 날까지 대협의 은혜를 잊지 않겠습니다."

서혹수는 그녀의 이름을 듣고 깜짝 놀랐다. 그가 오혜련을 물끄러미 쳐다보았다. 오혜란과 닮은 구석이 보였다.

'다행이군.'

서혹수가 그녀에게 웃어주었다. 소미를 찾지 못해 웃을 기분이 아니었지만 억지로 웃었다.

"혜란 아가씨가 기뻐하시겠네요."

오혜련의 눈이 동그래졌다.

"우리 혜란이를 아세요?"

"혜란 아가씨에게 잠시 신세를 졌었습니다."

"아아, 그렇구나. 우리 혜란이는 잘 있나요? 지금 고생이 심할 텐데……."

"오가장의 문제는 모두 해결됐습니다."

“저, 정말요?”

“오가장 무사 분들께서 돌아오셔서 모두 해결했습니다. 정미화는 쫓겨났습니다.”

오혜련이 눈물을 주르륵 흘렸다.

“아아, 그렇구나.”

다른 여자들이 그녀의 손을 잡아주었다. 오혜련이 눈물을 흘리며 웃었다.

“전 조금 전만 해도 언제 죽을지 모를 목숨이었어요. 그런데 지금은 모든 문제가 다 해결됐네요. 세상일이 이렇게 될 수도 있네요.”

“이제는 행복해지셔야죠.”

오혜련이 서흑수에게 인사를 했다.

“감사합니다. 제 동생을 아신다고 하셨죠? 성함이 어떻게 되시는지요?”

서흑수는 어느 이름을 댈까 잠시 망설였다.

“왕삼이라고 하면 혜란 아가씨가 아실 겁니다.”

“아, 왕삼. 고맙습니다. 정말 고맙습니다.”

“별말씀을. 무인이라면 마땅히 해야 할 일을 했습니다.”

“왕삼 대협도 소미를 꼭 찾길 바라겠어요.”

“반드시 찾아낼 겁니다.”

나머지 여자들도 서흑수에게 인사했다. 그는 그녀들의 인사를 일일이 받아주었다.

그리고는 정파에서 온 무사들을 불러 그녀들을 맡기며 부탁했다.

"각자의 고향으로 보내주십시오."

다른 사람도 아니고 서혹수의 부탁이다. 무사들이 일제히 대답했다.

"목숨을 걸고 임무를 완수하겠습니다!"

여자들과 헤어지고 나자 남궁진미가 질문했다.

"오가장이라면 사천 오가장 이야기인가요?"

"그렇습니다."

"우리가 거기서 처음 만났죠? 천연덕스럽게 왕삼이라고 자신을 소개했잖아요."

"그러고 보니 그렇군요."

"그 장원에서 무슨 일이 있었는지는 나중에 알게 됐어요."

서혹수가 남궁진미를 쳐다보았다.

"그곳에 계실 때는 거기 사정은 관심이 없어 보였습니다만?"

"무림맹을 우습게보지 마세요. 서 공자가 들렀던 곳임이 확실한데 기본적인 조사조차 하지 않았겠어요?"

서혹수가 인상을 조금 썼다.

"혹시 무림맹에서 혜란 아가씨가 불쾌해할 만한 행동을 한 건 아니겠지요?"

"어머, 무림맹은 바보가 아니에요. 감히 서 공자가 관계한

곳에서 함부로 행동했겠어요?”

“그랬기를 빕니다. 무림맹을 위해서.”

남궁진미는 기분이 조금 상했다.

‘그 여자와도 무슨 관계가 있는 걸까? 혹시 바람둥이? 아니야. 바람둥이라면 나 같은 미녀에게 손을 대지 않았을 리 없어. 역시 서 공자는 오지랖이 넓구나.’

그들은 배교의 근거지를 샅샅이 뒤졌다.

증거가 수없이 튀어나왔다. 그곳에 배교의 사람들이 머물고 있었음은 명확했다.

그리고 서흑수는 새로운 사실을 알아냈다.

서흑수가 자신에게 손목이 잘린 중년인에게 질문했다.

“배교의 인간은 모두 몇 명이냐?”

중년인이 긴장한 목소리로 즉시 대답했다.

“두 명입니다!”

“뭐?”

서흑수가 예상한 것보다 더 적은 수치였다. 그가 인상을 쓰자 중년인이 급히 설명했다.

“지존과 적풍. 단 두 명입니다.”

“확실하냐?”

“이곳은 배교의 성지입니다. 제가 이곳을 지키는 책임을 맡은 지 오 년이 지났습니다. 그동안 다른 배교 사람은 단 한

번도 보지 못했습니다.”

“겨우 두 명이라… 천년독각사를 잡을 때 지존은 아직 어린 나이. 천년독각사가 적풍 혼자의 손에 잡힐 정도로 약한 놈일까? 아니면 배교에는 그놈을 잡을 수 있는 보검이라도 있는 걸까? 알 수 없군. 배교 외에는 잡아본 적이 없으니.”

서흑수는 그곳에서 고소미의 현재 위치를 찾기 위한 조사에 집중했다.

그들이 타고 있던 말들은 이 깊은 산속까지 들어올 수 없었다. 말들이 들어오기에는 길이 너무 험했다. 그러나 단 한 마리, 번개만은 예외였다.

그리고 그 번개가 신이 나서 뛰어다니는 것이 서흑수의 눈에 보였다. 번개는 거친 바위를 타며 뛰어놀았다.

서흑수는 그 번개를 보고 중얼거렸다.

“녀석, 마치 자기 집에 온 것처럼…….”

새로운 사실을 깨달았다.

“저 녀석은 반쯤 영물이라고 해도 좋은 놈. 그리고 천년독각사는 영물… 배교는 천년독각사를 잡은 곳에서 녀석을 데려왔겠지. 그리고 여기는 영물이 살기 좋은 곳이야. 저 녀석의 집이기도 하고.”

서흑수는 건물들을 다시 조사했다. 어떤 건물은 새것이나 다름없었다. 어떤 것은 오래됐지만 그래 봐야 몇십 년이었다.

서흑수는 건물들이 올라선 바닥의 주춧돌들을 확인했다.

세월의 풍파가 느껴졌다. 수십 년짜리가 아니었다.

모든 것은 명확했다.

"이 계곡에 천년독각사가 살았군. 그런데 왜 오백 년 동안 손대지 않았을까? 손댈 수 없었던 걸까? 천년독각사. 천 년을 자라야 성체가 된다는 뜻이 아니야. 천 년을 살 수 있다는 뜻이지. 오백 년쯤 자라면 써먹을 만한 크기가 될까? 오백 년도 길지. 훨씬 더 짧을 수도 있어."

서혹수가 주변을 돌아보았다. 풍경이 수려했고 음기가 충만했다. 잘하면 천년하수오라도 자랄 것 같았다.

"천년독각사는 틀림없이 여기서 자랐어. 그래서 이곳이 배교의 최후 성지가 된 거지. 배교 놈들은 천년독각사가 다 자라면 잡아서 무림제패에 사용하려고 사육하고 있었구나."

배교의 그 많은 돈이 어디서 나왔는지도 깨달았다.

"배교가 세상을 제압하는 그 막대한 돈은 여기서 나온 거구나. 놈들이 오백 년 전에 미래를 대비하기 위해서 여기에 재물을 쌓아둔 거였어. 상단을 지배한 게 아니야. 그래, 그러니까 여섯 왕에 중원삼대상인이 포함되지 않았지. 처음부터 놈들에게 상인은 필요없었다."

서혹수의 머리가 맑아졌다. 배교의 비밀을 깨달은 것만 같았다. 하지만 아직 모든 의문이 풀어진 건 아니다.

"그런데 왜, 하필 이십 년 전에 천년독각사가 잡힌 거지?

그리고 왜 내가 활동하는 시점에 맞춰 배교의 생강시 계획이 시작된 거지?"
서흑수가 하늘을 힐끗 올려보았다.
"이것도 네놈의 수작이냐?"

第五章

그에게로 남궁진미가 다가왔다.

"서 공자, 이제 어떻게 할 건가요?"

서흑수가 하늘을 물끄러미 바라보다가 말했다.

'이젠 그 방법밖에 없겠군.'

"지존을 잡아야지요."

"하지만 그는 흔적도 없이 사라졌어요."

"그놈이 나를 찾아오게 하면 됩니다."

"방법이 없잖아요."

"있습니다."

남궁진미는 깜짝 놀랐다.

'항상 내 생각을 뛰어넘는 남자. 이번엔 또 무슨 방법이지?'

"어떤 방법인가요?"

"일석이조."

"네?"

"우선 마교와 전쟁을 막아야지요."

"그야 당연히 막아야죠. 하지만 그 일을 하면 소미 소저를 구하는 일이……."

"배교가 세상을 지배하려면 반드시 마교와 무림맹이 서로 싸워 양패구상해야 합니다. 놈들에게 남은 힘으로는 단독으로 세상을 지배할 수 없습니다."

"그건 당연하잖아요."

"따라서 마교가 전쟁을 포기하면 배교의 모든 계획은 무너집니다."

"저도 그렇게 생각해요. 이제 와서 생강시들만 가지고는 무림을 뒤집을 수 없으니까요. 혼자서는 토벌이나 안 당하면 다행이죠. 잘해봐야 무림을 혼란에 빠뜨리는 게 고작이겠죠."

"따라서, 내가 마교를 막으면 지존이 나를 막을 겁니다. 그때 둘 다 잡으면 됩니다."

남궁진미의 얼굴이 창백해졌다.

"서 공자, 그게 무슨 말씀이세요? 지금 스스로 미끼가 되겠다는 건가요? 그것도 마교와 배교 모두를 상대로요?"

서흑수가 웃었다.

"어차피 마교를 막으려면 목숨을 걸어야 합니다. 조금 더 위험해질 뿐입니다."

남궁진미의 목소리가 날카로워졌다.

"안 돼욧!"

서흑수가 고개를 갸우뚱했다.

"뭐가 문제입니까?"

그녀가 급히 말했다.

"북건곤은 극히 위험한 인물이에요. 그를 설득해서 전쟁을 멈추는 것만 해도 엄청나게 위험해요. 그런데 그거로 부족해서 배교를 잡는 미끼가 되다니요. 말 그대로 이중의 덫을 스스로에게 치는 거잖아요. 죽어요. 그러면 반드시 죽어요!"

서흑수의 얼굴에 작은 미소가 떠올랐다.

"지금 저를 걱정해 주는 겁니까?"

남궁진미의 안색이 싹 변했다.

"걱정이라니요! 서 공자는 할 일이 많잖아요. 개죽음당하게 할 수 없어서 그러는 거예요!"

서흑수는 남궁진미가 무슨 생각을 하는지 알 수 없었다.

'청풍까지 찾았어. 당이정이 바로 청풍이야. 그럼 남궁세가에 남은 비밀은 뭘까?

궁금했지만 굳이 묻지는 않았다.

‘뭐, 남궁세가쯤 되는 곳이라면 비밀 몇 가지는 가지고 있겠지. 그 일에 내가 필요한 걸까? 그래서 나를 살려두려는 걸까? 아니면 다른 이유가 있는 걸까? 모르겠군. 만에 하나라도 나를 걱정해 줄 아가씨는 아닌데…….’

서흑수가 잡념을 털어버리려는 듯 고개를 가볍게 흔들었다.

“제가 하지 않으면 누가 할 수 있습니까?”

남궁진미는 입을 다물었다. 그녀의 눈가가 가늘게 떨렸다.

서흑수가 계속 이야기했다.

“지금 마교는 북건곤이 장악했습니다. 그놈에게는 정파무림의 누가 찾아가서 이야기해도 소용없습니다. 씨도 먹히지 않습니다.”

“그럼 차라리 포기하세요.”

“하지만 저의 공식 직함은 마교 준호법. 그것도 전임 교주가 마지막으로 임명한 직함입니다. 저라면 북건곤과 만날 수 있습니다.”

“그전에 전쟁이 시작할 수 있어요.”

“그러니까 시간을 벌어야지요. 마교는 제가 찾아갈 때까지 전쟁을 시작하지 않을 겁니다.”

“어떻게 장담하죠?”

서흑수가 씩 웃었다.

“배교가 한 짓이란 증거를 찾았으니까요. 저는 이제부터 그걸 가지고 마교로 갈 겁니다."

남궁진미의 얼굴이 조금 밝아졌다.

"정말인가요? 그러면 거기 가서도 무사하실 수 있겠네요?"

그녀가 곧바로 의심쩍은 눈으로 질문했다.

"하지만 전 아무것도 보고받지 못했는데요?"

서흑수는 그녀의 태도를 보고 잠깐 고민했다.

'이 아가씨를 믿어도 될까? 안 돼. 복면미녀에게는 뭔가 비밀이 있어. 아직은 안 믿는 게 나아.'

"제 손으로 방금 찾아냈습니다. 남들이 알면 가치가 없어지니 공개할 수 없습니다. 이걸 가지고 가겠다고 통보하겠습니다. 물론 마교는 제가 갈 때까지 계속 전쟁 준비를 할 겁니다. 하지만 전쟁을 시작하지는 못합니다. 제가 가진 것이 바로 그들의 명분이니까요."

"알았어요. 저는 이제 서 공자가 무슨 말을 해도 믿겠어요. 그럼 저는 무림맹으로 돌아가서 이 사실을 보고하겠어요."

서흑수가 그녀를 보다가 말했다.

"제 계획이 성공하려면 이제부터는 무림맹이 배교를 움직이지 못하게 눌러놔야 합니다. 배교 생강시들의 활동을 최대한 위축시켜 주십시오."

"하지만 생강시는 강해요. 도대체 어떤 방법으로……."

"가능한 한 병력을 대규모로 뭉쳐 운영하십시오. 그리고 각각의 부대에는 반드시 강력한 고수를 여럿 포함시키십시오. 그렇게 하면 생강시를 상대할 수 있습니다."

"숫자만 많으면 생강시를 이길 수 있나요? 그리고 생강시를 죽일 수 있는 고수는 극히 드물어요."

"생강시의 능력은 한계가 있습니다. 진원지기를 모두 소모하면 죽어버립니다."

"그건 알아요."

"강력한 고수 여럿이 협공을 한다면 생강시를 상대할 수 있습니다."

"아무리 많이 공격해도 상처를 입히지 못한다면 소용없잖아요."

"생강시는 칼에 맞을 때마다 진원지기가 소모됩니다. 고수 여럿이 돌아가면서 공격하면 됩니다. 이쪽의 피해도 크지만 생강시 역시 결국 죽습니다. 아마 양패구상하게 되겠지요."

남궁진미의 얼굴에 의아함이 떠올랐다.

"서 공자, 이상해요. 서 공자는 아군의 목숨을 무척 중요하게 생각하잖아요. 그런데 그렇게 하면 우리 피해도 너무 커요. 그런 방법으로 생강시를 잡아야 한다는 건가요?"

"그럴 리가 있습니까? 우리가 아는 건 배교도 압니다. 생강시와 전투 부대가 양패구상하면 배교의 손해입니다. 배교에게 남은 생강시는 많지 않습니다. 그렇게 대부대로 움직이면 생강시는 함부로 공격해 오지 못합니다."

"아!"

"그런 대부대로 생강시의 움직임을 추격하면 배교의 활동은 극도로 위축되게 됩니다. 가능한 한 빨리 그 일을 시작해주십시오."

"알았어요. 그러다 보면 지존의 위치를 알아낼 수 있겠군요?"

"그러다 보면 지존이 미끼를 더 빨리 물게 됩니다."

남궁진미의 얼굴이 창백해졌다.

"서 공자, 그럼 그 작전도 결국 서 공자를 위험하게 하는 일이잖아요? 차라리 그 작전은 늦추는 게 어때요? 나중에 힘을 합쳐 하는 게 어때요? 마교의 일이 해결되고 나면 그다음에 해도 되잖아요?"

서흑수가 주먹을 꽉 쥐었다.

"소미가, 소미가 생강시가 되는 꼴은 보고 싶지 않습니다. 저는 지금 어쩔 수 없이 마교로 갑니다. 하지만 제가 마교까지 갔다 오면 늦습니다. 놈들이 소미를 생강시로 만들 시간을 주고 싶지 않습니다. 놈들이 최대한 빨리 미끼를 물어야 합니다."

남궁진미가 우울한 목소리로 말했다.

"알았어요. 서 공자의 말대로 할게요. 최선의 다해서 배교를 압박할게요."

"믿겠습니다."

서흑수는 마교 무사들이 있는 쪽으로 걸어갔다. 앉아서 쉬고 있던 마교 무사들이 벌떡 일어섰다.

남궁진미는 그 뒷모습을 바라만 보았다. 아무도 듣지 못할 만큼 작은 목소리로 혼잣말을 했다.

"당신은 왜 그 여자를 먼저 만난 건가요? 만약 내가 먼저 만났다면……."

서흑수가 마교 무사들에게 말했다.

"교주님께서 돌아가신 건 배교 놈들이 무림을 집어삼키기 위해서 벌인 단독 범행이라는 증거를 확인했소."

마교 무사들이 환성을 질렀다.

"와아!"

"역시 왕삼 준호법님이십니다!"

서흑수가 그들 중 노인 한 명에게 말했다. 마교 무사들 중 가장 지위가 높은 자였다.

"순찰사자는 나와 따로 이야기 좀 합시다."

그를 사람들이 없는 곳으로 데려간 후에 왕삼이 말했다.

"난 증거를 확보했소."

순찰사자가 머뭇거렸다.

"저, 왕삼 준호법님, 그럼 무림맹은 교주님 시해 사건에 책임이 없습니까?"

"무림맹 역시 피해자임을 확인했소. 모든 것은 배교의 음모임이 밝혀졌소."

"하지만 신임 교주께서 이번 일은 무림맹의 짓이라고 선언하셨습니다."

"내가 총단에 가서 신임 교주를 만나겠소."

"당연히 그러셔야지요."

"총단에 이 사실을 전하시오. 가장 빠른 수단을 쓰시오. 전쟁이 시작되면 늦소."

"알겠습니다. 그럼 그 내용을 말씀해 주십시오. 즉시 전하겠습니다."

"내가 증거를 가지고 가니 그때까지 기다리라고 하시오. 이것은 교의 존망과도 관련된 일이오. 기밀 유지에 최선을 다하라고 하시오."

"알겠습니다. 그런데 노파심에 말씀드리면, 총단의 전쟁 준비는 거의 완료가 되었다고 합니다. 전임 교주님께서 이미 준비하시던 거라 할 일이 많지 않았다고 들었습니다. 가실 때까지 기다리지 않을지도 모릅니다."

"한혈보마 번개를 타고 가니 시일은 얼마 걸리지 않을 거요. 이는 전임 교주님께서 임명하신 준호법 왕삼이 처음으로 요청하는 것이오."

순찰사자의 얼굴이 밝아졌다.

"알겠습니다!"

서혹수가 순찰사자의 표정을 보고 질문했다.

"당신도 전쟁을 막고 싶어하는군?"

순찰사자는 화들짝 놀랐다.

"그럴 리가 있습니까? 명령만 떨어진다면 이 한목숨 바쳐서라도 싸우겠습니다."

"내가 하려는 일이 바로 전쟁을 막으려는 것이오. 솔직히 말해도 되오."

순찰사자가 주변을 둘러보다가 조용히 말했다.

"왕삼 준호법님께서 그렇게까지 말씀하시니 저도 솔직히 이야기하겠습니다. 사실 전 지금도 충분히 먹고살기 좋습니다. 그런데 왜 죽을지도 모르는 전쟁을 원하겠습니까? 준호법님께서 전쟁을 막아주신다면 고맙기 그지없는 일입니다."

"정말 그것 때문이오?"

"그, 그게……."

"나를 믿으시오."

"사실은 제 아들이 교의 전투 부대에서 일하고 있습니다. 제일 큰손자 녀석은 이번에 말단 무사로 입교했습니다. 전쟁이 난다면 아들 녀석은 선봉에서 싸워야 합니다. 손자 녀석은 지위가 워낙 낮아 살리기 힘듭니다. 그러니 전쟁이 없는 편이 낫습니다."

"다른 사람들도 그렇게 생각하시오?"

"그건 아닙니다. 하지만 저와 같은 생각을 하는 친구들은 좀 있습니다."

"순찰사자는 총단에 친구가 많은 것 같군."

"제 나이를 보십시오. 저와 같이 교에서 뼈가 굵은 친구들이 많습니다."

"그들 중에 순찰사자처럼 전쟁을 싫어하는 사람의 숫자는 얼마나 되오?"

순찰사자가 망설이다가 말했다.

"젊은 아이들은 전쟁을 원합니다. 하지만 저처럼 자리가 안정된 사람들의 경우는 그냥 이대로 있자는 경우가 많습니다. 전대 교주님께서 오랜 시간 동안 그런 생각을 심어주셨지요. 하지만……."

"지금 교주가 전쟁을 하겠다고 설치는 상황에서는 그 목소리를 크게 내지 못한다?"

"그렇습니다. 북건곤 교주는 무공이 높고 성품이 잔혹합니다. 그리고 전쟁을 하겠다고 선언까지 했습니다. 장로들도 큰소리 못 내는 판에 아랫사람들이 어찌 반대할 수 있겠습니까? 제가 밖에서는 순찰사자라고 큰소리치고 다니지만 교주 앞에서는 파리 목숨입니다."

"장로들도 큰소리 못 낸다? 장로들도 같은 생각이오?"

"전쟁을 크게 반기지는 않는다고 알고 있습니다. 모두 전대 교주님의 업적이지요."

서흑수가 고개를 끄덕였다.

'배가 부르면 힘들여 싸울 필요를 못 느끼지. 장로들이라면 거기서 공을 세운다고 해서 지위가 올라가는 것도 아니야. 오히려 지금 상황에서는 교주의 권력만 키워주는 일이 되지. 반대가 더 많은 것이 당연해.'

"알겠소. 나와 이야기한 것은 비밀로 하시오."

"물론입니다. 소문이 잘못 나면 곤란한 건 저입니다. 저야 은퇴하면 그만이지만 제 자식이나 손자들의 입장이 난처해집니다."

"내가 전쟁을 막겠소. 그러니 지시한 것은 조속히 처리하시오. 반드시 임무를 완수하시오."

순찰사자의 눈에 희망이 깃들었다.

"알겠습니다. 목숨을 걸고 완수하겠습니다."

서흑수는 순찰사자를 보내놓고 생각했다.

'상황이 생각보다 좋다. 협상이 안 되면 북건곤을 제거하자. 그놈만 죽이면 돼. 내가 마교의 준호법 자격으로 그놈을 죽이면 돼. 이 분위기라면 그놈만 죽으면 전쟁은 없어.'

그의 얼굴에 쓸쓸함이 피어올랐다.

'하지만 마교는 내가 죽은 교주와 싸운 걸 기억하고 있을 거야. 이번에는 정체가 드러나겠지. 북건곤을 죽이고 나면 누가 내 편을 들어줄까? 편? 그럴 리가 없어. 마교 전체가 나를 잡아먹으려고 난리를 치겠지. 북건곤을 죽이고 거기서 살아나올 방법은 없다.'

고소미의 얼굴이 떠올랐다.

‘소미를 포기할 순 없어. 내가 죽더라도 소미는 구해내야
해. 어떻게?

한숨이 나왔다.

“휴우. 무림맹주와 협상을 해야겠군.”

*   *   *

무림맹주 검왕 혁천세가 놀란 얼굴로 말했다.

“군사, 지금 뭐라고 했나?”

제갈관우 역시 놀란 얼굴로 대답했다.

“서흑수, 서 준호법이 연락을 해왔습니다. 그가 마교를 막
겠답니다.”

“그게 가능한가?”

장로들이 환성을 질렀다.

“가능하겠지요. 그는 이미 한번 마교를 막았으니까.”

“역시 서 준호법!”

“그야말로 무림을 구한 천하제일의 협객이로세!”

제갈관우가 헛기침을 했다.

“커험.”

사람들이 모두 입을 다물고 제갈관우를 돌아보았다. 제갈
관우가 말했다.

“지난번과는 상황이 좀 다릅니다.”

혁천세가 질문했다.

"뭐가 다르지?"

"지난번의 마교 교주는 북만극이었습니다. 마교 교주라기보다는 정파의 인물에 더 가까운 사람이었습니다. 결정적으로 그는 원래 전쟁을 싫어하는 인물이었습니다."

"그야 그랬지."

"따라서 그때는 북건곤을 죽인, 아, 실제로 죽지 않은 것이 이번에 밝혀졌습니다만, 그자를 죽인 것이 우리가 아님을 밝히기만 하면 전쟁을 막을 수 있었습니다."

"그때는 그 방법이 불가능한 줄 알았지."

"그렇습니다. 당시 배교가 설치한 함정이 워낙 완벽했습니다. 어떠한 설득을 해도 마교 교주의 눈에는 계략으로 보일 뿐이었습니다. 그리고 서 준호법은 그런 마교 교주를 설득하는 데 성공했습니다."

"이번에는 더 쉽지 않을까? 배교 놈들의 계략도 없잖아?"

"훨씬 더 어렵습니다."

"왜 그런가?"

"지금 마교 교주 북건곤은 이번 일을 핑계로 사용하고 있습니다. 북만극의 죽음은 단지 전쟁을 일으키기 위한 핑계입니다. 그런 그에게 우리가 배교와 상관없음을 증명한다고 해서 나아지는 건 없습니다."

"하지만 우리가 파악한 마교의 분위기는 그다지 호전적이지 않았네. 핑계거리가 없어지면 아무리 북건곤이라고 해도 당장 전쟁을 하지는 못할 거야."

"핑계는 또 만들면 됩니다. 서흑수가 뭐라고 설득해도 새 핑계를 만들어서 내세우면 됩니다. 그래서 이번 일은 성공하기 어렵습니다."

혁천세의 얼굴이 어두워졌다.

"흐음. 듣고 보니 그것도 그렇군."

다른 장로들의 얼굴은 거의 사색이 됐다.

"군사, 그럼 마교와의 전쟁을 막을 방법이 없다는 겁니까?"

"큰일이군. 정말 많은 사람이 죽을 거야."

"항복할 수도 없고. 정말 미치겠군."

혁천세가 탁자를 탕 소리가 나도록 쳤다.

"아니, 나는 서 준호법을 믿는다."

제갈관우가 고개를 가로저었다.

"저도 그를 믿고 싶습니다. 하지만 성공 가능성이 너무 낮습니다. 무모한 시도입니다."

"다른 사람이라면 그렇겠지. 하지만 서 준호법이라면 해낼지 몰라. 이보게, 군사. 우리 그를 믿어보세나."

제갈관우가 한숨을 쉬었다.

"휴우. 어차피 선택의 여지가 없습니다. 그리고 서 준호법이 한 가지를 요청했습니다."

“무슨 요청?”

“자신이 전쟁을 막고 나면 배교를 어떻게 추격할지에 대한 계획을 보내왔습니다. 서 준호법의 말에 의하면 배교의 지존이라는 자가 먼저 모습을 드러낼 거라고 합니다.”

“오, 역시 서 준호법이군.”

“그 계획에 따라 배교를 잡고 고소미라는 아가씨를 산 채로 구해달라고 합니다. 그리고 만에 하나 그 아가씨가 생강시로 변해 있더라도 죽이지 말고 구해달라고 합니다.”

“생강시를 산 채로? 쉽지 않은 일인데?”

“그래서 무림맹주님께서 나서주시기를 바라고 있습니다.”

“나를?”

“서 준호법은 맹주님과 장로들이 모두 나선다면 지급 생강시의 생포가 가능하다고 판단하고 있습니다.”

혁천세는 이해할 수 없다는 표정이었다.

“이보게, 군사. 그런 건 서 준호법이 직접하면 되잖아? 서 준호법은 이미 한번 지급 생강시를 생포한 적이 있단 말일세. 지금 우리 쪽에 그보다 생강시에 대해 잘 아는 사람은 없어.”

“그는 그렇게 할 수 없습니다.”

“이해할 수 없는 말이군. 왜 그런가?”

제갈관우의 얼굴은 심각했다.

“서 준호법은 마교에서 죽을 겁니다. 그는 그걸 알고 있기에 우리에게 고소미를 부탁한 겁니다."

혁천세가 벌떡 일어섰다.

"뭣이!"

*   *   *

지존이 소리를 질렀다.

"적풍 할아범! 큰일 났다! 서흑수 그 개자식이 전쟁을 막으려고 마교로 떠났다!"

적풍의 안색은 별로 좋지 않았다.

"아무리 서흑수라고 해도 이번에는 막을 수 없습니다."

"지난번에는 성공했잖아."

"그는 지난번에 죽인 북만극과는 다릅니다."

"다르긴 뭐가 달라?"

"지금 교주인 북건곤이라는 자는 단지 자신의 즐거움을 위해서 전쟁을 일으킬 자입니다. 핑계까지 있는데 그만둘 리가 없습니다."

지존이 짜증을 냈다.

"아니야. 그 개자식이 끼어들면 꼭 일이 꼬여. 불안해. 그놈은 계속 우리 일을 방해할 거야. 무슨 수를 써서라도 없애 버려야겠어."

"그를 노리는 것은 위험 부담이 너무 큽니다. 생강시 몇으로 어떻게 할 수 있는 자가 아닙니다.”

“충분한 숫자의 생강시를 동원하면 돼.”

“너무 많은 생강시를 동원하면 무림맹이나 마교 놈들에게 꼬리를 밟힐 수 있습니다.”

“너무 많은 생강시? 아니야. 생강시는 몇 명만 있으면 돼.”

“그게 무슨 말씀이십니까?”

지존이 이를 갈았다.

“개자식. 내 손으로 직접 죽여 버리겠어.”

적풍은 깜짝 놀랐다.

“헉!”

“뭘 그리 놀라? 그놈이 아무리 대단해도 나를 이길 수는 없어.”

지존이 가슴 부위를 탁탁 쳤다.

“내게는 이게 있으니까. 나는 무적이야.”

적풍이 말렸다.

“그는 상식을 초월하는 놈입니다. 무슨 수단을 숨겨두고 있을지 모릅니다. 차라리 다른 방법을 쓰시지요.”

“다른 방법?”

“고소미에게 대법을 시행하십시오.”

지존의 표정이 나빠졌다.

“아직 충분히 준비되지 않았잖아.”

“우리가 가진 용혈이 거의 떨어졌습니다. 그걸 다 먹인 후에는 어차피 대법을 시행해야 합니다. 기다렸다가 그 후에 데 려가십시오.”

“고소미로 될까? 구소라는 실패했잖아.”

“고소미가 먹은 용혈의 양이 월등히 많습니다. 기존의 지 급과는 비교도 할 수 없는 강력한 생강시가 될 겁니다. 누구 도 살아남을 수 없습니다.”

“실패할 위험도 크지?”

“용혈이 부족하기 때문에 성급하게 대법을 시행하면 실패 할 수 있습니다. 하지만 어쩔 수 없습니다. 이미 남은 용혈이 거의 없습니다. 여기서 포기할 수는 없습니다.”

지존이 혀를 찼다.

“쳇. 정말 속 썩이는 년이야.”

“그러니 고소미를 이용하십시오.”

지존이 고개를 가로저었다.

“싫어. 실패하면 그년이 죽어버린다고.”

“그렇다고 가만 놔두면 뭐 하겠습니까?”

“들인 공이 얼만데. 죽으면 아깝잖아. 살려두면 써먹을 데 가 있을 거야. 그러니까 내가 가겠어.”

“하지만……”

“아아! 됐어, 적풍 할아범.”

그가 다시 가슴 부위를 두드렸다.

“이게 있는 한 나는 지지 않아. 지고 싶어도 질 수 없어. 할

아범도 알잖아?"

지존은 단호했다.

적풍은 난처했다.

'계획은 성공했다. 고소미의 목숨을 아낀다면 내 목숨도 아끼겠지. 그건 다행이지만… 이건 정말 생각도 못한 부작용이군. 고소미를 포기하라니.'

어쩔 수 없었다. 명령을 내리는 사람은 지존이다. 그는 결국 한숨을 쉬었다.

"휴우. 알겠습니다. 하지만 지금 출발하셔도 늦습니다. 놈이 먼저 마교에 도착할 겁니다."

지존의 눈이 이글이글 타올랐다.

"괜찮아. 그놈을 죽이기만 하면 돼. 설사 그놈이 전쟁을 막는 데 성공한다고 해도 상관없어. 마교에서 돌아오는 그놈을 중간에 죽이기만 하면 다시 전쟁을 일으킬 수 있어."

*　　*　　*

서혹수는 한혈보마 번개를 타고 달렸다. 지독한 강행군이었다. 천 리를 달린다는 한혈보마 번개가 거품을 물었다. 죽도록 달린 끝에 최단시간 내에 마교의 총단에 도착했다.

총단의 정문 경비무사들은 그를 한눈에 알아보았다. 지난번에 본 것과 비슷한 상태였기 때문이다.

경비무사들이 재빨리 달려왔다.

"왕삼 준호법님을 뵙습니다!"

앞 다투어 손을 내밀었다.

"말은 이리 주십시오!"

간부급 무사 한 명이 서흑수를 안내했다.

"이쪽으로 오십시오. 교주님께서 기다리고 계십니다."

서흑수는 군소리없이 말고삐를 넘기고 그를 따라갔다.

남은 무사들은 그가 안쪽으로 들어갈 때까지 똑바로 서서 움직이지 않았다. 그가 보이지 않게 되고 나서야 번개의 고삐를 잡은 무사가 말했다.

"왕삼 준호법께서도 돌아오셨군. 역시 전쟁 때문인가?"

그의 곁에 있던 무사가 대답했다.

"그렇겠지. 다른 이유가 있을 리 있나. 그래서 나는 저분께서 안 오실 줄 알았네."

"왜 그렇게 생각했나?"

"왕삼 준호법님의 무림명이 뭔가? 신비협객 아닌가? 자네는 저분께서 그간 하신 협행에 대해 듣지도 못했나?"

"물론 들었지."

"사실 우리는 잘돼봐야 마두 소리나 듣지, 협객 소리 듣기는 어렵지 않나?"

"아니 할 말이지만 그게 현실이긴 하지. 그런데?"

"저분은 신비협객이라 불리시는 분이시네. 우리 교에 들어

오신 지도 얼마 되지 않으셨지."

"그래서 발을 빼실 줄 알았다는 건가?"

"그렇지. 설마 마도천하를 위해서 오실 줄은 몰랐네."

말고삐를 잡은 무사가 웃었다.

"허허, 이 친구. 하나만 생각하고 둘은 모르는군."

"뭘 말인가?"

"그러니까 꼭 오셔야지. 이건 내가 안쪽에 있는 친구에게 들은 이야기인데……."

나머지 무사들도 그의 말에 귀를 기울였다. 모두의 관심이 집중되자 기분이 좋아진 무사가 말했다.

"이번 전쟁의 명분이 뭔가? 전대 교주님의 원수를 갚자는 것 아닌가?"

"그렇지. 그래서 아무도 반대 못하고 있는 거지."

"그런데 서 준호법께서 그 일이 무림맹과는 아무런 상관이 없고 모두 배교 혼자 한 짓이라는 것을 밝혀내셨다는군."

"정말인가?"

"나도 몇 마디 못 들었네. 하여간 그 증거를 가지고 오신다고 하더군. 그래서 혹시나 하고 있었지."

무사 몇 명의 얼굴이 밝아졌다.

"그럼 손쉬운 싸움이 되겠군. 배교의 잔당만 토벌하면 되는 것 아닌가?"

"그러게 말일세. 큰 전쟁이 터지면 우리 같은 말단은 언제 죽을지 모르지."

"나야 총단에 있으니 상황이 불리해지기 전에는 싸움에 나가지 않겠지. 하지만 내 친구 녀석들 몇이 최전방에서 싸울 처지라서 말이야. 잘 해결되면 좋겠군."

하지만 다른 무사 몇 명의 얼굴은 불만스러웠다.

"모처럼 공 한번 세워보나 했는데. 난 전투 부대에 지원해 놓았단 말일세."

"이런 때 실력 발휘를 해야 승진이 빠른 건데 말이야."

"인생 역전의 꿈이 날아가는구나. 이 기회에 한몫 단단히 잡을 줄 알았는데."

신임 마교 교주 북건곤은 커다란 의자에 푹 파묻혀 있었다. 한쪽 다리를 꼬고 앉아 있는 그의 곁에는 여섯 장로가 서 있었다. 그가 서흑수를 향해 말했다.

"여어, 네가 바로 말로만 듣던 왕삼이군. 젊다는 말은 많이 들었지만 이렇게 젊을 줄은 몰랐군. 나보다 더 젊잖아?"

서흑수가 북건곤을 살폈다.

'멀쩡하게 생겼군. 이놈이 그렇게 전쟁을 좋아한다고? 철이 없어서일까?

"생각만큼 젊지 않습니다."

"아니야. 너무 젊어. 비결이 뭘까? 정상적인 무공 중에 그 나이에 그런 위력을 가지는 것이 있던가? 이봐, 왕삼 준호법."

북건곤의 눈빛이 차가워졌다.

'난 흡정마공을 익혔는데.'

"넌 뭘 익혔지?"

서혹수는 그 눈빛을 보자마자 뭔지 모를 익숙함을 느꼈다. 그는 북건곤에 대한 평가를 즉시 수정했다.

'철이 없는 게 아니야. 정말로 전쟁을 좋아하는 거다. 이놈은 죄책감 자체를 못 느낀다. 위험한 놈이다!'

서혹수는 내색하지 않고 웃었다.

"일인비전의 무공이라 밝히기 곤란합니다."

일반적인 경우라면 남이 익힌 무공을 캐묻는 것은 실례가 된다. 상대의 약점을 알아내려는 행동으로 비춰지기 때문이다.

북건곤이 크게 웃었다.

"하하하, 이거 내가 실례를 했군. 일인비전이라."

북건곤의 입은 웃었지만 눈은 웃지 않았다.

"참 좋은 변명이야."

무공을 묻는 것이 실례가 됨에도 불구하고 대부분의 무인들은 상대의 무공이 뭔지 알아내려고 애쓴다. 어떤 자는 자신의 안목이 높음을 자랑하기 위해서 상대의 무공을 눈치 채는 즉시 소리 높여 외치기까지 한다.

그러나 일인비전은 또 상황이 다르다. 단 한 명의 제자를 두는 문파라면 무공 자체도 그만큼 비밀스러운 경우가 많다. 보통은 문파를 이루는 한두 명의 얼굴을 본 사람조차 많지 않다. 그러니 무공을 알아보는 경우가 드문 것은 당연하다.

그래서 일인비전의 경우 스스로 무공을 숨기면 남이 정체를 알아내기 어렵다.

서흑수의 눈 역시 웃지 않았다.

"교주님 역시 보통 무공을 익히신 건 아닌가 봅니다."

"후후. 우리 교에는 원래 대단한 무공이 많아. 하지만 어디서 준호법만 하겠나? 나는 겨우 생강시 다섯에게 쫓겨 다녔지. 정말 죽는 줄 알았다. 그런데 나보다 젊은 서 준호법은 그 다섯을 물리쳤다며?"

그들은 서로를 노려보았다. 둘 사이에 불똥이 튀었다.

서흑수는 불같이 일어나는 투쟁심을 가라앉혔다.

'참자. 지금은 전쟁을 막는 것이 중요해.'

"전임 교주님의 시해 사건이 배교의 단독 범행임을 밝혀냈습니다. 그 증거를 가져왔습니다."

"후후. 증거? 증거 좋지."

서흑수는 다른 장로들을 힐끗거렸다.

'장로들까지 한번에 설득해야 해. 분위기를 끌어가려면 반전파 장로들의 지원이 필요해.'

서흑수가 먼저 한천양 장로를 쳐다보았다. 한천양 장로는 즉시 그의 눈길을 피했다. 서흑수가 다른 장로들을 돌아보았다. 모두 마찬가지 반응을 보였다.

그는 뭔가 잘못됐다는 것을 깨달았다.

'장로들은 북건곤을 두려워한다. 북건곤이 마교 전체를 장악했어. 자기 세력을 가진 장로들까지 이렇게 빨리 장악하는 건 쉬운 일이 아니야. 불가능에 가깝지. 북건곤, 예상보다 더 대단한 놈이다.'

그가 북건곤을 돌아보았다. 북건곤은 여유만만하게 웃고 있었다. 서혹수는 중요한 것 한 가지를 깨달았다.

'늦었다. 아무리 완벽한 증거를 들이밀어도 장로들의 지지를 얻을 수 없다. 북건곤은 무슨 수를 써서라도 전쟁을 일으킬 거야. 내가 만들어낸 가짜 증거로는 씨도 먹히지 않아. 첫 번째 계획은 처음부터 실패다.'

북건곤이 서혹수를 보며 입맛을 다셨다. 그가 장로들에게 말했다.

"내가 왕삼 준호법과 단둘이 이야기할 것이 좀 있으니 다들 물러나지?"

서혹수의 얼굴이 조금 밝아졌다.

'놈이 스스로 남들을 쫓아낸다. 좋았어. 그럼 두 번째 계획을 쓸 수 있다.'

장로들이 불안한 얼굴로 북건곤에게 인사하고 물러섰다. 서혹수는 그들의 눈에 숨어 있는 감정을 읽어냈다.

'공포? 마교의 장로들이 북건곤을 두려워해? 교주가 된 지

며칠이나 됐다고?'

그의 눈에 살기가 돌았다.

'상관없어. 내가 죽더라도 전쟁은 반드시 막겠어.'

장로들이 물러나자 그곳에는 북건곤과 서흑수, 두 사람만 남았다. 북건곤이 자리에서 일어섰다. 그가 서흑수 쪽으로 천천히 걸어오면서 말했다.

"왕삼 준호법, 이제 그 증거를 좀 보기로 할까?"

서흑수가 차갑게 웃었다.

"증거를 내밀어도 소용없을 것 같군."

"후후. 눈치 챘나? 당연하지. 어차피 그것은 전쟁을 위한 명분이니까."

"소용없는 것을 듣기 위해서 장로들을 내보내진 않았겠지?"

북건곤이 검을 툭툭 쳤다.

"명분이란 많을수록 좋으니까. 사실 원래 명분은 조금 약한 감이 있었어. 아버지의 죽음이 배교의 짓인 건 틀림없지만 그게 끝이었거든. 수작을 부려봐도 무림맹과의 연관 관계를 증명할 증거가 나오지 않더군."

"나를 죽이면 그 증거가 나오겠군. 무림맹의 사주를 받아 너를 죽이러 왔다고 하면 되니까."

북건곤이 환히 웃었다.

"바로 그거야. 단번에 알아듣는군. 넌 역시 이름값을 하는 놈이구나.”

북건곤의 눈은 여전히 웃지 않았다.

“그러니까 더 죽어줘야지. 너는 우리 교의 준호법이지만 동시에 무림맹의 준호법이기도 해. 그런 너와 내가 둘만 남았어. 네가 무림맹의 사주를 받고 나를 죽이려 왔다면 이 기회를 놓치지 않겠지. 그리고 그 증거로 남은 것은 내 손에 죽은 너. 증거 하나가 간단히 만들어지는 거지.”

서흑수도 웃었다.

“만들어진 게 아니야. 사실이니까.”

북건곤이 벙찐 표정을 지었다.

“뭐?”

서흑수의 몸속에서 살기가 조금씩 피어올랐다.

“무림맹의 사주는 없었다. 하지만 협상이 잘 안 되면 너를 죽이려 한 건 사실이지. 내가 너를 보고 내린 결론은 네가 살아 있으면 전쟁을 피할 수 없다는 것뿐이다.”

북건곤의 웃음소리가 커졌다.

“흐흐흐. 네놈이 그런 꿍꿍이로 왔다고 해도 상관없어. 어차피 왕삼, 네 실력으로는 불가능한 일이니까.”

“전대 마교 교주도 내게 졌어.”

“하하하. 그랬지. 아버지는 너에게 졌어. 내가 도망쳐야 했던 생강시도 너에게 졌어. 넌 과거의 나보다 강해.”

북건곤이 검 손잡이를 잡았다.

"하지만 지금의 나는 달라. 나는 이미 과거의 내가 아니야."

"죽는 건 같아."

"미친놈. 죽을 놈은 너야. 만에 하나 네가 나를 이긴다고 치자. 네가 살아서 여기를 빠져나갈 수 있을까?"

"불가능하겠지. 대신에 전쟁은 막을 수 있어. 장로들의 태도를 보고 그 사실을 깨달았지."

"네 목숨으로 전쟁을 막겠다고? 미친놈이군."

서흑수가 검을 뽑았다.

"나도 알아. 내가 미친 거."

북건곤 역시 검을 뽑았다. 새까만 기운이 도는 칼날이 모습을 드러냈다.

"왕삼, 너는 실패한다. 나를 더 강하게 만들어줄 뿐이지. 나는 지금 너처럼 강력한 내공을 가진 자가 필요해. 잡다하게 뒤섞인 내공을 누르려면 강한 것 한 방이 낫지. 솔직히 말하지. 네 내공 때문에 장로들을 내보낸 거야."

서흑수는 그 말을 이해할 수 없었다.

'무슨 소리지?'

하지만 길게 생각할 여유가 없었다.

북건곤이 서흑수에게 달려들었다.

"왕삼! 나의 먹이가 되어라!"

第六章

북건곤은 서흑수를 쪼갤 것처럼 거세게 검을 휘둘렀다.

그 한 수는 충분히 빠르고 강했다. 서흑수는 조금도 방심하지 않고 공력을 충분히 끌어올려 맞받아쳤다.

까앙!

귀를 찢는 쇳소리가 터졌다. 누구의 검도 부러지지 않았다. 대신에 충격파가 사방으로 쫙 퍼졌다.

서흑수는 두 다리로 땅을 버티고 섰다. 그러나 그의 몸은 압력을 이기지 못하고 뒤로 쭉 밀려났다. 열 걸음 거리 이상을 밀려난 후에야 겨우 정지했다. 북건곤이 서 있는 곳으로부터 서흑수의 발까지 두 개의 고랑이 깊게 파여 있었다.

172

“쿨럭!”

서혹수가 짧은 기침을 했다. 입가를 타고 가는 핏줄기가 흘렀다.

북건곤이 웃었다.

“흐흐흐. 한 번에 끝장난다면 내가 서운하지.”

서혹수는 북건곤의 움직임을 살피며 자세를 낮췄다. 그는 방금 상대한 수법을 분석했다.

‘내공의 힘을 기반으로 한 수법이다. 놈의 내공 수위는 나보다 월등히 높다.’

그가 땅을 박차고 달려들었다.

‘그렇다면 속도로 승부한다!’

순식간에 북건곤의 바로 앞까지 달려들었다. 몸속에서 살기가 솟았다. 거의 동시에 그의 칼에서 열두 개의 금빛 검기가 튀어나왔다.

북건곤의 검이 크게 휘둘러졌다. 그의 칼을 타고 흐르는 힘이 주변의 모든 것을 소멸시켰다. 열두 개의 금빛 검기는 북건곤의 칼에 부딪치자마자 산산이 부서졌다.

북건곤의 칼은 그러고도 힘이 남아 서혹수가 서 있던 공간을 베었다.

서혹수의 몸은 이미 북건곤의 측면으로 돌아가 있었다. 그의 검이 다시 움직였다. 열두 개의 검기가 다시 북건곤의 왼쪽에 위치한 열두 개의 혈도를 노리고 날아들었다.

북건곤의 왼손이 즉시 움직였다. 그의 손을 타고 폭풍 같은 장력이 몰아쳤다. 열두 개의 검기는 그것에 말려들어 단숨에 소멸했다.

남는 힘이 서흑수를 노렸다. 그러나 그는 이미 북건곤의 뒤로 움직인 후였다.

이번에는 단 한 개의 검기가 날아갔다. 지금까지 뿌려댄 것보다 두 배는 빨랐다. 그것이 정확하게 북건곤의 등 한복판으로 날아갔다.

북건곤의 몸이 뒤로 회전했다. 마치 몸의 앞과 뒤가 단번에 바뀌는 듯한 속도였다.

서흑수는 그걸 보고도 공격을 멈추지 않았다.

'뒤로 돌아서는 순간 넌 피할 기회를 놓쳤다. 끝장을 낼 기회다!'

오히려 검을 더욱 강하게 찔러 넣었다.

북건곤의 얼굴이 딱딱하게 굳었다. 그의 몸에 흐르는 기운이 변했다.

북건곤은 서흑수의 칼을 피하지 않았다. 오히려 왼손을 쭉 뻗었다. 그의 손에서 강력한 장력이 뿜어졌다.

서흑수도 피하지 않았다.

'내가 더 빨라!'

그때였다.

북건곤의 몸에서 강력한 호신기공이 펼쳐졌다. 옷이 단숨에 부풀어 올랐다.

검기가 그 호신기공과 충돌했다. 옷이 쩍 갈라졌다. 그러나 그 속으로 파고들지는 못했다.

서흑수가 날린 검기가 북건곤의 호신기공을 뚫지 못하고 소멸했다. 검이 북건곤의 가슴에 겨우 닿은 상태로 정지했다.

'어마어마한 내공이다!'

이번에는 서흑수가 피할 기회를 놓쳤다. 북건곤의 장력이 그의 가슴을 때렸다.

강력한 힘이 그의 가슴을 밀어붙였다. 호신기공을 최대한 끌어올렸다. 북건곤의 장력이 그의 호신기공을 단숨에 깨뜨리며 밀어붙였다.

갈비뼈 전부가 뒤로 밀려들어 갔다. 심장과 폐가 강력한 압박을 받아 위축되었다. 온몸의 뼈가 삐걱거렸다.

서흑수는 이를 악물었다.

'이대로 죽을 순 없어!'

북건곤의 장력은 무서웠다. 호신기공으로 최대한 보호했음에도 불구하고 갈비뼈 전체에 자잘한 금이 가기 시작했다.

서흑수는 자신의 상황을 깨달았다.

'갈비뼈가 하나라도 부러지면 온몸이 부서져서 죽는다!'

고소미의 얼굴이 생각났다.

'이대로 죽으면 소미를 잃어! 놈을 죽여야 해! 죽여야 해! 죽여!'

그의 몸속에서 살기가 치솟았다. 미친 듯이 솟아오르는 살기가 내공과 뒤섞여 그의 몸을 휘감았다.

그 모든 과정이 눈 한 번 깜빡하기도 힘든 시간에 일어났다.

서흑수의 검은 아직 북건곤의 몸에 닿아 있다. 그 검에서 살기가 뒤섞인 강력한 검기가 솟아올랐다. 그것이 북건곤의 몸을 파고들었다.

북건곤은 자신의 호신기공을 뚫고 들어오는 서흑수의 검기를 느꼈다. 살을 찢는 고통이 그의 분노를 일으켰다. 그의 눈빛이 독해졌다.

'감히!'

내공을 있는 대로 끌어올렸다. 여러 사람에게서 빨아들인 내공이 단숨에 솟아올라 그의 손에 쌓였다. 그것이 단 한순간에 폭발하듯 뿜어졌다. 쇳덩이라도 단숨에 박살 낼 듯한 강력한 장력이 서흑수를 때렸다.

콰앙!

막대한 폭발 압력이 주변을 휩쓸었다. 서흑수의 몸이 요란한 기세로 날아갔다. 바닥 한번 디뎌보지 못하고 높게 세워진 담벼락에 거세게 충돌했다.

돌을 쌓아 만든 튼튼한 담벼락이 터지듯 부서졌다. 십 장 길이가 단숨에 무너졌다. 서흑수의 몸이 담벼락을 이루었던 돌더미 속에 파묻혔다.

북건곤이 자신의 배를 내려다보았다. 서흑수의 검에 찔린

부분에서 피가 흘러내렸다.

　'부상이 깊지는 않아. 나의 승리다.'

　그가 크게 웃었다.

　"크하하하. 내가 바로 천하제일고수이니라!"

　담장 바깥에는 마교의 장로와 무사들이 잔뜩 서 있었다. 그들은 날아오는 바위를 피하느라 호들갑을 떨었다.

　장로 한천양이 질린 얼굴로 말했다.

　"직접 때린 것도 아니고 적을 날려 이런 위력을 내다니. 짐작하던 것보다 훨씬 더 강했구나!"

　그의 마음이 무거워졌다.

　'교주가 저렇게 강력하다면 제어할 방법이 없다. 믿었던 왕삼이 죽었으니 이제 모든 건 끝났다. 내가 교주가 될 방법은 영원히 날아갔어.'

　다른 장로들의 생각도 비슷했다.

　'왕삼이 그를 죽여주기만 하면 내게도 기회가 다시 찾아왔을 텐데.'

　'북건곤은 강해도 너무 강하다. 이 정도라면 죽은 교주보다 월등히 강하다. 이제 천하는 북건곤의 것이야.'

　한천양이 씁쓸한 표정으로 무너진 돌더미를 쳐다보았다. 갑자기 그의 표정이 변했다.

　"설마……."

　무너진 돌무더기가 흔들거렸다. 갑자기 터지듯 돌이 사방으로 날아갔다.

그 한가운데서 서혹수가 일어섰다. 붉어진 눈으로 살기를 줄줄 흘리고 있었다.

"크흐흐. 북건곤, 죽인다."

북건곤의 눈이 조금 커졌다.

"솔직히 놀랐다, 왕삼. 그 공격에서 살아남을 줄은 몰랐으니까."

북건곤이 검을 들었다.

"하지만 너와 나의 능력 차이는 너무나 크다. 죽은 척 누워 있었다면 달아날 기회라도 있었을 텐데. 그것이 너의 한계……."

북건곤이 입을 다물었다.

'몸속에서 변화가 일어난다. 마지막에 날린 장력은 역시 무리였나?'

그는 자신의 몸속을 점검했다.

'놈의 검기가 몸속에 들어왔다. 그것이 기존에 흡수한 내공들을 자극하고 있다.'

내공의 힘이 갑자기 강해지는 것을 느꼈다. 그의 얼굴이 환해졌다.

"힘이 강해진다. 공력이 점점 더 강력해지고 있어. 흐흐흐. 왕삼, 네놈 덕분에 나는 큰 기연을 얻……."

북건곤의 얼굴빛이 변했다.

'그게 아니다. 융화시키지 못한 내공들이 충돌하고 있다. 이건 그 충격으로 일어나는 힘. 잘못하면 끝장이다!'

그는 서흑수를 날려 버릴 때 몸속에 흡수한 내공 전체를 움직였다. 그 상태에서 서흑수의 살기가 그의 몸속으로 들어왔다. 외부에서 들어온 살기에 그가 흡수한 공력들이 본격적으로 반응했다.

북건곤은 급히 운기를 했다. 내공을 안정시키려고 애썼다. 하지만 내공은 시간이 지날수록 불안정해졌다.

"아, 안 돼."

갑자기 그가 흡수한 공력들이 서로 충돌하며 폭발하듯 힘을 뿜어내기 시작했다.

"끄으으!"

처음에는 북건곤의 눈이 붉어졌다. 이어서 그의 혈도들이 부풀어 오르기 시작했다. 혈도를 강력한 내공의 힘이 휘몰아쳤다.

일단 몸속에서 증폭된 내공은 빠져나갈 곳을 찾지 못했다. 이번에는 그의 몸이 서서히 부풀어 오르기 시작했다. 그의 근육이 두 배로 늘어났다. 그의 몸이 점점 거대해졌다.

장로 한천양은 그런 모습을 과거에 한번 본 적이 있다. 그가 새파랗게 젊은 무사 시절이다.

"흐, 흡정마공!"

마교도들의 얼굴이 모두 사색이 됐다.

다른 장로들이 연달아 소리를 질렀다.

"말도 안 돼. 남의 기를 흡수하는 마공 다섯 가지는 모두 철저히 봉인되어 있다!"

"흡정마공이라니. 그런 마공들의 정점에 있는 것 아니냐!"

그곳을 둘러싸고 있던 무사들도 흡정마공이 뭔지는 안다. 보고 구분하지는 못해도 귀가 따갑게 들어본 마공이다.

"그걸 익힌 자는 남의 정기를 빨아들인다고 했어."

"미쳐서 자기편도 구분하지 못하고 미친 듯이 기를 빨아들인다."

"흡정마공에 당한 자, 영혼마저 저주받는다!"

"저주받은 마공을, 교주가 그 저주받은 마공을 익혔다!"

서흑수도 흡정마공에 대해서 들어보았다. 그것은 너무나 유명한 마공이다.

"크흐흐. 그것을 익힌 자는 마교에서 직접 척살한다는 마공 중의 마공. 북건곤, 넌 그것을 익혔군. 그것이 네 힘의 비결이었군. 넌 천재가 아니었어. 스스로를 망가뜨리는 마공을 익혀서 천재처럼 보인 거였어."

남의 일 같지가 않았다. 하지만 조금도 동정하지 않았다. 오히려 흰 이를 드러내며 웃었다.

'나와 같은 종류의 미친놈. 그럼 죽어야지.'

그가 검을 들었다. 칼이 살기를 머금고 부르르 떨었다.

서흑수가 움직이기 전에 장로 한천양이 먼저 명령을 내

렸다.

"저 변형이 완전히 일어나면 아무도 못 막는다! 당장 죽여! 죽이란 말이다!"

무사들이 주춤거렸다.

"하, 하지만 교주님인데……."

"흡정마공에 잡아먹힌 놈은 더 이상 교주가 아니야! 지금 죽이지 못하면 우리가 죽는다! 죽여!"

그의 명령에 수십 명의 무사들이 북건곤에게 달려들었다. 북건곤의 몸이 부풀어 오르는 순간을 노려 무사들의 칼이 그의 전신에 꽂혔다.

다음 순간 북건곤이 괴성을 질렀다.

"크아아!"

그의 몸에서 강력한 기파가 뿜어져 나왔다. 그것이 주변으로 쫙 퍼졌다. 북건곤에게 검을 찔러 넣었던 무사들이 기파에 휩싸였다. 피를 토하며 뒤로 튕겨졌다.

"커억!"

"으아악!"

북건곤의 몸에 상처는 없었다. 그를 찔렀던 칼날만 사방으로 튕겨 날아갔다.

이번에는 장로 교소양과 군유극이 움직였다. 그들의 검에 짙은 검기가 맺혔다. 쇠라도 자를 것 같았다.

"북건곤!"

“죽어라!”

두 자루의 검이 북건곤의 심장과 목을 노렸다.

북건곤의 두 팔이 움직였다. 그의 손에서 장력이 뿜어졌다. 사람의 손에서 뿜어진 장력이 거대한 손바닥 모양이 되어 두 장로에게 날아갔다.

두 장로는 기겁을 하며 검을 휘둘렀다. 장력과 검기가 정통으로 충돌했다.

폭발이 일어났다. 검기가 장력의 힘에 말려들어 소멸했다. 장력은 아직 살아 있었다. 곧바로 두 장로를 덮었다.

“크아아악!”

교소양과 군유극은 덤벼들었던 것보다 더 빠른 속도로 뒤로 튕겨졌다. 십 장 이상을 날아간 그들은 땅에 떨어져 피를 토했다.

“쿨럭.”

“처, 천마장법…….”

기를 잔뜩 끌어올렸던 검으로 장력을 후려쳤기에 즉사만은 면했다. 하지만 둘 다 중상이었다. 겨우 고개를 들고 북건곤을 쳐다보았다. 그들의 눈에 공포가 서렸다.

한천양이 덜덜 떨었다.

“처, 천마장법. 북만극 교주도 최근에야 겨우 익힌 그걸 어떻게 벌써… 북건곤은, 북건곤은 흡정마공의 힘으로 천마장법을 완성시켰구나. 흡정마공을 익힌 자가 천마장법까지 익했다면 누구도 이길 수 없다. 이제 다 끝났어……."

떨던 한천양의 눈이 커졌다. 자기도 모르게 소리쳤다.

"왕삼!"

북건곤이 즉시 고개를 들었다. 머리 위 하늘에서 떨어져 내려오는 서흑수가 보였다.

"어느새!"

서흑수는 교소양과 군유극의 공격이 실패할 거라고 내다보았다. 그는 처음부터 그 둘이 패한 후의 상황을 노렸다. 소리없이 몸을 띄워 북건곤의 정수리를 노렸다.

서흑수는 내공을 잔뜩 끌어올렸다. 몸속의 살기는 이미 통제하기 힘든 수준이었다. 이제 와서 누가 본다고 해도 무공을 가려 펼칠 처지도 아니다.

'반드시 죽인다!'

그의 검이 북건곤을 마흔여덟 번 베었다. 금빛 광채가 그의 몸에서 일어나는 듯했다. 동시에 베어진 마흔여덟 개의 소리가 하나로 합쳐졌다. 천둥소리가 터졌다.

꽈아앙!

북건곤의 몸이 금빛에 완전히 휩싸였다.

사람들의 얼굴이 환해졌다. 그러나 몇 명은 예외였다.

한천양은 지금 일어난 일을 믿을 수 없었다.

'왕삼이 어떻게 배교의 낙뢰검법을 쓰는 거지? 그건 배교의 호교무공인데? 이게 도대체 어떻게 된 거야?

다음 순간, 금빛이 씻은 듯이 사라졌다.

사람들의 눈이 치떠졌다.

북건곤의 몸은 마흔여덟 군데가 베여 피가 흐르고 있었다. 흐르는 피가 바닥을 적셨다.

하지만 그의 몸은 잘려 나가지 않았다. 얕은 상처는 하나도 없었지만 몸을 무너뜨릴 치명성도 없었다. 그는 여전히 정상적으로 움직이고 있었다.

그리고 그의 손에 서흑수의 목이 잡혀 있었다. 서흑수는 공중에 대롱대롱 매달렸다.

북건곤이 웃었다.

"크하하하. 대단한 무공이구나. 하지만 그뿐이지. 흡정마공의 무서움을 아느냐? 남의 검기와 장력까지 흡수하는 것이 진정한 흡정마공의 위력이다. 네가 나를 공격할수록 나는 더 강해진다. 크하하하!"

서흑수는 움직이지 않았다.

"벗어나고 싶겠지. 하지만 너는 움직이지 못한다. 너는 나에게 혈을 잡혔다. 지금 그 상태 그대로 나의 먹이가 되어라. 너의 강력한 내공을 나에게 넘겨라. 내 흡정마공을 완성하기 위해서 너의 몸을 공양해라!"

한천양은 정신이 번쩍 들었다.

'북건곤은 지금도 저렇게 강력하다. 왕삼 준호법의 내공까지 흡수하면 뒷감당을 할 수 없다. 만에 하나 흡정마공을 완

184

성하기라도 한다면 누가 그를 막을 수 있을까? 그는 무적의 존재가 되겠지. 이성은 사라지고 흡정을 하려는 욕구만 남겠지. 총단에 있는 모든 인간을 잡아먹고 세상을 멸망시키겠지.'

거기까지 생각한 한천양이 비명 섞인 소리를 질렀다.

"막아! 그는 교주가 아니다! 흡정마공을 익힌 마인이다! 우리를 모두 죽일 거야! 모두 달려들어서 막아!"

무사 몇 명이 죽음을 각오하고 북건곤에게 달려들었다. 그들은 거의 동시에 북건곤을 노렸다.

북건곤이 소리를 질렀다.

"내가 바로 너희들의 교주다!"

그가 손을 크게 휘둘렀다. 그의 손을 따라 해일 같은 장력이 쏟아졌다.

공격하던 무사들은 비명을 지르며 나가떨어졌다.

"으아악!"

다른 무사들은 그 모습을 보고 감히 다가가지 못했다.

"공격하란 말이다! 다 같이 공격하면 아직 기회는 있어! 저 괴물을 죽여!"

아무리 소리를 질러도 소용없었다. 무사들의 얼굴에는 공포가 가득했다.

그리고 그들에게는 공격하지 않을 적당한 핑계가 있었다.

"그, 그래도 교주님이시잖아."

"그래, 우리 손으로 교주님을 죽일 순 없어."

한천양은 정신이 아득해졌다.

'이제 다 끝났다. 모두 핑계를 대며 자기 살길을 찾는다. 누구도 그를 막을 수 없어.'

북건곤이 서흑수의 목을 잡은 채 말했다.

"흐흐. 왕삼, 맛있게 먹어주마."

서흑수가 히죽 웃었다. 송곳니가 드러났다. 살기가 그를 거의 완전히 지배했다. 저항하지 않았다. 살기에 몸을 맡겼다.

서흑수의 왼손이 북건곤의 오른팔을 잡았다. 북건곤의 눈이 커졌다.

"혈을 잡혔으면서 어떻게 움직이지?"

서흑수가 북건곤의 팔을 밀어냈다. 목을 잡고 있던 북건곤의 손이 빠져나갔다. 북건곤의 손끝에 서흑수의 목이 깊게 파였다. 피가 튀었다.

서흑수가 한 걸음 뒤로 물러섰다.

북건곤은 처음에 무슨 일이 일어났는지 이해하지 못했다. 그의 이성도 조금씩 마비되고 있었다.

잠시 후에야 서흑수를 놓친 것을 깨닫고 소리를 질렀다.

"크아아아! 감히 도망을 쳐!"

서흑수의 몸을 잠식한 살기가 그의 내공과 함께 섞여 검을 타고 올라왔다. 내공과 살기가 함께 운용될 때 나타나는 파산검법의 진정한 위력이 발휘되었다.

서흑수의 검이 북건곤의 가슴을 향했다. 그 끝에서 산이라도 부술 것 같은 살기가 뿜어져 나왔다.

북건곤은 즉시 장력을 뻗었다. 천마장법이 펼쳐졌다. 거대한 손바닥이 서흑수를 감쌌다.

서흑수의 검이 그 거대한 손바닥을 뚫었다. 손바닥이 폭발했다. 폭발의 압력이 서흑수의 온몸을 휘감았다. 서흑수의 살기가 그 압력을 베었다.

주변에서 구경하던 수많은 무사들이 그 압력을 이기지 못하고 날아갔다.

한천양은 그 압력을 꿋꿋이 버티며 싸움을 노려보았다.

'제발!'

서흑수의 검이 북건곤의 가슴을 찔렀다. 그 검의 날카로운 칼날이 북건곤의 호신기공을 깨뜨렸다. 날카로운 검기가 북건곤의 가슴을 베었다.

검기는 더 이상 북건곤의 몸을 뚫고 들어가지 못했다. 하지만 살기가 북건곤의 심장을 찢었다.

살기가 베어놓은 공간을 검이 뒤따라 들어갔다. 그의 칼이 북건곤의 가슴을 관통했다.

북건곤의 눈이 치떠졌다.

"너, 너는 바로……."

서흑수의 몸에서 뿜어지는 살기는 조금도 잦아들지 않았

다. 서흑수의 살기 줄줄 흐르는 검이 북건곤의 몸을 옆으로 베며 빠져나왔다.

북건곤의 상처에서 강력한 기운이 사방으로 뿜어져 나왔다. 한껏 부풀어 올랐던 몸이 바람 빠진 풍선처럼 쭈그러들었다.

신임 마교 교주 소마 북건곤의 몸이 무너졌다.

서흑수가 뒤돌아섰다. 그가 마교의 무사들을 노려보았다. 그의 몸에서 뿜어져 나오는 살기가 주변을 뒤덮었다. 무사들은 그 기운에 놀라 몇 걸음씩 물러섰다.

장로 한천양은 확신했다.

'광마! 왕삼 준호법이 바로 광마다!'

그는 급히 소리를 질렀다.

"다들 뒤로 빠져! 왕삼 준호법이 보지 못하는 곳까지 후퇴해!"

무사들은 한천양이 왜 그런 명령을 내리는지 알지 못했다.

"장로님, 괴물은 죽었는데 왜……."

마음이 급해진 한천양이 소리를 버럭 질렀다.

"당장 꺼지란 말이다!"

장로의 명령이다. 그리고 그들은 북건곤을 죽인 서흑수가 두려웠다. 살기를 뿌리는 그가 무서웠다.

무사들이 핑계를 대며 빠져나갔다.

"지, 지원 병력을 모아오자."

“그게 좋겠다.”

“내가 외곽 경비 부대들을 불러오겠다. 우리만으로는 상대하기 어려워!”

무사들이 전부 물러나고 장로들만이 남았다. 한천양이 재빨리 허리에 찬 검을 던져 버렸다. 그는 다른 장로들에게 급히 말했다.

“무기를 버리시오!”

“한 장로, 미쳤소?”

“내 말대로 좀 하시오. 내게 다 생각이 있소!”

장로들이 서흑수를 힐끗 보았다. 그의 살기가 부담스러웠다.

그들은 뒤로 조금씩 물러선 후 검을 내려놓았다. 서흑수가 조금만 이상한 반응을 보이면 다시 검을 잡을 생각이었다.

한천양이 서흑수를 향해 큰 소리로 외쳤다.

“왕삼 준호법! 진정해!”

서흑수는 대답하지 않았다. 그의 몸에서 뿜어지는 살기가 점점 강해졌다.

한천양이 소리쳤다.

“싸움은 끝났다!”

서흑수가 한없이 낮은 목소리로 중얼거렸다.

“내 싸움은 끝나지 않았다.”

한천양은 당황했다.

‘뭔가 방법을 찾아야 해. 정상으로 되돌려야 해. 난 왕삼이 필요하다. 어떻게 하지? 어떻게?’

한천양은 마교의 정보를 총괄하는 밀영각주다. 그는 갑자기 북만극의 명령으로 서흑수에 대해서 조사해 놓은 일이 생각났다. 그때 읽었던 자료들이 머릿속에 떠올랐다.

‘어쩌면……’

그가 다시 소리를 질렀다.

“넌 고소미를 구하러 가야 하잖아!”

서흑수가 걸음을 멈췄다.

“소미, 소미를 구해야지.”

“그래, 고소미!”

“내 싸움은?”

“널, 그대를 죽이려던 자는 죽었다. 네가 죽였어. 그러니까 이제 고소미를 구하러 가라!”

지금 서흑수의 몸속에서는 살기가 미친 듯이 끓어오르고 있었다. 그것이 그의 이성을 마비시켰다.

그러나 그는 이성을 완전히 잃지 않았다. 한줄기 끈을 놓지 않고 있었다. 그것이 바로 고소미에 대한 생각이었다. 한천양이 그 끈을 잡아당겼다.

서흑수는 살기를 가라앉히기 위해서 눈을 감았다.

‘그래, 북건곤은 죽었어. 더 이상 죽일 필요는 없어. 한천양이 살아 있어야 전쟁을 막을 수 있어. 그리고 소미를 다시

보고 싶어.'

살인의 유혹이 자꾸 그를 괴롭혔다. 서흑수의 눈이 번쩍 떠졌다. 한천양이 움찔 놀라는 것이 보였다.

서흑수는 다시 눈을 감았다.

'진정해. 전쟁을 막아야 해. 내가 살아서 돌아가야 해. 소미, 소미를 구해야지. 내가 사랑하는 사람을 또다시 죽게 할 수 없어. 살려야 해!'

살기가 아주 조금 가라앉았다.

장로 한 명이 한천양에게 다가와 조심스럽게 말했다.

"한 장로, 왕삼 준호법이 눈까지 감고 있는데… 이 기회에 치면…….."

한천양이 화들짝 놀라며 그 장로의 입을 막았다.

"미쳤소? 살기를 품지 마시오. 자극하지 마시오. 그는 반드시 살아 있어야 하오!"

서흑수는 한 시진을 그대로 서 있었다. 그를 거의 완전히 장악했던 살기가 조금씩 가라앉았다.

한 시진 후, 마침내 서흑수가 눈을 떴다. 그의 눈빛은 맑았다. 그러나 심력을 워낙 소모한 후라 몸을 가누기 힘들 정도로 피곤했다.

서흑수가 비틀거렸다.

"큭. 힘들군."

목을 쓰다듬어 보았다. 마지막에 긁힌 상처가 제법 깊었다. 짜릿한 통증이 올라왔다.

"아프군."

기분이 조금 좋아졌다.

'고통은 살아남았다는 증거니까.'

한천양 장로가 그의 상태를 살펴보다 조심스럽게 질문했다.

"왕삼 준호법, 정신을 차렸나? 차렸기를 빌겠다. 네가 아직도 미쳐 있다면, 넌 죽는다. 이곳은 마교의 총단이다."

서혹수가 웃었다.

'세상일은 참 재미있군. 마교의 장로라면 마두, 마두가 협객이 되고 싶어했던 나를 살리려 하다니.'

"지금은 미치지 않았다."

한천양이 서혹수의 눈치를 힐끗거리며 자기 검을 들었다. 서혹수가 반응을 보이지 않자 그제야 안심한 얼굴로 말했다.

"확실히 정상이 됐군. 다행이다, 왕삼 준호법."

서혹수가 북건곤의 시체를 가리키며 말했다.

"하지만 마교의 교주를 죽였어."

한천양이 코웃음을 쳤다.

"흥! 그는 금단의 마공을 익혔다. 그것도 그중에 가장 위험한 흡정마공을 익혔지. 잘 죽였다."

"그는 너의 교주다."

"흡정마공을 익힌 자가 교주 자리에 있다니. 그리고 그 권력을 유지한다니. 그것보다 끔찍한 일은 없다. 그걸 익힌 자는 언젠가는 우리 모두를 잡아먹으려고 들 테니까. 그러니까 그가 흡정마공을 익힌 순간 그는 단지 우리 교의 척살 대상일 뿐이다. 교주가 아니야.”

“뒤탈은?”

“걱정하지 마라. 목격자가 워낙 많다. 그가 살아 있었다면 모르되 죽은 이상 너를 탓할 사람은 없다.”

“다행이군.”

“하지만 다른 문제가 남았지. 광마.”

서흑수의 얼굴이 일그러졌다.

“광마? 그 마두가 내가 아님은 북만극이 설명했을 텐데.”

“아니, 너는 광마야. 내가 보장하지.”

갑자기 서흑수의 머릿속에 몇 가지 생각이 떠올랐다.

‘무림맹 조사단은 내가 죽인 생강시를 보고 광마의 출현을 의심했다. 그때는 그냥 특별한 마두로 생각했지. 하지만 북만극은 내가 보낸 전서의 내용을 본 후 나를 광마라고 불렀다. 왜?’

그는 불안했다.

“광마가 누구지?”

“우리의 흑룡대와 무림맹의 적호대를 전멸시킨 자. 우리는 그자에게 광마라는 별명을 붙였다.”

서흑수는 그때서야 모든 것을 이해했다.

'그렇군. 나는 광마로 불리고 있었구나. 아니, 나처럼 미친 놈에게 광마보다 어울리는 이름이 있을까? 나는 이미 협객이 아니라 마두였던 거야.'

"확신하나?"

"나는 이 년 전에 네가 적호대와 흑룡대를 전멸시켰을 때 그 조사단을 이끌었다."

"나에 대한 이야기를 북만극에게 들었나?"

"아니, 네 무공을 보고 알았다."

서흑수는 조금 놀란 눈으로 한천양을 바라보았다.

"한천양 장로, 당신에 대한 평가를 달리해야겠군."

"그것만은 아니지. 나는 이십 년 전에 배교 토벌에도 참가했으니까."

서흑수는 그 말을 이해할 수 없었다.

"그게 나를 알아보는 것과 무슨 상관이냐?"

"모르는 척하지 마라, 왕삼 준호법. 너의 금빛 검기를 뿌리는 무공은 배교의 호교무공인 낙뢰검법이잖아."

"뭘 잘못 봤나 보군. 이건 뇌전검법이다."

"아니, 그건 낙뢰검법이 틀림없어. 나는 그걸 잊을 수 없어. 이십 년 전에 내가 거느린 정예 부대가 그 검법을 펼치는 자에게 전멸을 당했다. 도저히 상대가 되지 않았어. 살아서 도망친 것은 나 혼자였다."

서흑수의 얼굴이 굳었다.

"이것은 뇌전검법이다. 사부님께 배운 것이다."

"그럼 네 사부가 배교의 잔당이겠지."

서흑수가 검을 잡았다.

"사부님을 모욕하지 마라."

한천양은 긴장하며 물러섰다. 하지만 할 말을 멈추지는 않았다.

"왕삼 준호법, 너는 배교의 잔당이냐?"

서흑수의 얼굴이 일그러졌다.

"한천양, 내가 배교를 멸망시키려고 뛰어다니는 것을 알면서 그런 소리를 하다니."

소리를 버럭 질렀다.

"책임지지 못할 말은 하지 마라!"

다른 장로들이 한천양에게 질문했다.

"한 장로, 그게 사실이오?"

"믿어지지 않는 소리군. 그는 배교의 음모를 막기 위해서 애쓰고 있소. 그건 의심할 필요가 없잖소?"

한천양은 물러나지 않았다.

"왕삼 준호법, 넌 분명히 큰 공을 세웠다. 우리 교의 은인이지. 하지만 나는 네가 광마임을 알고 있다. 그건 너도 인정하지 않았냐?"

"부정해도 소용없으니까."

"네가 광마인 것 자체는 문제가 되지 않는다. 네가 비록 흑룡대를 전멸시켜 우리에게 큰 피해를 입혔지만 이번에 세운 공은 그것을 넘어서지. 하지만 네가 배교의 잔당이라면 이야 기는 달라진다.”

서흑수는 기분이 나빠졌다.

“아니라고 했다.”

“아니라는 증거를 보여라.”

“사실이라는 증거는?”

“낙뢰검법.”

“뇌전검법이다.”

“네가 드러낸 것은 낙뢰검법만이 아니다. 마지막에 북건곤 을 죽인 검법, 그렇게 엄청난 위력을 가진 검법은 흔치 않다. 배 교에는 파천검법이란 것이 있지. 그것이 바로 파천검법이냐?”

“파산검법이다.”

“나는 밀영각의 각주. 이십 년 전 그날 이후로 내가 가진 모든 능력을 동원해 배교에 대해 조사했다. 네가 북건곤을 죽 인 검법은 파천검법의 특징을 모두 가지고 있다. 파천검법은 낙뢰검법처럼 배교의 호교무공 세 가지 중 하나지.”

서흑수의 얼굴이 굳어졌다.

‘진심으로 하는 말이다. 이게 어떻게 된 거지?

“뇌전검법과 파산검법은 사부님에게 배운 무공이다. 배교 의 것 따위가 아니다.”

“네 사부가 그렇게 강한가?”

"강하다. 한천양 너 따위보다 훨씬 강하다."

한천양은 납득했다는 듯이 고개를 끄덕였다.

"너를 키웠다면 그래야겠지. 그럼 너의 사부는 뇌전검법이나 파산검법을 얼마나 익혔지?"

서흑수는 대답할 수가 없었다.

'사부님은 익히지 않으셨지. 이걸 익히기에는 너무 늦었다고 말씀하셨다. 나는 그 말을 믿었다. 지금까지는 그대로 믿었다.'

한천양이 말했다.

"당시 그 두 무공의 비급은 발견되지 않았다. 또한 배교 최고의 심법이라는 광혈심법 역시 발견되지 않았다."

서흑수의 얼굴이 일그러졌다.

'내가 익힌 심법은 진혈심법. 왜 셋 다 배교의 것과 이름이 비슷하지? 왜 사부님은 이것들을 하나도 익히지 않으셨지? 왜? 도대체 왜?'

한천양이 말했다.

"왕삼 준호법, 아무래도 너에게는 사연이 있는 것 같군. 어쨌든 배교의 잔당은 아닌 것 같구나. 그러면 됐다."

서흑수가 고개를 거세게 저었다.

"지금 중요한 것은!"

그가 한천양을 노려보았다.

"전쟁을 막는 것이다."

한천양이 웃었다.

'그래서 네가 필요하다.'

"흐흐흐. 맞는 말이다. 네가 배교의 무공을 익혔어도 상관없다. 배교를 때려 부순 것이 바로 너니까. 우리 교는 목적만 이룰 수 있으면 수단은 상관하지 않는다."

서흑수가 한천양을 보는 눈빛이 변했다.

'한천양은 지금 내가 살길을 마련해 주고 있다. 한천양이 권력을 잡으면 적어도 마교 내에서는 내가 배교의 무공을 익혔어도 뭐라 할 사람이 없게 된다. 거래를 제안하는 걸까?'

"내가 원하는 것은 하나다. 전쟁을 멈추는 것."

"걱정하지 마라. 전쟁을 원하던 자는 네가 직접 죽였다."

"다른 누군가 교주가 돼서 전쟁을 원한다면?"

"누가 됐든 그 또한 당신 손에 죽겠지. 그러니 왕삼 준호 법, 반드시 살아남아라. 우리 중에 누가 교주가 되더라도 전쟁 따위는 꿈꾸지 못하게."

서흑수가 한천양을 물끄러미 바라보다가 말했다.

"한천양, 전쟁을 정말 싫어하는구나."

"물론. 그게 돌아가신 북만극 교주님의 뜻이니까."

"그것만으로? 무림을 차지하고 싶은 욕심은 들지 않고?"

한천양이 고개를 가로저었다.

"우리는 힘이 모자라."

"남들은 넘친다고 알고 있지."

"돌아가신 교주님께서는 교를 수십 년 이끌어오면서 전쟁을 하지 않고 잘사는 법을 가르치셨지. 이제 와서 전쟁을 일으키면 교는 두 조각으로 분열된다. 싸우자는 쪽과 그러지 말자는 쪽으로 나뉜다. 북건곤처럼 아주 강력한 교주가 나온다면 모를까, 현재 상태로는 둘로 분열될 거야. 그러면 하나씩 무림맹에게 잡아먹힌다. 운이 좋아 무림맹을 이겨도 남는 게 없어."

"현명하군."

"그러니까 왕삼 준호법, 끝까지 살아남아라."

서혹수는 안도의 한숨을 쉬었다.

'믿어도 좋겠군.'

"그러지. 그럼 믿고 가겠다."

"가다니?"

"돌아가서 찾아야 할 사람이 있으니까."

서혹수가 떠난 후 부상당한 장로 교소양이 아픈 가슴을 움켜쥐고 말했다.

"한 장로, 그의 공이 아무리 크더라도 그는 광마요. 그리고 배교의 무공을 익혔고. 지금이라도 수하들을 보내 그를 잡는 게 낫지 않겠소?"

한천양이 웃었다.

"후후후. 내 솔직히 말하겠소."

"무엇을 말이오?"

"북만극 교주님이 돌아가셨소. 북건곤 역시 죽었고, 나와 함께 최대 파벌을 구성하던 복양소도 죽었소. 이제 내가 가장 강한 세력을 가진 사람이오."

장로들의 안색이 변했다. 교소양이 따졌다.

"한 장로, 교주를 노리시오?"

"후후. 우리 중에 누가 노리지 않을까?"

"그것과 왕삼 준호법을 살려 보낸 것이 무슨 상관이오?"

"반전파의 수장이 바로 나 아니오? 그리고 왕삼 준호법은 전쟁파의 최대 적. 그가 살아 있다면 누구를 돕겠소? 더구나 내가 그의 살길을 열어주었는데."

그것이 그가 서흑수를 살리기 위해서 애쓴 이유다.

"뭐, 뭣이?"

한천양이 웃으며 손을 내밀었다.

"너무 서운하게들 생각하지 마시오. 내 이 자리에서 약속하겠소. 내가 교주가 되도록 도와주는 사람들은 그에 합당한 보상을 받을 것이오. 여러 장로 분들은 지금보다 훨씬 강력한 권력을 누릴 것이오."

장로들이 재빨리 계산을 시작했다. 한천양이 그들을 포기시키기 위해 한마디 더 던졌다.

"보다시피 왕삼 준호법이 내 편이오. 승부는 이미 결정난 것이나 다름없소. 받아들이시오. 충분한 보상을 할 테니까."

교소양이 콧방귀를 뀌었다.

"흥. 생각대로 될 줄 아시오?"

군유극도 마찬가지였다.

"한 장로, 당신이 왕삼 준호법을 완전히 끌어들였다고 보기는 어렵지. 내게도 기회는 있소. 나 역시 전쟁을 반대하는 쪽이니 거기에 조건을 조금 얹으면 그의 지지를 얻을 수 있겠지."

한천양이 여유롭게 웃었다.

"후후후. 이미 내가 가장 높은 고지를 잡았소. 당신들은 늦었소. 먼저 내 편에 드는 자가 더 많은 권력을 가질 것이오."

서흑수는 번개를 찾기 위해 마교의 총단을 돌아다녔다. 번개를 찾아낸 그는 미안한 마음이 들었다.

한혈보마 번개는 지친 기색이 역력했다.

"미안하구나. 한 번만 더 애써다오."

그때 그에게 몇 사람이 다가왔다.

"왕삼 준호법님, 다른 말을 준비하겠습니다."

서흑수는 거절했다.

"이 녀석보다 빠른 말이 있을 리 없을 텐데?"

"그럼 하루라도 쉬어가십시오. 최고로 접대하겠습니다."

"필요없소."

“그럼 경호 부대를 붙여 드리겠습니다.”

서흑수가 그 사람을 돌아보았다.

“나에게 원하는 게 있소?”

그가 웃음을 지었다.

“이건 군유극 장로님께서 베푸시는 친절입니다.”

다른 사람이 급히 말했다.

“교소양 장로님께서도 경호 부대를 붙여 드리라고 하셨습니다.”

“한천양 장로님께서는 이미 경호 부대를 준비해 두고 계십니다. 데리고 가시면 위세가 크게 살 것입니다.”

서흑수는 상황이 어떻게 돌아가는지 알 수 있었다.

‘교주 쟁탈전이 다시 시작됐군. 장로들이 정말 빠르게 움직이고 있다.’

그리고 그 사실에 만족했다.

‘됐어. 당분간 전쟁은 없다.’

그는 번개에게 올라탔다.

“혼자 가겠소.”

“하지만 그러시면 저희가 벌을······.”

그가 몸을 살짝 기울이며 말했다.

“대신에 부탁 좀 합시다.”

사람들이 앞 다투어 외쳤다.

“말씀만 하십시오!”

“목숨을 걸고 수행하겠습니다!”

서혹수가 그들을 보고 말했다.

“무림맹에 전서 좀 넣어주시오.”

“알겠습니다. 내용을 말씀만 하시면 가장 빠른 수단으로 보내겠습니다.”

“내용? 장로들에게 물어보시오. 가장 잘 알 테니까. 달려라, 번개야!”

사람들이 어어 하는 사이에 한혈보마 번개가 땅을 박찼다. 예전처럼 빠르지는 못했지만 그래도 보통 말이 쫓아올 속도는 아니다.

뒤늦게 그곳으로 장로들이 몰려왔다. 그들은 서혹수가 그냥 떠났다는 소리를 듣고 소리를 질렀다.

“이런 멍청한 놈! 일 처리를 어떻게 하는 거냐!”

“가장 빠른 말을 모아 부대를 편성해라! 뒤라도 쫓아!”

“빠른 말? 빠른 말을 확보해라! 교 장로의 부대보다 느리면 안 돼!”

한천양 장로가 소리를 질렀다.

“준비시켜 둔 기마 부대 일단 출발시켜! 빠른 말도 모으고!”

서혹수는 번개를 타고 달렸다. 마교의 일은 그의 계획보다 훨씬 더 성공적으로 끝났다.

"살아 돌아왔으니 대성공이기는 하지. 하지만……."

그의 마음을 무겁게 하는 것이 있었다.

"이 일이 끝나면 사부님께 돌아가야겠다. 이따위 처지가 된 내 꼴을 들키기 싫어 사부님을 피했지만, 이젠 그럴 수 없어. 도대체 내가 배운 무공이 왜 배교의 것과 비슷한지 알아야겠어. 반드시."

*   *   *

무림맹 수뇌부는 전쟁 준비로 머리를 싸매고 있었다.

혁천세가 짜증이 가득한 얼굴로 외쳤다.

"군사, 우리 승산이 너무 낮잖아!"

제갈관우도 답답했다.

"우리 무사들의 숫자가 너무 부족합니다. 대비도 제대로 되어 있지 않습니다. 반면에 북건곤은 전쟁만을 연구해 온 자입니다. 마교의 전술가들도 바보가 아닙니다. 놈들의 준비는 완벽합니다."

"그래도 앉은자리에서 당할 수는 없잖소."

"현재로서는 그들을 이간시킨 후 싸우는 것이 최선입니다."

"그렇게 해도 잘해야 양패구상이라며!"

"어쩔 수 없습니다. 하늘이 돕는다면 근소한 차이로 이길

지도 모릅니다. 하지만 무림은 수십 년 후퇴할 겁니다.”

“답답하군. 서 준호법이 성공했으면 좋겠군.”

제갈관우가 씁쓸한 표정으로 말했다.

“맹주님, 요행을 바라고 계획을 세우시면 곤란합니다. 이건 무림이 걸린 일입니다.”

“하도 답답하니 하는 말 아닌가?”

그때였다. 회의실 문이 벌컥 열리며 무사 한 명이 뛰어들어왔다.

“마교에서 전서가 왔습니다!”

혁천세가 벌떡 일어섰다.

“뭣이? 마교에서? 당장 가져오너라!”

제갈관우가 말렸다.

“맹주님, 마교의 수작일지도 모릅니다.”

“수작?”

“전서에 어떤 장치를 했을 수 있습니다. 지독한 극독 같은 것이 들어 있을지 모릅니다.”

“마교에서 무림맹으로 보낸 전서에 그런 짓을 한다고? 아무리 마교라도 기본 예의는 있는 법이다.”

“상대는 북건곤입니다. 그는 수단 방법을 가리는 자가 아닙니다.”

제갈관우가 무사에게 말했다.

“미안하네만, 자네가 그 전서통을 열어서 읽어보게나.”

무사의 얼굴이 사색이 됐다.

"제, 제가 말입니까?"

"혹시 자네에게 무슨 문제가 생기면 가족은 무림맹이 책임지겠네."

"그, 그래도……."

"아무 일 없다면 한 계급 승진시켜 주겠네."

"하지만 극독이……."

"미안하네. 하지만 무림을 위해서라네. 무림을 위해 그 목숨을 걸게!"

무사가 손을 덜덜 떨며 전서통을 개봉했다. 모두 숨을 죽이고 그를 쳐다보았다.

아무 일도 일어나지 않았다. 무사가 안도의 한숨을 쉬었다.

"휴우."

제갈관우가 명령했다.

"전서도 꺼내 자네가 읽게. 거기에 극독이 발려 있을지도 모르니."

무사의 얼굴이 다시 긴장으로 딱딱해졌다.

"네, 넵!"

그는 전서통을 뒤집어 쪽지를 탁자 위에 떨어뜨렸다. 그리고는 품에서 단검을 꺼내 조심스럽게 전서를 폈다.

무사의 눈이 커졌다. 입을 멍하니 벌렸다. 멍하니 전서를 쳐다보고만 있었다.

제갈관우가 호통을 쳤다.

"역시 독이다! 이봐, 괜찮나?"

무사가 제갈관우를 돌아보았다. 그의 눈에 눈물이 글썽거렸다. 제갈관우가 미안한 표정으로 말했다.

"미안하네. 내 자네를 두 계급 특진시켜 주겠네."

무사가 떨리는 목소리로 말했다.

"그 약속, 꼭 지켜주십시오."

"그래, 내 죽는 사람에게 그 정도 못하겠나? 자네 가족들에게도 평생 먹고살 만큼의 돈을 보내주겠네."

무사가 고개를 숙였다.

"감사합니다."

"아닐세. 내가 미안하지."

"미안하실 것 없습니다."

"그렇게 말하니 내 마음도 편하네."

"전쟁이 끝났습니다."

"그래, 자네의 전쟁은 끝났… 뭐라고?"

무사가 쪽지를 집어 공손히 내밀었다.

"전쟁이 끝났습니다."

제갈관우가 쪽지를 재빨리 잡아챘다. 그걸 읽은 그의 얼굴이 환해졌다.

"마교는 더 이상 전쟁을 할 생각이 없습니다. 북건곤이 죽었습니다.”

혁천세가 벌떡 일어섰다.

“서 준호법이 성공했구나!”

“그렇습니다. 그가 또다시 성공했습니다.”

“하하하, 정말 대단해. 정말 잘됐어. 정말 다행이야!”

“그러게 말입니다.”

전서를 가져온 무사가 웃으며 제갈관우에게 다가왔다.

“제갈 군사님, 약속하신 이 계급 특진과 포상금은 언제쯤 받게 되는지요?”

제갈관우가 무사를 돌아보았다.

“이보게, 그냥 일 계급 특진으로 만족하지?”

“예? 약속하셨잖습니까?”

“그거야 자네가 중독된 줄 알고 한 약속 아닌가?”

“그래도 약속은 약속입니다.”

제갈관우가 갑자기 정색을 하고 말했다.

“응? 자넨 왜 여기 있는 건가?”

“예? 방금 전서를 가지고 왔잖습니까?”

“전서는 내가 직접 가져왔네.”

“네에?”

“자네가 일은 하지 않고 왜 여서 노는지 모르겠군. 어서 가서 볼일을 보게.”

무사가 고개를 푹 숙였다.

“일 계급 특진 감사합니다.”

제갈관우가 환히 무사의 어깨를 두드려 주었다.

“하하하, 감사는 무슨. 당연한 보상이지. 무림을 위해 목숨을 걸어주어 고맙네. 자네 같은 정의감 불타는 무사들이 있어 내가 다 든든하다네.”

혁천세가 선언했다.

“서 준호법을 맞을 환영단을 보내겠소. 가장 빠른 전투 부대들을 선택해서 즉시 출발시키시오!”

第七章

한혈보마 번개가 마침내 한계에 도달했다. 번개는 더 이상 속도를 내지 못했다.

서흑수는 어쩔 수 없이 번개에서 내렸다.

"미안하구나. 여기서 쉬도록 하자."

번개가 서흑수에게 머리를 비볐다.

"어디 가서 풀이라도 뜯다가 오려무나. 내일 출발할 테니."

그는 번개를 풀어놓은 후 주변을 둘러보았다.

그곳은 사방이 탁 트여 있었다. 그곳에서 먼 곳을 둘러보기 좋았다. 반대로 먼 곳에서도 그곳이 잘 보였다.

"눈에 띄는 곳이군."

그는 즉시 가부좌를 틀고 앉았다.

'지존이 나의 움직임을 구경만 할 리 없다. 놈은 반드시 나를 노린다. 놈을 상대하기 위해서는 나 역시 회복이 필요해. 이곳은 여러 가지 의미에서 적당한 장소다. 내가 놈을 찾기도 좋고 놈이 나를 찾기에도 좋다. 이곳에서 준비하자.'

오랜만에 자리를 잡았다. 운기를 하여 기혈을 안정시키고 내공을 모았다.

서흑수는 그 상태로 꼼짝도 하지 않았다. 배를 채운 번개가 와서 서흑수를 보더니 어디 암컷 야생마라도 없는지 찾으러 떠났다.

서흑수가 눈을 번쩍 떴다. 그의 눈에 다가오는 한 무리의 사람들이 보였다.

"왔군."

애써 가라앉혔던 살기가 다시 스멀스멀 피어올랐다.

"하지만 수가 너무 적어. 젊은 여자 셋? 생강시 셋이겠지. 그리고 무사 열. 저런 무사들은 어차피 위협이 되지 않아. 그 선두에 오는 놈. 지존이군."

서흑수는 지존을 만난 적이 있다. 고소미를 구할 뻔하다가 실패한 그때였다. 지존의 얼굴을 똑똑히 기억했다.

생강시 셋은 지존을 호위하는 모양으로 걸어오고 있었다.

다른 무사들은 그 바깥을 경호했다.

서흑수는 그가 오는 것을 보고도 그 상태 그대로 기다렸다. 미동도 하지 않았다.

지존은 한번에 서흑수에게 다가오지 않았다. 부하들을 풀어 주변을 철저히 수색했다.

안전함이 확인되자 지존이 서흑수의 앞에 나타났다.

"서흑수, 다시 만나게 됐구나."

서흑수는 이미 운기를 마친 상태였다. 그가 스윽 일어섰다.

"네놈을 기다렸다."

"기다려? 허장성세를 부리고 있군. 그런 얕은 수법이 나에게 통할 줄 알았나?"

"허장성세?"

"이미 이 주변을 조사했다. 매복 따위는 없었다. 네놈, 감히 이것이 함정이라고 말하고 싶으냐?"

서흑수가 웃었다. 크게 웃었다.

"으하하하!"

"웃어?"

"너, 꽤나 통이 작은 놈이구나."

"뭣이?"

"매복을 두지 않은 것이 바로 함정이지. 만만해 보여야 네가 나타날 테니까.”

“흥! 바보 같은 놈. 쥐덫으로는 호랑이를 잡을 수 없다.”

“맞는 말이야. 이제 덫에 쥐새끼가 걸렸으니 잡아볼까?”

“건방진 놈. 너만 죽으면 돼. 지금 여기서 너만 죽으면 다시 전쟁이 일어나게 만들 수 있어. 그러니까 죽어라. 지금 내 손에 죽어라.”

서흑수가 검을 뽑았다.

“지존, 먼저 한 가지만 묻자.”

“죽을 놈이 궁금한 게 많은가 보구나.”

서흑수가 낮은 목소리로 물었다.

“소미는 괜찮겠지?”

지존의 표정이 일그러졌다.

“그년은 팔팔하다. 너무 팔팔해서 미칠 정도로 팔팔하다.”

서흑수의 표정이 편안해졌다.

“그렇군. 아직 생강시가 되지 않았군. 다행이다.”

“용혈을 얼마나 처먹는지 먹어도 먹어도 끝이 나지 않아서 생강시로 못 만들었다.”

서흑수의 얼굴에 미소가 떠올랐다.

“그럼 너만 죽이면 소미가 생강시가 될 일은 없겠구나.”

“웃기지 마라. 너를 죽이고 그년도 생강시로 만들겠다.”

“지존, 소미에게 손대지 않은 상을 주마. 고통없이 죽여주겠다.”

“건방진 놈!”

서흑수가 몸을 날렸다. 지존을 향해서 똑바로 날아가며 공력을 끌어올렸다.

“네 젖값을 치러라!”

서흑수의 검에서 금빛 광채가 뿜어져 나왔다. 열두 개의 금빛 검기가 지존을 노렸다.

지존의 검도 서흑수와 동시에 움직였다. 그의 검에서도 금빛이 뿜어졌다. 열두 개였다.

서흑수와 지존의 검이 공중에서 충돌했다.

폭음이 터졌다.

꽈아앙!

그들은 급히 뒤로 물러섰다. 그들의 얼굴에는 경악이 서려 있었다.

지존이 입을 떡 벌렸다.

“네, 네놈이 어떻게 낙뢰검법을 알고 있느냐!”

서흑수의 충격은 지존보다는 작았다. 하지만 그 역시 충격을 받은 것은 마찬가지다.

‘뇌전검법이 정말로 배교의 낙뢰검법과 같다. 내가 배운 것은 배교의 낙뢰검법이었어. 사부님은, 사부님의 정체는 도대체 뭐지? 왜 내게 배교의 것을……’

지존의 검이 다시 움직였다. 그의 검에서 산이라도 부술 것 같은 기운이 뿜어졌다.

"이것도 막아보아라!"

서흑수의 검이 반사적으로 움직였다. 그의 검에서 파산검법이 뿜어졌다.

둘의 검이 공중에서 충돌했다.

콰아아앙!

거대한 폭발이었다. 그들을 따라왔던 무사들이 그 충격을 버티지 못하고 뒤로 몇 걸음씩 물러섰다.

지존의 얼굴은 이제 걸레처럼 구겨져 있었다.

"네놈이, 네놈이 이걸 익히고 있다니. 무공의 위력을 보니 광혈심법도 익히고 있겠구나. 호교무공을 모두 익혔구나!"

서흑수는 의문이 들었다.

'난 적풍을 뇌전검법과 파산검법으로 공격한 적이 있다. 놈은 그때 이 무공을 분명히 알아보았어. 그런데 지존은 모른다. 왜 보고하지 않았을까?

지존이 소리쳤다.

"이건 나만이 익힐 수 있는 무공이다. 나의 혈족만이 익힐 수 있다. 너 따위가 익혀서는 안 돼!"

서흑수는 그 말을 듣자마자 적풍이 보고하지 않은 이유를 깨달았다.

'적풍은 이 무공을 익히고 싶어했구나. 허락되지 않았으니 내게서 빼앗아 몰래 배우려고 했군.'

지존이 갑자기 소리를 버럭 질렀다.

"알았다! 너는 바로 그놈의 제자구나!"

서흑수는 정신이 번쩍 들었다.

'사부님의 일이다.'

그는 재빨리 질문했다.

"누구를 말하는 것이냐!"

지존이 달려들며 검을 휘둘렀다. 금빛이 번쩍였다.

"염라대왕에게 가서 물어봐라!"

서흑수 역시 뇌전검법으로 상대했다.

'사부님은 내게 당신께서 익히신 심법은 가르치지 않으셨어. 대신에 진혈심법을 가르치셨지. 내가 배운 것 중 두 개의 검법은 배교의 무공이다. 심법 역시 배교의 것이겠지. 그럼 사부님의 정체는?'

오래 생각할 틈이 없었다. 지존의 검이 그의 목을 노렸다. 서흑수는 급히 그것을 쳐냈다.

그의 눈이 반짝였다.

'허리에 빈틈.'

순간적으로 함정이 아닌지 의심해 보았다. 하지만 검의 움직임을 볼 때 명확한 빈틈이었다.

'어떠한 경우에도 내가 반 초 빠르다. 이놈, 실전 경험이 부족하다!'

서흑수의 검이 즉시 지존의 허리를 노렸다. 그의 검이 금빛을 뿌렸다. 지존의 검이 다급히 날아왔지만 한발 느렸다.

서흑수의 검이 지존의 허리를 정확히 베었다.

까앙!

쇳소리가 터졌다. 서흑수의 얼굴이 흙빛으로 변했다.

'함정이다!'

그의 검보다 한발 늦었던 지존의 칼이 이제는 바로 앞까지 날아와 있었다.

서흑수가 급히 보법을 밟으며 몸을 비틀었다. 그의 몸이 흐 릿해지는 듯했다.

지존의 검이 한발 더 빨랐다. 금빛이 서흑수의 옆구리를 가 르고 지나갔다.

뒤로 물러선 서흑수가 신음 소리를 냈다.

"큭!"

그의 옆구리에서 피가 뿜어졌다.

지존이 크게 웃었다.

"으하하하! 서흑수, 겨우 그 정도냐!"

서흑수의 눈에 지존의 옆구리가 보였다. 그의 검에 베인 곳 아래로 이질적인 것이 보였다.

"뱀 가죽?"

그게 무엇인지 곧바로 깨달았다.

"천년독각사의 가죽!"

"정확하게 맞혔군. 천년독각사의 가죽으로 만든 최고의 호 신보갑이다."

"천년독각사의 전설. 그 피를 마신 자는 금강불괴를 이루며, 그 가죽으로 만든 보갑은 최고의 갑옷이 된다고 전해지지. 젠장. 그 가죽이구나. 용케 만들었군."

지존이 웃옷을 벗었다. 보갑을 조금 만지자 옷깃 부분이 올라와 목을 보호했다.

"이것을 만들기 위해서 정말 많은 가죽이 버려졌다. 과거의 기술을 재현하기 위해서 여러 가지 실험을 해야 했으니까. 이 가죽은 안쪽에서는 힘겹게나마 자르는 것이 가능하지. 하지만 바깥쪽에서는 잘리지 않아. 천년독각사를 잡을 때도 가죽 부분을 벤 게 아냐. 급소를 노렸지. 서흑수, 이게 있는 이상 너는 나를 이길 수 없다."

서흑수가 칼끝으로 지존의 머리를 가리켰다.

"그렇다면 그곳을 잘라주지."

"하하하. 나는 단지 얼굴과 손만을 보호하면 된다. 나를 공격하는 너는 온몸을 보호해야 하고. 서흑수, 누가 유리할까? 너일까? 나일까? 응?"

서흑수가 이를 악물며 검을 들었다.

"천년독각사의 가죽이 아무리 질겨도 파산검법을 버틴다고 믿지는 않는다."

"이 호신보갑은 나의 파천검법을 버텨냈다. 내가 익힌 심법은 너와 같은 광혈심법이다. 너 역시 이 호신보갑을 뚫지 못해."

서흑수가 고함을 질렀다.

"내가 익힌 심법은 진혈심법이다!"

"이름 따위가 중요한가? 같은 심법이란 것이 중요하지. 서흑수, 이제 그만 죽어라. 그년이 너만 생각하는 꼴은 더 이상 보고 싶지 않아!"

지존이 서흑수를 향해 달려들었다. 그의 검에서 금빛 검기가 솟아올라 서흑수의 전신 요혈을 노렸다.

서흑수는 즉시 맞받아쳤다. 지존의 검을 팅겨내고 오히려 그의 얼굴을 노렸다.

지존은 즉시 얼굴을 방어했다.

서흑수의 검은 지존의 전신을 고르게 노렸다. 그러나 지존은 오직 얼굴만을 방어했다. 얼굴을 노린 검은 지존의 칼에 걷어내어졌다. 지존의 몸통에 다섯 번의 검기가 꽂혔다.

지존이 그 충격으로 뒤로 주르륵 밀려났다. 그러나 그의 얼굴은 웃고 있었다.

"크하하. 겨우 이 정도냐!"

지존이 서흑수를 향해 달려들었다. 한 손으로 든 그의 검이 서흑수의 온몸을 노리고 날아갔다. 그는 다른 팔을 들어 얼굴 근처를 보호했다.

서흑수는 뒤로 물러서며 그 공격을 막았다.

'정면 대결은 불리하다.'

지존은 서흑수의 후퇴하는 모습을 보더니 품에서 패를 꺼내 소리쳤다.

"내 명령이다. 저놈이 도망가지 못하게 막아!"

생강시 셋이 즉시 움직였다. 그녀들은 서흑수의 퇴로를 봉쇄했다.

서흑수는 이를 악물었다.

'삼면에서 생강시 셋. 정면에는 나와 같은 무공을 사용하는 지존. 넷 다 방어력은 절대적. 사면초가다!'

지존이 서흑수를 향해 검을 쭉 뻗었다. 검에서 막대한 기세가 솟아 나왔다.

"이게 진짜 파천검법이다!"

서흑수의 눈이 번쩍였다.

'생강시들에게 막으라고 명령했지?'

그는 생강시와 싸운 경험이 많다. 즉시 뒷걸음질쳤다. 뒤에 생강시들이 서 있었지만 신경 쓰지 않았다.

'놈이 잘못된 명령을 내렸어. 생강시들은 이성이 살아 있어. 그래서 지존에게 손해되는 쪽으로 명령을 해석해. 그러니까 공격하지 않을 거야.'

그의 예상은 틀리지 않았다. 생강시들은 그가 도망가지 못하도록 막아서기만 했다.

서흑수의 발이 뒤로 올라갔다. 뒤에 선 생강시의 몸을 힘껏 디뎠다. 생강시가 그 힘에 뒤로 쭉 밀려 나갔다.

서흑수는 반발력을 이용해 앞으로 튀어나갔다. 지존을 향해 검을 쭉 뺐었다.

그의 검에서 파산검의 가공할 기세가 뿜어졌다.

지존이 급히 왼팔을 들어 얼굴을 가렸다. 팔을 감싼 천년독각사의 가죽이 보였다. 지존의 검은 여전히 서흑수를 노리고 날아왔다.

서흑수는 그 순간을 노렸다.

'놈은 보갑에 너무 의존하고 있어. 놈의 시야에 사각이 생겼다!'

서흑수의 검이 움직였다. 직선의 파괴력을 중시하는 파산검답지 않은 변화였다. 처음부터 이렇게 움직일 것을 염두에 두고 파산검의 파괴력을 줄였다. 서흑수의 검이 지존의 칼을 비껴 쳤다.

두 검의 충돌로 굉음이 터졌다. 그러나 충격파는 이전의 충돌보다 훨씬 작았다.

정면으로 마주치지 못한 둘의 충돌은 그 반발력의 방향도 바꿔놓았다. 서흑수의 몸이 땅바닥 쪽으로 밀려 나갔다.

서흑수는 처음부터 그런 움직임을 노렸다. 그는 내공을 잔뜩 끌어올렸다. 왼손이 부러질 것을 각오하고 버틸 수 있는 한계 이상으로 땅을 밀쳤다. 검이 부딪쳤던 반발력을 왼팔의 힘이 극복하며 몸을 앞으로 쭉 밀었다.

서흑수의 검이 솟아올랐다. 지존이 가린 얼굴 아래쪽. 턱을 노렸다. 빨랐고 절묘했으며 강력했다.

지존 역시 놀고 있지는 않았다. 뒤로 스르륵 물러섰다. 동시에 발을 앞으로 뻗었다. 그 강력한 발길질이 서흑수의 가슴을 때렸다.

"크윽."

"큭!"

두 사람이 동시에 짧은 신음을 뱉었다. 서로 반대 방향으로 빠르게 물러섰다.

서흑수는 가슴을 차였다. 지존이 창졸간에 뻗은 발길질은 보통 사람의 몸을 터뜨릴 위력이 있었다. 하지만 살기가 솟아오르기 시작한 서흑수는 그것을 버텨냈다.

버텼다고 했지만 고통이 심했다. 북건곤과 싸우다 금이 간 갈비뼈들이 비명을 질렀다. 그는 이를 악물고 참았다.

서흑수는 내기를 가슴으로 돌려 엉킨 기혈을 풀었다. 온몸이 아팠다. 왼팔의 상태도 좋지 못했다. 하지만 그럭저럭 견딜 만했다.

서흑수가 지존을 보고 비웃었다.

"보기 좋구나."

지존은 얼굴에서 피를 흘리고 있었다. 서흑수의 검이 지존의 뺨을 깊게 가르고 지나갔다. 지존이 얼굴의 혈도 몇 군데를 짚자 출혈은 순식간에 멎었다.

"크윽. 서흑수, 네가 감히 용안에 상처를 남겨?"

"다음엔 목을 잘라주마."

지존이 검을 들어 서흑수를 겨누었다.

"네놈은 유일한 기회를 놓친 거야. 너는 이제 죽는다."

지존의 몸에서 살기가 솟아나기 시작했다.

서흑수는 깜짝 놀랐다. 그 살기의 형태가 너무 익숙했다.

'이놈 역시 살기의 지배를 받는 걸까? 진혈심법? 같은 것을 익혀서?'

지존이 서흑수에게 달려들며 검을 휘둘렀다. 검기와 살기가 뒤섞인 강력한 공격이 서흑수에게 뿌려졌다.

서흑수는 즉시 뒤로 물러서며 그 공격을 받아쳤다. 그의 몸에서도 살기가 끓어오르기 시작했다.

두 자루의 검이 요란하게 뒤섞였다. 서로의 검이 잡아먹을 듯이 상대의 급소를 노렸다.

상황은 서흑수에게 압도적으로 불리했다. 지존은 여전히 얼굴과 손을 제외한 곳은 모두 보호받고 있었다. 생강시 세 명은 서흑수의 퇴로를 막고 있었다.

더구나 서흑수와 지존의 검은 그 파괴력 면에서는 큰 차이가 없었다. 초식도 비슷했다.

지존이 신이 나서 검을 휘둘렀다.

"크하하! 우리 중에 더 강한 자가 익힌 것이 진짜다. 당연히 네가 익힌 것은 가짜야. 진짜의 칼에 죽어라!"

서흑수는 새로운 것을 파악했다.

'달라. 지존의 검에서 나오는 살기는 내 것과 달라. 조금

달라. 진혈심법과 광혈심법은 완전히 같은 게 아니야. 차이가 있어. 위력은 내 것이 더 강해. 더 강한 것이 진짜라면 내 것이 진짜야.'

그것을 깨닫는 순간 서흑수는 분노했다. 몸에서 살기가 폭풍처럼 끓어올랐다.

"왜 내가 익힌 것이 진짜냐!"

그의 검에서 금빛 광채가 쭉 솟아났다. 지금까지보다 훨씬 크고 짙은 기운이었다. 그것이 동시에 마흔여덟 번이나 폭사되었다.

꽈아아앙!

지존은 낙뢰검법을 동시에 열두 번을 펼치는 것이 한계였다. 서흑수의 뇌전검법은 그 네 배의 숫자로 몰아쳤다.

지존은 낙뢰검법으로 그 공격을 방어했다. 열두 개는 서로 부딪쳐 상쇄되었다. 하지만 나머지 서른여섯 개의 검기는 방어하지 못했다. 일방적으로 두들겨 맞았다.

지존의 가슴과 배, 어깨와 팔 등에 서흑수의 공격이 동시에 쏟아졌다. 천년독각사의 가죽으로 만든 갑옷인 용갑 전체가 검기에 베였다.

대부분의 충격은 용갑이 흡수했다. 그러나 용갑에도 한계가 있었다. 갑자기 몰아친 공격이 너무 많았다. 그 충격이 하나로 합쳐져 용갑 속 지존의 몸에 전해졌다.

서흑수는 뇌전검 마흔여덟 번을 단번에 쏟아내고 나서 공

격을 멈췄다. 내기의 소모가 너무 급격히 일어나 순간적으로
진기가 이어지지 않았다.

'너무 흥분했다! 위험해.'

쓸데없는 걱정이었다. 지존이 뒤로 주춤주춤 물러서더니
갑자기 피를 토했다.

"우웩!"

한 사발이나 되는 피가 그의 용갑을 적셨다.

지존이 손으로 입을 닦았다. 용갑을 확인했다. 그 단단한
용갑의 표면 곳곳이 파여 나가 있었다.

"용갑을, 천년독각사의 가죽을 우리 배교의 비전으로 처리
한 용갑의 방어력을 넘어서는 공격력이라니. 서흑수, 네가 그
러고도 인간이냐?"

"미친놈이지."

지존이 웃었다.

"흐흐. 광혈심법을 익히면 조금씩 미쳐 가게 되지. 평소에
도 사람 죽이는 것을 즐기고, 그것이 점점 심해지지. 나처럼
자기 부하들을 죽여도 조금의 죄책감도 갖지 않게 되지. 그
래, 남들이 보면 미친놈으로 보일 거야. 너의 경지는 그 경지
구나. 미친놈의 경지."

서흑수는 확신이 들었다.

'달라. 놈이 말하는 광혈심법과 내가 익힌 진혈심법은 비
슷하면서도 달라. 나는 평소에는 살기를 품지 않아. 분노했을

때 그 살기가 폭발적으로 일어나. 하지만 이놈은 평소에도 살기를 품으며 살아. 뭔가 이유가 있어, 뭔가.'

"미쳐 가는 줄 알면서 그걸 왜 익혔지?"

"흐흐. 우리 교 최고의 내공심법이니까. 그리고 낙뢰검법과 파천검법은 광혈심법을 익혀야 그 진정한 위력이 나오니까. 서흑수, 너도 알 텐데? 다른 내공을 익히면 낙뢰검법을 동시에 몇 개나 뿌릴 수 있을까? 파천검법의 위력이 얼마나 될까? 그런 것들은 진짜가 아니야."

"그래 봐야 미친놈이 되지. 미친놈은 천하를 가질 수 없어."

"대성하면 미치지 않아."

"그게 무슨 소리냐?"

"광혈심법을 대성하면 더 이상 살기에 지배받지 않아. 진정한 지존이 되는 거지. 진정한 천하무적. 누구보다도 강력한 힘을 갖게 된다. 심지어 네 뒤의 생강시들, 그것들을 정상으로 되돌릴 힘까지 얻게 되지."

서흑수의 눈이 번쩍였다.

'되돌릴 방법이 있다!

서흑수는 기뻤다. 기쁜 얼굴로 지존에게 말했다.

"너는 그것을 대성할 수 없다. 너는 오늘 나에게 죽는다."

"흐흐흐. 나는 광혈심법을 끝까지 익힐 생각이 없다. 마지막 단계는 백 명이 시도하면 구십구 명이 진짜 미친놈으로 변하니까. 처음 광혈심법을 만든 시조를 제외하고는 누구도 성공하지 못했으니까."

"미쳐 버린 자들은 어떻게 되었나?"

"살인마가 되었다. 살인마가 되어 돌아다니다 죽었다. 대성하기 직전에 미쳐 버린 몇 명은 광마라는 무림명까지 얻었지. 이백 년 전에도 그랬고 삼백 년 전에도 그랬어. 이건 대성하는 것이 불가능한 심법이다. 그래서 나는 지금이 좋아. 마음대로 죽이고, 마음대로 행동하지. 양심의 가책 따위는 없어!"

서흑수의 얼굴이 다시 어두워졌다.

'가능성이 너무 낮아. 너무 위험해. 시도할 수 없어. 내가 완전히 미쳐 버리면 나를 막기 위해서 많은 사람이 죽는다.'

지존이 검을 고쳐 쥐었다.

"서흑수, 궁금한 건 다 알아냈나? 내가 왜 그걸 다 이야기해 줬는지 알아? 너는 몰랐겠지만 방금 나는 흐트러진 내기를 조절했다. 조금 위험한 상태였거든. 넌 나를 죽일 마지막 기회를 놓친 거야."

그건 서흑수도 마찬가지다.

'나 역시 내기를 조절했지.'

"이제 끝을 내볼까?"

지존이 웃었다.

"호호. 그러지."

그는 갑자기 품에서 패를 꺼내며 소리쳤다.

"내 명령이다! 저놈을 죽여!"

서흑수는 깜짝 놀랐다.

'아차!'

지금까지 서흑수의 퇴로를 막기만 하던 생강시들이 그에게 달려들었다.

서흑수의 몸이 즉시 앞으로 튀어나갔다. 뒤에서 공격해 오는 생강시들을 피하기 위해서였다.

앞에서 지존이 검을 휘둘렀다. 열두 개의 금빛 검기가 동시에 쏘아졌다.

서흑수는 즉시 그것을 막기 위해 다리를 멈췄다. 바로 뒤에 생강시들의 주먹이 머리를 터뜨릴 기세로 날아왔다.

서흑수의 눈빛이 가라앉았다. 살기가 끓어올랐으나 냉철한 이성이 상황을 분석했다.

서흑수의 몸이 흔들렸다. 첫 번째 생강시의 주먹이 빗나갔다. 그의 발이 땅을 굳게 디뎠다. 두 번째 생강시의 주먹이 그의 등을 때렸다.

등이 부서지는 것 같았다. 이를 악물고 참았다.

그의 발이 땅을 박찼다. 세 번째 생강시의 주먹이 헛되이 허공을 가르고 지나갔다.

"죽인다아아!"

서흑수가 앞으로 쏘아지며 검을 쭉 뻗었다. 검에서 산을 부술 기세가 뿜어졌다. 내공을 모두 끌어올렸다. 짙은 살기가 내공과 뒤섞였다. 그것이 파산검법의 위력을 최대로 끌어올렸다. 하지만 그 한계는 명확히 알고 있었다.

‘이 정도 위력으로는 용갑을 뚫을 수 없다. 놈의 실전 경험이 부족한 것을 노린다.’

지존은 용갑을 믿었다. 자신이 직접 파산검법으로 시험해 본 용갑이었다.

그는 즉시 팔을 들어 유일한 약점인 얼굴을 보호했다.

서흑수의 눈이 번쩍였다.

‘지금이다!’

그의 검이 정확히 지존의 팔 한가운데에 충돌했다. 검에서 뿜어지는 파산의 힘이 팔을 밀어붙였다.

지존은 기겁을 했다.

‘뭔가 잘못됐다.’

팔이 압력을 버티지 못하고 뒤로 쭉 밀려났다. 예상 못한 결과였다. 용갑은 버텼지만 팔의 힘이 버티지 못했다.

밀려난 팔이 그의 얼굴을 때렸다. 단단한 용갑은 마치 쇠몽둥이와 같았다. 얼굴을 때리는 힘은 서흑수의 파산검에 의해 만들어진 것이다. 그 위력은 천하장사가 쇠몽둥이를 휘두르는 것과 다르지 않았다.

지존의 팔이 그의 얼굴을 파고들었다. 코뼈가 함몰되고 이빨이 와드득 부러졌다.

“케엑!”

지존이 비명과 함께 나뒹굴었다. 서흑수는 지존의 손에서 재빨리 패를 가로챘다. 그 즉시 패를 뒤로 내밀며 소리쳤다.

“멈춰!”

서흑수의 바로 뒤를 쫓아왔던 생강시들은 그 즉시 움직임을 멈췄다.

‘됐다! 앞의 수식어는 다 필요없었어. 패를 든 자가 명령만 내리면 먹힌다.’

그는 즉시 지존에게 달려들었다. 일어서려고 하는 지존의 양어깨를 밟고 그의 얼굴에 검을 들이댔다. 칼날이 뭉개진 얼굴 한복판을 지그시 눌렀다.

싸움이 끝났다. 지존은 움직이지 못했다.

서흑수가 살기를 가라앉히며 말했다.

“용갑을 네 파천검법으로 시험해 봤다고? 해봤겠지. 네가 직접 해봤겠지. 대신에 네가 그것을 입고 있을 때 남이 시험해 보지는 못했지? 네가 얼마만큼의 힘을 버틸 수 있는지는 시험하지 못했지? 그게 너의 한계다.”

지존은 꼼짝도 하지 못했다.

‘어떤 수를 써도 이놈의 검이 내 얼굴을 뚫어버리는 게 더 빠르다.’

지존이 허무한 듯 웃었다.

“크흐흐. 결국, 결국 이렇게 끝나는군.”

"너 같은 놈이 무림을 노리는 그때부터 이런 결과는 결정되어 있었다."

"서흑수, 네놈만 없었다면 성공할 수 있었어. 하늘이 원망스럽군. 하필 나와 같은 시대에 너를 내놓다니."

"닥쳐. 하늘 따위의 핑계를 대지 마. 소미 어디 있어? 소미 지금 어디 있는지 말해!"

"크흐흐. 알려주면? 알려주면 살려줄 건가?"

"아니. 대신에 고통없이 죽여주지."

"크하하! 어차피 나는 죽는단 말이지?"

지존의 눈빛이 붉게 변했다. 그가 중얼거렸다.

"서흑수, 광혈심법을 대성하지 못하면 어떻게 되는지 아나?"

"살인에 미친놈이 되지."

"그래, 모두를 죽이고 싶어하지. 어떤 형태로든 사람들을 죽이게 되지. 그리고 마침내는."

지존의 몸에서 변화가 일어났다.

"자기 자신도 죽인다."

그의 몸을 진한 기류가 감싸기 시작했다.

서흑수는 그 모습을 보고 깜짝 놀랐다. 그는 지존이 뭘 하려는지 깨달았다.

깨닫는 즉시 그의 검이 지존의 얼굴을 꿰뚫었다. 그와 동시에 검에서 손을 놓아버렸다. 그의 몸은 이미 뒤로 팅기듯 날아가고 있었다.

목숨이 끊어져도 대법은 멈춰지지 않았다. 지존의 단전을 채우고 있던 광혈진기가 폭주했다.

지존의 몸이 대폭발을 일으켰다.

최고의 호신보갑인 용갑도 안쪽에서 터져 나오는 힘에는 약하다. 순간적으로 부풀어 오르던 용갑이 수천 조각으로 찢어지며 사방으로 폭사되었다.

그 날카로운 파편이 구경하던 십여 명의 무사들을 덮쳤다. 그들은 비명조차 지르지 못했다. 몸에 수십 개의 구멍이 뚫리며 즉사했다.

용갑의 날카로운 비늘은 생강시들도 덮쳤다. 생강시의 몸에 비늘이 틀어박혔다. 관통하지는 못했지만 전신에 깊은 상처를 만들었다.

주위는 폐허로 변했다. 지존의 시체는 완전히 소멸해 찾을 수도 없었다.

서혹수가 생강시의 뒤에서 걸어나왔다. 그는 순간적인 판단으로 생강시의 뒤에 숨은 덕분에 목숨을 건졌다.

"배교비전. 자폭. 지독한 위력이군. 아니, 천년독각사의 가죽 때문에 더 큰 위력이 나온 거겠지."

지존은 죽었다. 하지만 서혹수는 만족하지 못했다.

"이제 배교의 모든 계획은 끝났어. 하지만 소미는, 소미는 어디 있는 거지?"

이제 남은 단서는 없었다. 당장은 할 수 있는 방법이 아무것도 없었다.

"괜찮아. 소미는 살아 있어. 지존은 죽었어. 이제 소미는 생강시가 되지 않아. 그러니까 구할 수 있어. 소미야, 기다려. 반드시 찾으러 간다."

그렇게 스스로를 설득했다. 불안한 마음은 여전했다. 일부러 다른 곳으로 관심을 돌렸다.

그는 생강시들의 상태를 살폈다. 용갑의 파편은 그 단단한 생강시들의 몸을 파고들어 있었다. 그곳에서 피가 배어 나오고 있었다.

"지혈이 되지 않고 있어. 빼내야 해."

그는 칼끝으로 용갑의 파편들을 하나씩 파내기 시작했다. 어쩔 수 없이 생강시들의 옷을 들춰야 했지만 다른 마음은 먹지 않았다.

옷을 들추던 서흑수의 눈이 반짝였다.

'이건?

생강시 한 명의 몸에서 작은 병이 하나 나왔다. 그는 그것을 챙겼다.

"생강시에게 맡겨두는 것만큼 안전한 보관 방법은 없지. 절대로 가지고 도망치지 않으니까. 이게 얼마나 중요한 것이기에 생강시에게 맡겼지?'

병을 챙기느라 잠시 작업을 멈춘 그의 눈에 새로운 변화가 보였다.

두 무리의 무사들이 서로 다른 방향에서 그를 향해 달려오고 있었다. 그리고 그들 중에는 당이환과 남궁진미도 보였다.

"우리 편… 인가?"

그들은 서흑수를 마중하기 위해서 보내어진 무림맹과 마교의 전투 부대들이다. 서흑수를 찾아 움직이던 그들은 갑작스러운 폭발을 보고 놀라 달려왔다.

무림맹의 사람들이 도착하자마자 남궁진미가 말에서 뛰어내렸다.

"서 공자!"

마교의 무사들도 동시에 도착했다. 그들의 지휘관이 앞으로 튀어나왔다.

"왕삼 준호법님!"

남궁진미가 호들갑을 떨었다.

"어머, 이 상처 좀 봐. 어서 치료를 해야 해요."

마교 고수가 품에서 약을 꺼냈다.

"우리 교의 비전 금창약입니다. 효과가 좋습니다."

"흥! 마교의 약에 무슨 수작이 들어 있을지 어떻게 알아? 서 공자, 이리 와요. 일단 상처부터 씻어요."

"뭣이? 젖내도 가시지 않은 년이 감히 나 공공타를 모욕한 것이냐?"

"뭐얏? 내게는 남궁진미라는 이름이 있어!"

양측의 무사들이 적의를 드러냈다. 서흑수를 두고 경쟁심을 보였다.

서흑수는 기분이 좋지 않았다.

'소미를 아직도 못 찾았는데…….'

그가 양쪽 사람들을 돌아보고 인상을 썼다.

"지금 뭐 하자는 겁니까?"

마교 무사들은 즉시 몸을 굳히며 머리를 숙였다. 그들은 여섯 장로에게서 서흑수의 중요성에 대해서 단단히 주의를 듣고 온 상태다. 서흑수가 인상을 쓰자 꼬리를 말았다.

"죄송합니다."

무림맹 무사들도 서흑수에게 나쁜 인상을 주고 싶어하지는 않았다.

하지만 무림맹 쪽에는 예외인 사람이 몇 있었다.

당이환은 그가 어떤 표정을 짓든 신경 쓰지 않았다. 주변을 둘러보며 질문했다.

"그런데 일이 어떻게 된 것이냐? 이 싸움은 무엇이고? 이 여자들은 생강시로 보이는구나. 왜 이러고 있느냐?"

서흑수가 설명하려고 했다. 하지만 남궁진미가 말렸다.

"서 공자, 일단 무림맹으로 돌아가요. 우린 서 공자를 맞으러 왔어요."

그녀의 생각은 간단했다.

'서 공자가 더 이상 마교와 양다리를 걸치게 해서는 안 돼.

무림맹으로 데려가서 어느 편인지 확실히 세상에 알려야 해.
마두가 되게 할 수는 없어. 그는 협객이야.’
　마교 쪽 무사들의 얼굴빛이 흙빛으로 변했다. 그러나 그들
은 서흑수에게 한번 경고를 들은 터라 함부로 말도 꺼내지 못
했다.
　마교 무사대장 공공타가 더듬거렸다.
“저, 저기…….”
서흑수가 냉정하게 말했다.
“이제 무림맹에 갈 이유는 없습니다.”
　남궁진미의 안색이 창백해졌다. 반면에 마교 무사들의 얼
굴은 환해졌다.
“서 공자, 그게 무슨 말씀이세요?”
서흑수가 피바다가 된 주변을 가리켰다.
“누가 죽은 것 같습니까?”
“그야 서 공자를 노린 지존의 부하…….”
“지존입니다.”
“예에?”
“지존은 이제 죽었습니다. 놈들은 저를 죽이고 여러분에게
누명을 씌우려고 했습니다. 그것으로 다시 전쟁을 일으키려
고 했지만 보다시피 실패했습니다.”
“하지만 남은 잔당이…….”
“생강시를 만들 수 있는 지존이 죽었습니다. 그리고 놈들

에게는 남은 용혈이 없습니다."

"하지만 기존에 만들어진 생강시들은 여전히 무림의 평화를 위협하고 있어요."

"이제는 무림이 감당할 수 없을 정도는 아닙니다. 더구나 놈들은 목적이 사라졌습니다. 생강시를 조종하던 놈들은 살길을 찾아 숨을 겁니다. 최고의 고수들을 모아 그들을 처리하십시오. 무림이 살아남으려면 스스로 해결하십시오."

"서 공자, 서 공자가 도와주면 더 쉽게 해결할 수 있어요."

"저는 할 일이 있습니다."

남궁진미가 애원하듯 말했다.

"무슨 일인지 몰라도……."

"소미를 아직 찾지 못했습니다. 소미를 찾겠습니다."

남궁진미의 몸이 굳었다. 표정도 딱딱하게 굳었다.

"무, 무림맹이 그녀를 찾는 일을 도, 도와줄 거예요."

서흑수가 주변을 돌아보았다.

"물론입니다. 무림맹이 도와주겠지요. 아마 마교도 도와줄 겁니다."

공공타가 즉시 외쳤다.

"물론입니다. 우리 교는 그분을 찾는 데 전력을 기울이겠습니다!"

남궁진미가 제안했다.

"빨리 찾지 않으면 그 소저가 생강시가 될지 몰라요. 그러니 우리 무림맹에 가서 같이 찾아요. 예?"

"아니. 말했다시피 지존이 죽었습니다. 생강시는 모두 지존이 만들었습니다. 이제 소미는 안전합니다."

그건 스스로에게 한 말이다. 하지만 마음이 편해지지 않았다.

'목숨까지 안전하지는 않아.'

"그래도 효율이란 것이……."

서흑수가 손을 내밀어 남궁진미의 말을 막았다. 그는 사람들을 돌아보며 말했다.

"무림맹과 마교는 소미를 찾는 일을 도와주십시오. 그리고 망할 놈의 전쟁은 그만두십시오. 굳이 전쟁을 하려고 드는 자가 있다면 먼저 저를 상대해야 할 겁니다."

그의 말은 명백한 경고다.

무림맹과 마교의 사람들이 즉시 대답했다.

"알겠습니다!"

서흑수가 번개에 올라타며 말했다.

"그 아가씨들 잘 보살펴 주십시오. 이미 명령은 내려두었습니다. 패는 제가 가져가니 다른 목적으로 쓰지는 못할 겁니다."

서흑수가 떠난 후 당이환이 말했다.

"우리와 함께하면 조금이라도 도움이 될 텐데 왜 굳이 혼자서 찾으려 하는 걸까?"

그녀의 얼굴에 쓸쓸함이 깃들었다.

"비밀을 잔뜩 가진 사람이잖아요. 또 무슨 비밀이 있나 봐요. 이제 다 끝났는데 무슨 비밀이 남은 걸까요?"

第八章

서흑수는 사람들과 함께 고소미를 찾고 싶었다. 그러나 그전에 먼저 확인해야 하는 일이 있었다.

"내가 사부님을 피하기만 해서는 이 문제를 해결할 수 없어. 사부님께 내 무공의 비밀을 확인해야 해. 내게 남은 단서는 그것뿐이야."

그가 찾아간 곳은 시골 마을이었다. 그곳에서 꽤 큼지막한 집을 찾아갔다.

서흑수는 말등에서 곧바로 몸을 날렸다. 담장을 가볍게 넘은 그는 집 안에 들어선 후 소리를 질렀다.

"사부님! 좀 나와보십쇼!"

그의 외침에 대답이라도 하듯이 중년 남자 한 명이 걸어나왔다.

"여어, 이게 누구야?"

"아저씨, 사부님은……."

"어르신은 여기 안 계신데?"

"그럼 우리 사부님은 어디 계십니까?"

"그분 안 돌아오신 지 벌써 꽤 됐다."

"예?"

남자가 머리를 긁었다.

"몇 달 전에 차 밭 쪽에 오두막으로 가셨어. 그러더니 갑자기 여행 간다고 하면서 떠나셨다."

"여행?"

"어르신에게 무사 여러 명이 찾아왔었지. 그 무사들과 같이 가셨어."

"어디로 가셨습니까?"

"말 안 하셨지. 집이 비어 있으면 나쁜 기가 들어오니까 돌아오실 때까지 나보고 대신 살라고만 하셨다. 덕분에 나야 편히 지내니 좋다만 돌아오시기는 오셔야 할 텐데."

서혹수는 걱정이 되었다.

'정체를 알 수 없는 무사들이라… 역시 사부님은 배교와 관계가 있는 걸까?'

중년 남자가 말했다.

"그런데 아주 돌아온 거냐? 너 기다리다가 목 빠진 마을 처녀들이 한둘이 아니다. 당장 내 조카……."

"아직 아닙니다."

"응?"

"잠시 들렀습니다. 다시 가봐야 합니다."

"허, 너 제법 바쁘구나. 하긴, 원래 바쁘게 살던 녀석이니……."

"다음에 뵙겠습니다."

"하룻밤 쉬면서 사람들도 좀 만나지 그러냐?"

"죄송합니다."

서혹수는 곧바로 집 밖으로 나가 번개에게 다가갔다.

지쳐 빠진 번개가 주춤거렸다. 뒷걸음질을 치려고 했다.

서혹수는 기회를 주지 않고 곧바로 번개에 올라탔다.

"명색이 천리마인 녀석이 약한 모습 보일래?"

끼잉.

번개가 강아지의 우는 소리를 냈다.

"시끄러. 가자!"

서혹수가 떠나는 모습을 본 후에야 중년 남자가 무릎을 쳤다.

"아차, 어르신이 저 녀석 돌아오면 주라고 하신 편지가 있었는데……."

　　　　　*　　　　*　　　　*

무림맹주 검왕 혁천세가 제갈관우에게 질문했다.

"고소미라는 여자 아이를 찾는 일은 잘 진행되고 있는가?"

"우리 무림맹이 가진 힘을 아낌없이 퍼부어 찾고 있습니다."

"꼭 우리가 찾아내야 하네. 그건 알고 있겠지?"

"물론입니다. 그건 서흑수에게 큰 신세를 지우는 일입니다. 절대로 마교 놈들이 먼저 찾게 할 수는 없습니다."

"그렇지. 그리고 배교 놈들을 찾는 일도 잘 진행되고 있겠지?"

"배교 놈들의 잔당 일부를 찾아냈습니다. 잔당이라고 해도 전부 사파에서 고용된 자들입니다. 자기들이 배교를 위해서 일하는 것조차 모르고 있었습니다."

"그래도 나쁜 짓인 줄은 알고 했잖아. 피해는 없었나?"

"생강시를 가진 자는 아무도 없었습니다. 모두 쉽게 제압했습니다."

"역시 한군데 모인 거겠지?"

"물론입니다. 더구나 적풍이라고 하는 자가 아직 발견되지 않았습니다. 상황으로 보아 그는 배교의 인물이 틀림없습니다. 그리고 그가 모든 생강시를 데리고 있을 겁니다."

"그가 배교의 마지막 인물이겠지. 그를 죽이면 배교를 죽이는 것과 같아.”

“그리고 그를 찾는 것이 바로 고소미를 찾는 것과 같습니다. 둘이 같이 있을 테니까요. 총력을 기울이고 있으니 곧 잡힐 겁니다.”

“다시 말하지만 그냥 잡는 것만이 능사가 아니야. 마교보다 먼저 찾아내는 게 중요하지.”

“물론입니다.”

“그리고 마교와의 평화협정 문제 말인데…….”

“마교가 전쟁을 하지 않는다면 우리도 싸울 이유가 없습니다. 서로 원한을 쌓지도 않았습니다. 양측이 입은 모든 피해는 배교의 짓이었으니까요.”

“그렇지. 그러니까 빨리 진행되겠지?”

“협상할 것이 거의 없습니다. 전쟁도 시작하기 전에 끝났습니다. 걱정 마십시오. 평화협상은 간단히 체결될 겁니다. 이미 전서를 날려 협의 중에 있습니다.”

“그래, 역시 군사야. 난 군사만 믿네.”

*　　　*　　　*

마교 장로 한천양이 큰소리를 탕탕 쳤다.

“인정할 건 인정하시오. 지금 가장 큰 세력을 가진 사람이 누구요? 바로 나 한천양이오, 한천양.”

장로 교소양이 따졌다.

"혼자 우리 모두를 누를 힘이 있는 것도 아니지 않소?"

"하지만 가장 강한 힘을 가진 자가 교주가 되는 것이 교의 법도란 말이오. 지금 여기서 나보다 더 강한 힘을 가진 자가 누구요?"

"흥. 세력이란 변하기 마련! 내가 힘을 더 모아 당신보다 강해진다면 상황은 바뀌오!"

"그때까지 나는 힘을 모으지 않고 놀고 있겠소? 더구나 왕삼 준호법과 가장 가까운 사람이 바로 나요, 나!"

교소양이 즉시 반박했다.

"당신과 왕삼 준호법의 관계가 얼마나 얕은지 잘 알고 있소. 이럴 때 그가 나에게 큰 신세를 지게 한다면 상황은 당장 역전되지. 왕삼 준호법이 나를 적극적으로 지지한다면 당신은 더 이상 교주가 된다고 자신할 수 없소."

"그가 왜 이제 와서 당신을 지지한단 말이오? 말도 안 되는 소리. 그런 덜떨어진 판단력으로 마교 교주가 되려는 거요? 불가능하오."

"계속 그렇게 생각하시든지."

장로 군유극이 그들을 말렸다.

"누가 교주가 되느냐 하는 문제는 쉽게 결론나는 것이 아니오. 그보다는 평화협상 쪽이 더 급하지 않소?"

한천양도 동의했다.

'어차피 교주 자리는 내 것. 그렇다면 내 교의 안녕을 해치는 일은 막아야지. 더구나 왕삼 준호법이 부탁한 거니까 꼭 성사시켜야지.'

"뭐 고민할 게 있소? 즉시 체결해야지."

"그래도 평화협상인데……."

"서로 협상할 것도 없잖소. 후딱 선언해 버립시다."

더 이상 회의거리가 없었다. 그들은 배교를 추격하는 문제를 조금 논의한 후 헤어졌다.

장로들과 헤어진 후 한천양이 심각한 얼굴로 고민했다. 그는 심복부하 몇을 불러놓고 말했다.

"오늘 교소양이 이상한 말을 했다."

그의 참모 좌서진이 질문했다.

"무슨 말을 들으셨습니까, 차기 교주님?"

"왕삼 준호법이 자기를 지지하면 상황이 바뀐다는 말을 했어. 왜 그가 그런 말을 했을까? 그에게 왕삼 준호법과의 연결 고리는 없을 텐데?"

좌서진이 머뭇거리다가 말했다.

"마침 그 문제로 보고드리려던 것이 있습니다."

"보고?"

"다른 장로들이 사람을 풀었습니다."

"사람을 풀다니?"

"고소미를 찾는 일 말입니다."

"그건 우리 교가 총력을 기울여 수행하는 일이잖아."

"거기서 사사로이 움직이는 자들이 발견되었습니다."

한천양이 번개라도 맞은 듯 몸을 부르르 떨었다.

"아차! 교의 공식적인 추적 외에 별도로 사람을 부리는구나!"

"맞습니다. 그들은 모두 고소미라는 여자를 찾고 있습니다. 그 일에 투입된 숫자가 어마어마합니다."

"이놈들. 왕삼에게 신세를 지게 할 셈이구나. 왕삼의 여자를 찾아주고 대신에 지지를 받을 생각이야!"

"그런 것 같습니다. 하지만 왕삼 준호법과 차기 교주님 사이의 친분이 있는데 어찌……."

"친분은 무슨 얼어죽을 친분. 명주실 한 가닥으로 엮은 보잘것없는 관계다. 젠장. 당장 우리 아이들도 풀어. 이젠 다른 건 다 접어. 무조건 왕삼의 여자부터 찾아!"

*　　　*　　　*

평화협상은 초고속으로 진행되었다. 서로 전서구 두어 번 오간 것이 고작이었다. 곧바로 중립 지대에서 조인식을 하는 것으로 합의되었다.

황금장은 황금상단 주인이자 천하삼대상인 중 한 명인 북궁엽의 거처이다. 황금장은 사천에서 가장 큰 개인저택이다.

그곳이 조인식장으로 결정되었다.

무림맹 사람들은 장소 문제에 대해서 만족했다.

"서흑수 준호법과 북궁엽 대인의 관계가 있는데, 감히 마교 놈들이 거기서 수작을 부리겠어?"

마교 사람들도 마찬가지였다.

"왕삼 준호법과 북궁엽의 관계가 있는데, 감히 무림맹 놈들이 거기서 수작을 부리겠어?"

북궁엽은 장소 제공 요청을 흔쾌히 승낙했다. 그는 남들이 듣는 것을 신경 쓰지 않고 그 일을 자랑하고 다녔다.

"으허허! 내 장원에서 무림양대세력이 평화협정 조인식을 한다고. 이게 다 나와 왕삼 사이의 친분 때문에 성립된 일이지. 나와 왕삼은 그런 사이야."

조인식 날은 서흑수가 고소미를 찾으러 무림에 뛰어든 지 한 달 후로 결정되었다. 무림맹과 마교 최고위층들이 여러 무림명숙들을 거느리고 황금장으로 모여들었다.

조인식장은 황금장의 가장 큰 마당에 마련되었다.

북궁엽은 찾아오는 사람들 중에서 귀빈들만 골라 직접 맞았다. 무림맹과 마교 어느 쪽을 가리지 않고 지위가 높고 무공이 뛰어난 자들은 직접 맞았다.

나머지 방문자들은 그 고위층들을 경호하거나 보좌하기 위해서 따라온 사람들이다. 그들은 총관 황산벽이 맞았다.

그리고 조인식 날이 밝았다.

서흑수가 말을 타고 터벅터벅 황금장으로 향했다. 정문이 보일 때쯤이 되자 절로 한숨이 나왔다.

“휴우. 소미는 아직도 못 찾았고, 배교 놈들도 피라미들만 잡히고, 그나마 잡힌 놈들은 나보다 아는 것이 없는 사파 놈들이고. 적풍을 잡아야 하는데. 그놈이 소미를 데리고 있을 텐데. 참 답답하구나, 답답해.”

그는 소미를 찾느라 바빴다. 때깔 좋던 한혈보마 번개는 이제 꼬질꼬질해져서 짐말처럼 보였다. 서흑수의 상태도 별로 좋지 않았다. 그는 지금 고가장에 나타났을 때와 비슷한 수준의 거지꼴이다.

“양쪽 수뇌부가 오늘 모인다니까 가서 최신 정보라도 좀 얻어야겠다. 겸사겸사 평화협정이 잘 조인되는지 구경도 해야지. 중요한 협정이니까.”

그는 무림맹과 마교 양쪽의 정보를 꾸준히 얻고 있었다. 하지만 부족했다.

“수뇌부만이 가지고 있는 정보가 따로 있을지 모르니까 직접 만나볼 필요가 있어.”

그런 정보는 없을 거라고 예상했다. 워낙 답답하기에 해보는 기대였다.

입구에서는 사람들이 모여서 참가자들의 접수를 받고 있었다.

막 찾아온 사람 몇 명에게 접수담당자가 말했다.

"아, 글쎄 못 들어가신다니까요. 이번 조인식은 미리 초대받지 못하신 분은 참가하지 못하십니다."

그들 중 한 명이 호통을 쳤다.

"뭣이? 보아하니 아랫것 같은데, 네 이놈! 내가 누군 줄 아느냐? 내가 바로 팔로문의 문주이니라!"

"아, 글쎄 팔로문이 아니라 십팔로문이라도 안 되는 건 안 되는 겁니다."

"씨, 씨팔로문?"

팔로문주가 검을 잡았다.

"이놈이 감히 그따위 망발을 해?"

접수담당자가 검을 잡은 손을 보고 피식 웃었다.

"후회하실 텐데?"

"후회라니. 나 양화군의 사전에 후회란 없다! 네놈 이름을 말해라. 네놈의 목을 치고 네 위엣놈에게 따지겠다!"

접수담당자가 슥 일어섰다.

"내 이름? 명성 높은 씨팔로문의 문주님께서는 들어보지 못했을 거다. 무림 필부 반소추다."

양화군이 소리를 질렀다.

"꽤액! 화양멸혼장 반소추!"

양화군은 그 한마디를 외치는 사이에 열 걸음이나 뒤로 물러섰다. 그가 손을 떨며 질문했다.

"당신 같은 마두… 고수가 왜 겨우 접수담당이냐…….."

"제비뽑기에서 이겼어."

"제비뽑기? 졌다면 모를까 이, 이겼다니…….."

"접수 자리가 어때서? 난 그래도 제비 잘 뽑아서 여기 앉아 있는 거지. 나랑 자웅을 겨룰 만한 놈들이 매복을 서거나 손님 안내를 하고 있는 것이 이번 조인식이다. 그런데 들어보지도 못한 팔로문주 따위가 감히 그런 자리에 끼겠다고 나서?"

양화군이 급히 포권을 했다.

"미, 미안합니다. 나, 나는 그만 가보겠습니다. 바쁜 일이 있어서."

양화군이 꽁지가 빠져라 달아나고 나자 반소추가 의자에 털썩 주저앉았다. 옆에서 반소추의 직속부하가 부채를 부쳐 주며 말했다.

"수고하셨습니다."

"젠장. 저렇게 한자리 끼어볼까 하는 놈이 하루에 백 놈이 넘어. 이젠 지겹다, 지겨워."

"저희가 미리 쫓아낼까요?"

"그러다가 교 장로님에게 걸리면 내가 뼈라도 추리겠냐? 이것도 권력이라고, 휘하에 있는 내가 이 자리를 뽑으니까 교 장로님께서 꽤 좋아하셨단 말이다."

"하긴 그것도 그렇습니다. 무림명숙들을 만나면서 교 장로님 이름 한번씩 말하는 것의 의미는 작지 않습니다."

그때 서흑수가 그들에게 다가갔다.

반소추가 서흑수를 힐끗 보았다.

'젊은 놈이군. 꼬라지를 보아하니 구경이나 해볼까 하고 온 놈이군.'

반소추는 일어나기 귀찮았다.

'명령받은 것이 있으니 대충 상대할 수도 없고.'

그는 억지로 몸을 일으킨 후 말했다.

"초대장이 없으면 참가할 수 없습니다."

얼굴에는 귀찮다는 티가 역력했다.

서흑수가 말에서 내려 말안장을 뒤적거렸다.

무림맹과 마교 양쪽에서는 서흑수에게 초대장을 여러 장 보냈다. 서흑수의 이름이 크게 적힌 금빛 초대장은 물론이고, 남에게 선물하라고 덤으로 보낸 은빛 초대장도 여럿 있었다.

서흑수가 손에 잡히는 대로 초대장을 하나 꺼냈다. 은빛이었다.

"여기 있습니다."

반소추의 태도가 즉시 변했다.

'금은동 중 은급 손님이다. 그렇다면 이 젊은 놈의 신분은 거대 문파의 직계 자손쯤 되겠군.'

"하하하. 어서 오십시오. 저는 화양멸혼장 반소추라고 합니다. 무림 협객 교소양 장로님 밑에 있습니다."

“아, 예.”

“뭔가 필요하신 일이 있으시면 저에게 말씀하십시오. 교장로님께서 신경 써주실 겁니다.”

“별로 그런 일은 없을 겁니다.”

“그런데 초대장이 무기명 초대장이군요.”

누구인지 밝히라는 뜻이다.

“얻었습니다.”

굳이 밝힐 필요성을 느끼지 못했다.

‘난 양측 주요 인물을 만나서 조용히 정보만 얻고 떠나면 되니까.’

반소추가 입맛을 다셨다.

“알겠습니다. 안쪽으로 안내해 드리겠습니다.”

반소추가 휘하 무사 하나를 서흑수에게 붙여주었다. 반소추와 동급의 고수 몇 명이 안내를 위해 따로 대기하고 있었다. 하지만 그들은 금딱지를 상대하는 사람들이다.

반소추가 무사에게 명령했다.

“잘 모셔라.”

서흑수가 들어간 후 무사 한 명이 반소추에게 말했다.

“그런데 말입니다. 저 사람, 젊잖습니까?”

“그러네. 부모 잘 만났나 보지.”

“하지만 꼴이 거지꼴이잖습니까?”

“그건 좀 이상하긴 하군. 개방 쪽인가?”

"우리 왕삼 준호법님께서도 젊으신데……."

반소추의 몸이 굳었다.

하지만 그는 곧바로 웃으며 무사의 어깨를 두드렸다.

"하하하, 그럴 리가 없잖아. 왕삼 준호법님께서 오셨으면 당연히 금딱지를 내미셨겠지. 아니, 그것보다 그분께서 설마 혼자 조용히 오실 리가 있겠냐?"

"하하, 듣고 보니 그것도 그렇습니다. 그분이 어떤 분이신데 저렇게 거지꼴로……."

무림에서 이름깨나 날린다는 사람들 상당수가 참여한 조인식이다. 그들을 위한 자리는 꽤나 고급으로 차려져 있었다.

그리고 그들과 함께 온 수행원들이 조인식장 주변을 빙 둘러서 있었다. 그 수가 워낙 많아 장날 시장바닥처럼 북적거렸다.

서흑수는 그들 틈에 섞여들었다.

수행원들 중에 몇 명은 서흑수의 얼굴을 본 적이 있다. 하지만 사람이 너무 많았다. 거기다 그동안의 고생으로 꼬질꼬질해진 그를 알아보는 사람은 아무도 없었다.

서흑수는 그곳에서 조인식을 기다렸다.

'식이 끝나고 나면 수뇌들만 따로 모이는 자리가 있을 거야. 거기를 찾아가는 게 제일 낫다.'

시간이 되자 양측의 수뇌부가 하나둘씩 나타났다. 사람들이 웅성거렸다.

"와아! 무림맹주님이시다."

"한천양 장로님 만세!"

"저분이 바로 무림맹 군사이신 제갈관우이시라네."

"저 사람이 마교의 교소양 장로라지?"

"아, 정문에서 말하던 그 사람이군."

서흑수는 그들이 한자리에 모인 것을 보며 생각했다.

'분위기가 좋아. 이 조인식만 성사되면 당분간 전쟁은 없겠지. 다행이야.'

커다란 탁자를 두고 무림맹주와 군사, 그리고 장로들이 한쪽에 앉았다. 탁자의 맞은편에는 마교의 여섯 장로가 앉았다. 마교 장로들만 앉으면 양측의 숫자에 차이가 났다. 마교 쪽의 나머지 자리에 이름만 들어도 알 만한 전대 거마 몇 명이 앉아 수를 채웠다.

아리따운 아가씨들이 나와 차를 한 잔씩 내놓았다.

무림맹주가 그 향을 맡더니 말했다.

"향이 특이하고 청량한 것을 보니 보통 차가 아니구려?"

조인식의 진행을 맡은 북궁엽이 웃으며 말했다.

"백년하수오가 한 뿌리 들어와 차로 만들었습니다."

"오, 이 비싼 것을!"

"오늘처럼 좋은 날에 어찌 돈을 아끼겠습니까?"

"용케 날짜에 맞춰 구했구려."

"운이 좋았습니다."

그들의 대화를 들은 서혹수는 추억이 떠올랐다. 삼십 년짜리 하수오 구하러 산에 갔다가 백년하수오를 캐낸 일이 떠올랐다.

'소미가 그 백년하수오를 참 맛있게 먹었는데.'

무림맹와 마교 양측의 수뇌들은 백년하수오로 만든 차라는 말에 너도나도 손을 내밀어 차를 마셨다.

"상쾌하고 향긋한 것이 진정 명품이로세."

"호강이외다, 호강. 백년하수오로 차를 만들어 마시다니."

"허어. 불제자는 이런 비싼 것을 마시면 안 되는데……."

"크흐흐. 교에서도 못 마시던 것을……."

모든 사람들이 차를 남기지 않았다. 그건 천하삼대상인 중한 명인 북궁엽도 마찬가지였다.

찻잔을 내려놓은 북궁엽이 말했다.

"그럼 이제 조인식의 절차를 설명… 큭!"

북궁엽이 갑자기 가슴을 잡았다.

사람들이 벌떡 일어났다.

"북궁 대협, 왜 그러시오?"

북궁엽의 얼굴색이 나빠졌다. 입술이 파리해졌다.

"가슴이 영 답답한 것이 좀 이상합니다."

그의 입술색을 본 사람들은 깜짝 놀랐다. 그들은 급히 공력을 운기해 보았다. 즉시 안색이 변했다.

“독!”

“내가 전혀 눈치 채지 못하다니. 보통 독이 아니다!”

“독이 조용히 퍼진다. 반응이 너무 느려. 이건 싸움에 쓰는 독이 아니야!”

“하지만 언뜻 느껴지는 기운이 심상치 않다. 이건 극독 중의 극독이오!”

“제기랄. 운기를 해도 해독이 되지 않아!”

수행원들 중 일부가 재빨리 단상에 올라갔다. 양측의 수뇌부는 즉시 서로 갈라섰다. 그 사이를 수행원들이 메웠다.

서로 잡아먹을 것 같은 눈빛으로 노려보았다.

단상 아래에 있던 사람들 중 일부가 그 모습을 보고 혹시나 하는 마음에 운기를 해보았다.

누군가 소리를 질렀다.

“나도 중독됐다!”

옆에서 다른 사람이 부정했다.

“나는 운기를 해도 느껴지는 것이 없는데?”

“그냥 운기하지 말고 기를 운용하면서 독을 찾아봐. 이질적인 느낌이 잡혀!”

“헛! 정말이다.”

“상황을 보면 이 기운이 독기운임은 의심할 여지가 없다!”

그들의 외침에 다른 사람들도 공력을 운용하며 몸 상태를 점검했다. 하수들을 제외하고는 모두 약간의 이질적인 기운을 느낄 수 있었다.

독에 조예가 있는 고수들은 그것이 독기운임을 깨달았다.

조인식장은 순식간에 아수라장이 됐다.

양측으로 나눠져 있던 사람들이 즉시 무기를 뽑았다. 당장이라도 칼부림이 일어날 것 같은 분위기였다.

무림맹주 검왕 혁천세가 호통을 질렀다.

"네 이놈들! 이게 무슨 짓이냐!"

마교 장로 한천양도 마주 소리쳤다.

"비열한 정파 놈들! 내 네놈들이 이런 짓을 저지를 줄 알았다!"

"뭣이? 네놈들이 저지른 짓을 누구에게 씌우려고 들어? 역시 마교다운 수법이구나!"

"앞에서는 정의로운 척하고 뒤에서는 호박씨를 까는 놈들! 우리 교가 네놈들의 이런 수법에 한두 번 당한 것이 아니다!"

단상 위의 분위기가 그 모양이니 아래쪽이라고 해서 상황이 좋을 리가 없다.

"크아악!"

어디선가 비명 소리가 들렸다. 누가 손을 썼는지는 확인할 수 없었다. 그러나 싸움의 시작 신호로는 충분했다.

"마교 놈들을 죽여라!"

"정파의 위선자들이 우리를 중독시켰다!"

"다 죽여 버려!"

순식간에 싸움이 시작되었다. 그들을 말려야 할 단상 위는 상황이 더 나빴다. 양측에서 내로라하는 고수들이 서로의 빈틈을 노렸다. 조금의 틈이라도 보이면 즉시 공격할 태세였다.

먼저 움직인 것은 마교의 전대 거마였다. 머릿수를 채우기 위해서 나온 자였지만, 그의 무공은 진짜였다.

"개자식들아!"

그의 위치가 좋았고 공격에 준비동작이 없었으며 속도가 빨랐다.

그의 노림을 받은 사람은 제갈관우였다. 그는 크게 놀랐다.

'이 상황에서 기습이 가능하다니. 역시 마교의 마두!'

거마의 입장에서는 제갈관우가 가장 좋은 먹잇감이었다.

'군사라면 무공이 제일 낮으면서도 중요성은 무림맹주 다음가겠지. 제일 값어치있는 표적이야.'

그는 회심의 미소를 지었다. 그의 검에서 검기가 치솟았다. 그것이 제갈관우의 목을 노렸다. 단숨에 목을 베려는 수법이었다.

제갈관우는 제대로 대응하지 못했다. 다른 장로들도 마찬가지였다. 혁천세는 그를 돕기에 위치가 좋지 않았다.

제갈관우는 죽음의 기운을 느꼈다.

'이렇게 허무하게 당하다니!'

작은 충돌음과 함께 거마의 검이 비껴 나갔다.

서흑수가 그들의 사이에 나타나 있었다. 그의 검이 제갈관우를 지켰다.

마교 장로들의 얼굴이 흙빛이 되었다. 그러나 그들이 뭐라고 한마디 하기도 전에 거마가 먼저 움직였다.

거마가 즉시 서흑수에게 욕을 했다.

"이 새끼는 뭐얏!"

거마의 검이 다시 움직였다. 그의 검에 더 강한 기운이 모였다.

서흑수가 훨씬 더 빨랐다. 그는 팅겨 나간 거마의 검이 돌아오기를 기다리지 않았다. 거마가 욕을 하는 그 시간에 그는 적의 가슴으로 파고들었다.

서흑수의 검이 거마의 왼쪽을 노렸다. 깜짝 놀란 거마는 즉시 왼손을 들어 서흑수의 검을 막으려고 했다.

허초였다. 어느새 서흑수의 손이 거마의 가슴을 짚고 있었다.

작은 폭발이 일어났다.

"커억!"

거마가 뒤로 팅겨나듯 물러섰다. 가슴을 잡은 거마의 안색이 창백해졌다.

"뭐, 뭐 하는 새낀데 이렇게 세!"

서흑수는 더 이상 거마에게 신경 쓰지 않았다. 그는 내공을 끌어 모았다. 사람들을 향해 고함을 질렀다.

"배교다!"

그의 고함 소리에는 내공의 기운이 바다보다도 깊게 깔려 있었다.

조인식장 전체가 그의 기운에 뒤덮였다. 그의 목소리에 담긴 것이 단지 내공뿐이라면 그것만으로는 싸움을 멈추게 할 수 없었다.

하지만 그의 고함에는 살기가 포함되어 있었다. 조인식장 전체를 뒤덮는 살기였다.

싸움을 하는 자들은 모두 무공을 익힌 사람들이다. 누구 하나 예외없이 그 날카롭고 진득한 기운을 느꼈다.

모든 사람들이 즉시 싸움을 멈췄다. 배교라는 단어 자체 때문에 멈춘 것이 아니다. 다들 이 이질적이면서도 위험한 살기가 어디서 흘러나오는지 확인하기 위해 고개를 돌렸다.

서흑수가 모두를 내려다보고 있다. 누군가 외쳤다.

"신비협객 왕삼이닷!"

"뭣이? 저 사람이?"

"왕삼이라니? 저 사람은 무림맹의 서흑수 준호법이다!"

"서흑수가 바로 왕삼님이시다! 무림맹 놈은 아직 그것도 모른단 말이냐?"

"뭣이? 이 마교의 잡배가!"

서흑수가 다시 소리를 질렀다.

"이건 배교의 음모입니다! 왜냐하면!"

서흑수가 말을 끊었다.

사람들은 떠드는 것을 멈추고 서흑수의 다음 말을 기다렸다.

모든 사람의 관심이 자신에게 집중된 것을 확인한 서흑수가 다시 입을 열었다. 조금 전처럼 고함을 지르지는 않았다. 하지만 그의 낮은 음성은 모든 사람의 귀에 똑똑히 전달되었다.

"배교는 무림을 제패하기 위해서 이십 년 동안 음모를 꾸몄습니다. 여러분도 들어 아시는 생강시. 그것이 바로 배교가 숨겨둔 비장의 수였습니다. 그러나 생강시만으로는 무림을 제패할 수 없습니다. 그러기에는 여러분의 무공이 너무 강하니까요."

사람들이 환성을 질렀다.

"그렇다!"

"우리는 배교가 두렵지 않아!"

서흑수가 손을 들었다. 사람들은 마치 연습이라도 한 것처럼 동시에 입을 다물었다. 환성 소리가 순식간에 잦아들었다.

"그래서 배교는 다른 방법을 하나 더 마련했습니다. 마교의 장로 하나, 그리고 무림맹의 장로 하나를 끌어들였습니다. 왜 그랬겠습니까? 그렇습니다. 바로 지금처럼 여러분이 서로 싸워 죽기를 바랐기 때문입니다."

무림맹과 마교 양쪽 사람들이 서로에게서 조금씩 물러섰다.

“배교의 음모라니…….”

“그럼 이번 중독 사건도…….”

서흑수가 다시 말했다.

“여기는 무림맹과 마교 양측의 수뇌들이 대부분 모여 있습니다. 또한 그분들을 수행해 온 여러분은 어떻습니까? 두 세력을 실질적으로 이끌어가는 분들입니다. 그런 분들이 여기서 끝장이 날 때까지 싸운다면?”

사람들이 침을 꿀꺽 삼켰다.

서흑수가 단호하게 말했다.

“그 후에 배교의 짓임이 밝혀지건 말건 두 세력의 전쟁은 피할 수 없습니다. 그것도 끝장을 볼 때까지의 전쟁. 그것이 바로 배교가 노리는 겁니다. 무림맹과 마교가 배교의 음모임을 알면서도 싸울 수밖에 없도록 만드는 것이 그놈들의 계획입니다.”

사람들이 몸을 부르르 떨었다.

“빠져나갈 수 없는 계책…….”

“무서운 일이다.”

상황은 명확해졌다. 사람들의 마음속에서 머물던 서로에 대한 적대감은 생존 자체에 대한 두려움에 눌려 가라앉았다.

단상 아래의 사람들이 아우성을 쳤다.

“당문! 당문 사람들은 어디 계시오? 해독을, 해독을 해주시오!”

“그렇지. 독 하면 당문. 당문의 고수 분들은 어디 계시오?”

단상 위로 새로운 사람이 올라갔다. 그가 사람들에게 외쳤다.

“모두 진정하십시오!”

일부 사람들이 그를 알아보고 외쳤다.

“독군자다!”

“독군자 당이정이다!”

“당문의 후계자다!”

누군가가 소리를 질렀다.

“독제는! 독제는 어디 있어? 독제께서 오셔야 한다!”

당이정이 손을 들었다. 사람들이 즉시 입을 다물고 그를 주시했다.

“아버지께서는 조금 늦으시나 봅니다.”

사람들이 불안한 마음에 소리를 질렀다.

“독제를 어서 데려와라!”

“그렇다. 독군자로는 부족해!”

당이정이 소리쳤다.

“여러분에게 일어난 증상으로 보건대 이건 당장 발작하는 독이 아닙니다. 시간은 충분하니 걱정하지 마십시오. 그리고 나 독군자 당이정. 독군자라는 무림명을 도박판에서 딴 것이 아닙니다. 저는 이미 이 독의 특성을 파악했습니다. 당문의 명예를 걸고 해독제를 만들겠다고 약속하겠습니다.”

사람들이 기쁨의 환성을 질렀다.

"우와아아!"

그 말을 들은 서흑수의 눈썹이 하나로 모였다.

'당이정. 이 사람이 나설 것은 예상했다. 이자가 바로 청풍. 그 독에 대해 가장 잘 아는 자이니까. 그런데 발작지연제가 아니라 해독제도 개발해 놓고 있었나? 사람들을 안심시키기 위해서 하는 말일까?

서흑수가 당이정에게 말했다.

"독의 전파 경로부터 밝혀. 무슨 독인지도 밝히고."

무슨 독인지는 이미 짐작하고 있었다.

'천년독각사의 독이겠지.'

당이정이 찻잔에 남은 찻물 몇 방울을 손끝으로 만져 보고는 서흑수가 아니라 사람들에게 소리쳤다.

"찻물에서 미세한 독기운이 느껴집니다. 이분들은 차를 통해 독에 중독당하셨습니다."

누군가가 질문했다.

"황금수 북궁엽 대인의 무공이 보잘것없는 저보다 약할 거라고 생각할 수는 없습니다. 적어도 심법 하나만은 저보다 뛰어날 텐데 어떻게 중독 증상이 먼저 나타난단 말입니까?"

당이정이 즉시 설명했다.

"이분들에게 투여된 독은 농도가 상당히 진합니다. 하지만 여러분에게는 무척 옅은 독이 사용됐습니다."

"그걸 어떻게 아십니까?"

"제 수하 하나가 어제 저녁에 먹던 음식을 따로 챙겨두었습니다. 오늘 도시락으로 쓰려고 한 모양입니다. 독 이야기가 나오자마자 그것을 확인했습니다. 확실합니다. 그것에서 미세한 독기운을 느꼈습니다."

사람들이 웅성거렸다.

"그럼 그 식사가?"

"황금장이 범인이다!"

"하지만 황금장의 장주인 북궁엽도 중독됐는데?"

"중독된 것 자체가 연극 아닐까?"

한 사람이 당이정에게 질문했다.

"독군자 당이정 대협께서도 그 음식을 드셨을 텐데 왜 느끼지 못하셨습니까?"

"독의 기운이 미약하여 저에게는 아무런 위협이 되지 못합니다. 위험하지 않으니 자연히 무시하게 되었습니다. 이것은 저의 독공이 너무 높아 일어난 일입니다. 놈들은 저의 수준까지 모두 감안하여 절묘한 수준의 독을 사용했습니다."

당이정이 목소리를 높였다.

"이건 독을 푼 놈이 우리의 내부 사정을 잘 알고 있다는 뜻입니다. 적은 우리 내부에 있습니다!"

사람들이 아우성을 쳤다.

"누구냐!"

"잡아서 찢어 죽여야 한다!"

"놈을 잡아내라!"

당이정이 두 손을 높이 들었다. 손바닥을 아래로 한 채였다.

사람들이 즉시 입을 다물었다.

당이정이 말했다.

"배교 교주는 죽었습니다. 배교는 끝장난 줄 알았습니다. 여기 서흑수가 그렇게 주장했습니다. 그러나 진실이 그럴까요?"

서흑수가 인상을 썼다.

"당이정, 뭘 노리는 거냐?"

당이정이 다시 소리쳤다.

"아닙니다! 범인은 아직 살아남아 있습니다! 이 모든 일을 배후에서 조종한 자가 있습니다!"

서흑수는 그 말을 듣는 순간 깨닫는 것이 있었다.

"배후? 지존에게 배후?"

지난 일들이 빠르게 떠올랐다.

'이십 년 전 토벌이 끝나고 나서 배교에 남은 인간은 지존과 적풍 단 두 명뿐이었다. 천년독각사가 잡힐 때 지존은 어렸어. 적풍 혼자의 힘으로 그 괴물을 잡을 수 있을까? 아니야. 지존이 입은 보갑은 칼이 들어가지 않았어. 그런 껍질을 가진 괴물을 적풍 혼자서 잡아? 어림도 없어. 그렇다면 당이정이 독정에 당했다는 말 역시 거짓말이야. 이놈이 천년독각사를 잡는 일에 개입했어!"

서흑수가 소리를 질렀다.

"당이정! 네가 바로 모든 일의 배후로구나!"

당이정이 마주 소리쳤다.

"네 이놈! 정체를 드러내게 되니 이번에는 내게 뒤집어씌우려 해? 모든 것은 네놈이 저지르지 않았느냐?"

서흑수가 검을 잡으며 당이정을 노려보았다.

"내가 왜?"

"네가 바로 광마니까!"

서흑수의 몸이 딱딱하게 굳었다.

일반적인 무림인들은 광마에 대해서 모른다. 그 존재 자체가 비밀이다.

하지만 이곳은 사정이 다르다. 여기는 무림맹의 수뇌부가 모여 있는 곳이다. 그 수뇌부들을 가까이에서 수행하는 자들, 그리고 무림에서 큰소리깨나 치는 고수들이 모여 있다.

이곳에 있는 상당수의 사람들이 광마의 존재에 대해서 알고 있었다.

"광마? 광마가 서흑수라고?"

"왕삼 준호법님이 광마라니!"

"가, 가능한 이야기야. 신비협객 왕삼의 그 무공. 그 무공의 비밀이 바로 그거였어. 그가 광마였기 때문에 그렇게 강한 거였어!"

　광마가 뭔지 모르는 사람들은 급히 주변에 무슨 일인지 물었다. 상황이 이렇게 되자 모두 앞 다투어 광마에 대해 설명했다.

　순식간에 이곳에 모인 모든 사람들이 광마에 대해서 알게되었다. 이제 무림 전체에 광마에 대한 소문이 퍼지는 것은 시간문제였다.

　누군가가 중얼거렸다.

　"그럼 아까의 그 진득한 살기가……."

　"틀림없군. 그가 바로 광마다!"

　서흑수는 할 말이 없었다.

　'하필 이때에…….'

　남궁진미는 단상 아래에서 소리를 지르고 싶었다. 서흑수는 광마가 아니라고 외치고 싶었다. 하지만 목소리가 나오지 않았다.

　'설마했는데 정말로 그럴 줄이야. 그럴 가능성이 있다는 건 알았지만 그래도 아닐 줄 알았는데… 그가 광마였다니…….'

　그녀 대신 소리쳐 준 것은 제갈무한이었다.

　"저 녀석이 광마일 리 없다!"

　사람들이 제갈무한을 돌아보았다. 제갈무한이 계속 소리를 질렀다.

　"저 녀석은 건방지기 짝이 없지. 하지만 광마일 리가 없다.

광마가 되기에는 너무 착해!”

남궁진미도 뒤늦게 정신이 번쩍 들었다.

‘그래, 서 공자는 살인에 미친놈이 아니잖아. 뭔가 오해가 있는 거야. 당문에서는 예전의 나와 같은 오해를 한 거야.’

“맞아요. 서 공자가 광마라는 증거를 대보세요!”

서흑수는 여전히 말이 없었다. 대신에 당이정이 목소리를 높였다.

“증거? 이 년 전에 네가 적호대와 흑룡대를 전멸시켰다는 증거? 거기 있던 사람들까지 다 죽였다는 증거? 좋다. 증거를 보여주지.”

당이정이 단상 아래를 향해 외쳤다.

“데려와라!”

남자 한 명이 단상 위로 걸어 올라왔다. 그를 본 서흑수의 눈이 크게 떠졌다.

“당신은!”

당이정이 호쾌하게 외쳤다.

“그래, 광마. 네놈 손에 모두 죽은 줄 알았느냐? 거기서 살아남은 사람이 있었다. 바로 이 사람이지. 이 사람이 살아남아 지금까지 우리 당문의 보호를 받고 있었다!”

서흑수의 몸이 부르르 떨렸다. 그가 붉어진 눈으로 당이정을 노려보았다.

“네놈이 그 일에, 내 아내와 내 아이가 죽은 그 일에 네놈이 끼어들었느냐! 네놈은 내게 무슨 짓을 한 거냐!"

서흑수의 몸에서 엄청난 살기가 폭사되었다. 피눈물이 흘렀다.

그에게서 뿜어져 나오는 농도 짙은 살기가 사람들을 뒤덮었다. 모든 사람들이 동시에 몸을 움찔거렸다. 본능적인 반응이었다. 혁천세 역시 마찬가지였다.

서흑수가 광마임을 이미 알고 있던 마교 장로들조차 자기도 모르게 검을 잡았다.

당이정이 뒤로 물러서며 외쳤다.

"여러분, 광마가 정체를 드러냈습니다!"

서흑수가 검을 뽑았다. 그의 검에 흐르는 기는 검기가 아니라 살기였다.

"죽인다. 죽인다. 죽인다."

第九章

당이정의 얼굴이 조금씩 질려갔다.

'예상은 했지만 정말 지독한 살기군. 하지만 성공이다. 놈은 역시 광혈심법의 저주에 걸려 있었어. 이제 놈은 빠져나갈 수 없다!'

그가 주변을 힐끗거렸다. 무림인들 중 상당수가 무기를 든 채 접근하고 있었다. 나머지는 믿어지지 않는다는 얼굴로 멍하니 서 있었다.

당이정의 앞쪽에 그림자가 드리워졌다. 당이정은 긴장하며 하늘을 힐끗 올려보았다.

하늘에서 검선 서문지석이 수염을 휘날리며 내려왔다. 정말 검선이라고 해도 좋은 풍채였다.

서문지석이 버럭 소리쳤다.

"정의야!"

그 한마디 외침에는 정신을 깨우는 맑은 기운이 들어 있었다. 검선이라는 무림명에 어울리는 청량한 기운이었다.

서문지석은 지난 이십 년 동안 그 기운을 정성들여 수련해 왔다. 그 기운은 서흑수의 살기와 상극이었다.

서흑수의 몸이 벼락이라도 맞은 것처럼 부르르 떨렸다. 그의 눈이 서문지석을 확인했다.

"사부님?"

서흑수는 이성을 회복했다. 살기에서 완전히 벗어나지는 못했다. 하지만 이성적인 판단을 하는 것은 가능했다.

"사부님이 왜 여기에……."

서문지석이 서흑수의 어깨를 잡았다.

"이 녀석아, 이게 무슨 꼴이냐? 그 잘난 내 제자가 이게 무슨 꼴이야!"

서흑수의 고개가 숙여졌다.

"죄송합니다, 사부님. 죄송합니다."

"진혈심법 때문이냐? 그것 때문이냐?"

서흑수가 고개를 번쩍 들었다.

"알고 계셨습니까?"

"알지. 모를 리가 있느냐?"

“그것은 저주받은 심법입니다. 가르치지 마셨어야 합니다!”

“내가 직접 위험 요소를 제거했다. 나는 최선을 다했다. 그만하면 안전하다고 생각했다. 그래서 진혈심법이라고 이름 붙이고 너에게 가르쳤다. 네가 조금이라도 이상한 반응을 보이면 멈추려고 했다. 하지만 너는 착했다. 아무 이상도 없었다. 다만, 다만 너무 무공이 빨리 늘어나는 것만이 걱정이었지.”

“광혈심법을 손보셨습니까?”

“내가 손을 봤다. 완벽하게 손을 봤다고 생각했어. 네가 착하게 자라는 것을 보고 기뻤다. 드디어 최고의 심법을 완성했다고 생각했지.”

“하지만 그것은 배교의 광혈심법입니다! 배교의 무공이란 말입니다!”

“나는 그렇게 생각하지 않았다. 똥이라고 하더라도 거름으로 쓸 수 있는 법이니까. 나는 광혈심법을 단지 좀 다루기 힘든 똥이라고 생각했다. 노력하면 고칠 수 있다고 생각했다. 너를 보고, 네 성품을 보고 성공했다고 생각했다. 나는 너무 늙어 익히지 못하지만 네가 익히는 것을 보고 기뻐했다. 하지만, 하지만 결함이 남아 있었나 보구나.”

서혹수는 그의 말을 듣자 깨닫는 것이 있었다.

“뇌전검법과 파산검법의 진정한 위력은 살기가 일어났을 때 펼쳐집니다. 진혈심법은, 아니, 광혈심법은 처음부터 살기

를 이용해 능력을 끌어내는 무공입니다. 결함 제거 자체가 불
가능한 심법입니다."

서문지석이 슬픈 얼굴로 말했다.

"그래, 그렇구나. 그래서 실패했구나. 나는 처음부터 성공
할 수 없는 일을 시도했구나. 미안하구나. 미안하구나."

"저는, 저는 주화입마에 빠졌습니다. 그것을 익히다 주화
입마에 빠졌습니다. 그 후로는 살기가 짙어졌습니다. 화가 나
면 참지 못하게 됐습니다."

"어째서 그렇게 됐냐? 어째서 배교의 저주인 광마가 됐냐?
나와 함께 있을 때는 괜찮았으면서!"

"기억이, 기억이 나지 않습니다. 다만, 정신을 차리고 보니
모두 죽어 있었습니다. 무림맹의 적호대도, 마교의 흑룡대도,
그리고 사람들도, 그리고 내 아내도. 제 손에는, 제 손에는 피
가 묻어 있었습니다. 온몸이 피로 적셔져 있었습니다. 제 칼
역시 마찬가지였습니다."

서흑수는 무릎이라도 꿇으려고 했다. 그러나 서문지석이
어깨를 잡아 그러지 못하게 막았다.

"이제 다 끝났다."

"끝나지 않았습니다. 제 죄는 영원히 용서받을 수 없었습
니다. 제 아내는 제 아이를 임신하고 있었습니다."

"어쩌다가 무림인들과 얽히게 되었느냐?"

"모르겠습니다. 저는 아내를 데리고 사부님께 가고 있었습

니다. 사부님께 인사드리려고 같이 여행하고 있었습니다. 여행을 하다 몇 사람을 만났습니다. 하지만 정신을 차리고 보니 모두 죽어 있었습니다.”

서문지석의 눈 깊은 곳에서 빛이 번쩍였다.

“여행을 하다 만나? 저자가 그때 만난 자이냐?”

서문지석이 가리킨 것은 당이정이 유일한 생존자라며 데려온 사람이었다.

“맞습니다. 그도 그중에 한 명이었습니다.”

서문지석이 그 남자를 노려보며 말했다.

“이상하구나, 정말 이상해. 당문에서 도대체 어떤 방법으로 그를 찾은 것일까? 광마는 무림맹과 마교 양측에서 찾으려고 애쓰던 존재다. 당문은 어떻게 그들이 놓친 저자를 찾아낸 것일까?”

서흑수가 이를 갈았다.

“당이정 저놈이 바로 배교의 배후입니다. 저놈이 그 일에 개입한 것이 틀림없습니다.”

당이정이 당당히 외쳤다.

“네 이놈! 나는 당당한 당문의 후계자다!”

서문지석이 버럭 소리를 질렀다.

“네 이놈! 정의는 나 검선의 하나뿐인 제자다! 내 이름값이 독제보다 못할 것 같으냐?”

서흑수는 깜짝 놀랐다.

“사부님, 사부님이 검선이셨습니까?”

“물론이다.”

“믿을 수 없습니다. 자랑 좋아하는 사부님이 왜 그 이야기는 제게 하지 않으셨습니까?”

서문지석이 당당하게 말했다.

“자랑 중에 최고의 자랑이 무엇인 줄 아느냐? 네가 무림에 나가 검선이 얼마나 대단한 인물인지 듣고, 나중에 그것이 네 사부임을 알게 하는 것이다. 그것이 진정한 자랑이지. 그것을 위해서 이십 년을 참았다.”

“사부님, 그런 미친 짓을…….”

“이 녀석, 지금은 그것을 따질 때가 아니다. 지금은 일이 어떻게 됐는지 밝혀내는 것이 급선무다!”

당이정이 선수를 쳤다.

“당신이 검선이라고? 그러고 보니 배교의 마지막 잔당을 쳐부쉈다고 하는 자가 바로 검선이었지.”

“이놈, 듣는 귀는 있구나.”

“그래서 배교의 무공을 빼돌릴 수 있었구나!”

서문지석은 당당했다.

“물론이다!”

당이정은 그 반응에 당황했다.

“쉬, 쉽게 인정하는군.”

그는 재빨리 사람들에게 외쳤다.

"여러분! 저자가 비록 검선이라고 하나 그것이 배교의 무공을 써도 된다는 뜻은 아닙니다. 그것은 사악한 무공입니다!"

사람들 중 일부가 소리를 질렀다.

"물론이다!"

"더러운 무공이다!"

검선이 소리를 버럭 질렀다.

"이런 바보 같은 놈들!"

그의 깊은 내공이 사람들의 떠드는 소리를 단숨에 눌러 버렸다.

사람들이 움찔했다. 검선이 빠르게 떠들었다.

"똥은 거름에 쓰이고, 칼은 요리를 만드는 데 쓰인다. 무공이 어떤 것이냐가 중요한 게 아니라, 어떤 심성을 가진 놈이 쓰는 것이냐가 더 중요하다! 나는 배교의 무공을 가져다가 착한 내 제자를 가르치는 데 썼다!"

당이정은 물러서지 않았다.

"검선의 무공이 높은데 왜 그랬단 말이냐? 말이 되지 않아!"

"내 무공은 이게 한계니까!"

"뭣?"

"내 무공은 지금 내가 보여주는 것이 한계니까. 구조적 결함이 있어 더 이상 발전할 수 없으니까!"

“그, 그렇다고…….”

“배교의 무공을 가져다가 쓸 만한 것만 뽑아 쓰는 것이 뭐가 나빠? 나쁜 건 배교 놈들이지 무공이 아니야! 무공은 부처가 쓰면 부처의 무공이 되는 거고, 악마가 쓰면 악마의 무공이 되는 거야!”

“궤변이다! 네 제자는 그 무공을 익혀 결국 광마가 됐다!”

서문지석도 그렇게 생각했다.

‘결국 내 잘못으로 우리 정의가 이 꼴이 됐지. 나는 하지 말아야 할 짓을 했어. 하지만 지금은 그걸 인정해도 되는 때가 아니다. 이건 기세 싸움이다.’

서문지석의 무공은 깊다. 그것보다 더 대단한 것은 그의 뻔뻔함이다.

“흥! 과연 내 제자가 잘못했는지 따져 볼까?”

“뭘 따져 본다는 말이냐! 여기 증인이 있다. 이 증인의 신분은 바로 네 제자가 증명했다. 말실수였겠지만. 으하하하!”

서흑수는 이제 냉정을 찾았다. 하지만 속은 부글부글 끓었다. 당이정을 죽이고 싶어 손이 근질거렸다.

그래도 이성적인 판단을 할 수 있었다.

“사부님, 이제부터는 제가 하겠습니다.”

서문지석의 얼굴이 환해졌다.

“답을 찾았느냐?”

“대충 찾았습니다. 그동안 죄책감에 냉정한 판단을 내리지 못했습니다. 하지만 이제 아닙니다. 이제 다릅니다.”

“으하하하! 내 잘난 제자가 답을 찾았다고? 그럼 그게 바로 정답이지!”

서흑수가 당이정이 데려온 사내에게 질문했다.

“우리가 만난 건 그 일이 일어나기 불과 세 시진 전이지?”

사내가 몸을 떨며 대답했다.

“그, 그렇다.”

“당신들 일행은 여행객이라고 했지?”

“우리는 선량한 여행객이었다.”

“우리가 만나고 두 시진 후에 당신이 나보고 사냥을 해달라고 했지?”

“당신은 무공을 아는 무림인이다. 당신도 그것이 가장 효율적이라고 동의했지 않나!”

“그 후에 무슨 일이 일어났나?”

“우리가 있는 곳에 무림맹의 적호대와 마교의 흑룡대가 나타났다. 그들 사이에 사소한 시비가 붙었는데, 그때 네가 나타났다. 너는 싸우는 그들을 보자마자 모두 죽여 버렸다.”

“그런데 당신은 어떻게 살아남았지?”

“나는 물을 뜨러 갔다. 그 덕분에 그 자리에 없어서 살아남았다. 남아 있었다면 나도 네 손에 죽었겠지.”

“그 자리에 없던 놈이 어떻게 내가 그들을 죽였는지 알지?”

서흑수의 몸에서 다시 살기가 서서히 피어올랐다. 남자의 얼굴이 굳었다. 몸이 가늘게 떨렸다. 하지만 그는 침을 한번 꿀꺽 삼키고 말했다.

"나중에 그곳에 들러보니 네가 피에 젖어 있었다. 그 정도면 네놈 짓이라는 증거로 충분하다. 나는 복수를 하기 위해서 무림의 이름 높은 협객 당이정 대협을 찾아갔다. 당이정 대협에게 무림맹 조사단의 조사 결과를 전해 듣고 확신하게 됐다. 네가 범인임이 분명하다!"

서흑수가 웃었다. 크게 웃었다. 눈에 눈물이 흘러내렸다.

"크하하하! 그렇게 된 거구나!"

"그렇다. 바로 그렇게 된 거다. 네가 모두 죽였다."

"네놈이 그런 수작을 부린 거구나. 나는 내 손으로 아내를 죽인 것으로만 생각했다."

"무슨 헛소리냐! 네 손으로 죽였다니까!"

서흑수가 사내를 보고 말했다.

"배교의 지존이 내 손에 죽었다."

"그 이야기는 들었다."

"지존은 쓸 만한 것을 많이 가지고 있더군."

"쓸 만한 것?"

"천년독각사의 독을 해독할 수 있는 해약도 가지고 있더군."

당이정이 깜짝 놀라 소리쳤다.

"거짓말이다! 속지 마라!"

서흑수가 당이정을 힐끗 보았다. 입꼬리가 쭉 올라갔다.

'그 정도면 실토한 거나 다름없지.'

서흑수가 사내에게 말했다.

"네 중독을 해독해 주마. 단, 진실을 말할 때에만."

사내의 떨림이 커졌다. 말투가 변했다.

"저, 정말이시오?"

"지존이 내 손에 죽었다. 그에게 해독제가 없었겠느냐?"

"그, 그렇다면……."

당이정이 다시 소리쳤다.

"지존에게는 그런 게 없었다! 속지 마라!"

서흑수가 버럭 외쳤다.

"당이정! 너는 그것을 어떻게 알고 있나!"

당이정이 입을 꽉 다물었다. 서흑수가 계속 밀어붙였다.

"지존이 뭘 가지고 있는지 네가 어떻게 알아? 알 수밖에 없겠지. 지존을 독정으로 중독시킨 것도 너고, 그에게 발작지연제를 준 것도 바로 너니까. 뒤에서 조종하던 것이 너니까. 지존은 지존이 아니었어. 그가 바로 청풍이었어. 진정한 지존은 바로 너! 당이정 너였어!"

당이정이 다시 입을 열었다.

"누명 씌우지 마라, 서흑수. 그런 소리를 한다고 해서 네가 광마임이 변하지는 않는다."

서흑수가 사내에게 말했다.

“진실을 말해라. 그때 그곳에서는 무슨 일이 있었지?”

사내가 마침내 결심하고 대답했다.

“대협께서 방해가 됐습니다.”

“무슨 방해?”

“우리는 그 여자를 확보해야 했습니다.”

“왜?”

“그 여자는 삼음지체였으니까요. 저는 삼음지체를 납치해 오는 일을 맡고 있었습니다.”

서혹수 충격에 말을 잊었다. 멍한 상태에서 중얼거렸다.

“그랬구나. 내 아내가 바로 삼음지체였구나.”

“우리는 그녀가 임신한 것을 몰랐습니다. 알았다면 손대지 않았을 겁니다. 몰랐으니까 그녀를 빼앗으려고 했습니다.”

“그런데 왜, 거기에 왜 적호대와 흑룡대가 나타났지?”

“그들은……”

서혹수가 으르렁거렸다.

“말하지 않으면 해독약도 없다.”

당이정이 자세를 조금 바꿨다. 서혹수가 그 즉시 움직였다. 그는 당이정과 사내 사이를 가로막았다.

“당이정, 허튼수작하지 마라.”

당이정이 웃었다.

“후후후.”

서혹수가 사내에게 말했다.

“계속 이야기해라. 왜 그들이 나타났지?”

“우리는 사람을 납치하기 전에 사전 조사를 철저히 합니다. 그러다 우연한 기회에 왕삼 대협께서 엄청난 고수임을 알게 되었습니다.”

“그래서?”

“무림맹의 적호대와 마교의 흑룡대는 왕삼 대협을 제거하기 위해서 불려온 것입니다. 마교와 무림맹에는 지존께서 부리는 왕이 하나씩 있다고 들었습니다. 그들이 그 전투 부대들을 보냈습니다. 그들의 임무는 왕삼 대협을 제거하는 것이었습니다.”

“그래서!”

“그런데 마교의 흑룡대가 먼저 도착했다가 그녀의 미모에 흑심을 품고…….”

서흑수는 더 이상 말을 하지 않았다. 이만 빠득빠득 갈았다.

남자가 서흑수의 눈치를 보며 말을 계속했다.

“흑룡대가 손을 쓸 때 적호대가 나타났습니다. 적호대는 흑룡대의 행동을 구경하기만 했습니다. 그녀는 흑룡대의 손을 피해 도망치다가 결국 자결을 했습니다. 저는 그 직후 상황을 보고하기 위해서 그곳을 떠났습니다.”

서흑수는 머리가 깨질 듯이 아팠다.

“크윽!”

갑자기 과거의 기억이 물밀듯이 밀려왔다. 사냥을 갔다 돌아오니 그의 아내는 죽어 있었다. 그곳에 있던 무림인들은 서흑수가 나타나자마자 공격했다.

"기억나. 사냥을 갔다가 돌아왔더니 아내가 죽어 있었다. 불과 세 시진 전에 만났던 네놈들은 아내의 시체를 보고 낄낄거렸다. 적호대와 흑룡대는 나를 보자마자 공격했다. 상황은 명확했다. 누가 내 아내를 죽였는지 명확했다. 범인은 거기 있는 모든 놈들이었다."

서흑수의 몸에서 살기가 무럭무럭 피어올랐다.

"나는 폭주했다. 나를 공격하는 놈들을 전부 죽였다. 거기에 존재하는 모든 생명을 제거했다. 정신을 차리고 보니 나는 피에 젖어 있었다. 모두 죽어 있었다. 나는, 아내를, 아내를 내 손으로 죽인 줄 알았어. 그게 아니었어. 그 후에 아내를 양지바른 곳에 묻어주었지. 아내만… 내 아내만… 내 아이를 가진, 내 아내만……."

사내가 머리를 숙였다.

"그렇습니다! 그것이 바로 진실입니다! 왕삼 대협께서는 죄가 없으십니다! 그리고 조심하십시오. 저자의 암기는 바로……."

당이정의 손이 움직였다. 그의 손끝에서 암기가 날아갔다. 사내를 향해서였다. 서흑수가 사내를 가로막으며 검을 휘둘렀다. 검이 암기를 강하게 때렸다.

검을 이루는 쇠 한 조각이 잘려 나갔다. 암기는 검을 뚫은 후 궤도조차 바뀌지 않고 직진했다. 그것이 서흑수의 옆구리를 관통했다.

"컥!"

곧바로 비명 소리가 뒤따랐다.

"으아악!"

암기는 이미 서흑수 뒤에 선 남자의 심장을 관통한 후였다. 무릎 꿇고 있던 남자는 그대로 뒤로 넘어갔다.

서흑수는 피가 흐르는 옆구리를 손으로 눌렀다.

검을 들어보았다. 검에 구멍이 뚫려 있었다.

서흑수가 이를 갈았다.

"보통 암기가 아니구나."

당이정이 웃으며 말했다.

"호호호. 당연히 보통 암기가 아니지. 천년독각사의 이빨로 만든 암기니까. 어떠한 호신기공을 익혔어도 두부처럼 뚫어버린다."

무림맹과 마교의 수뇌들이 움직였다. 그들이 당이정을 서서히 포위했다.

검왕 혁천세가 소리쳤다.

"당이정! 지금 네 행동은 네가 바로 배교의 지존임을 인정하는 것이냐!"

"배교의 지존? 웃기지 마. 내가 왜 배교의 지존 따위가 되어야 하지?"

"뭣이?"

"배교는 단 두 놈만 살아남아 있었어. 지존이라는 애송이 꼬마와 적풍이라는 늙은이. 이십 년쯤 전에 그놈들이 찾아와서 그러더군. 자기네는 망했다고. 마지막 세력까지 모두 죽었다고. 최후의 세력이 검선에게 걸려서 죽었다고."

"그 말을 하러 찾아온 것은 아니겠지?"

"물론이지. 내가 물었지. 그럼 너희 둘은 내 손에 죽으려고 찾아왔냐고. 아니라더군. 놈들이 제안을 했지. 배교의 마지막 보물이 남아 있다고 하더군. 놈들의 성지에 천년독각사가 있다고 말했지."

"천년독각사를 배교가 키웠단 말이냐?"

"비슷하지. 하지만 예전에는 덜 자랐어. 천년독각사의 독각에 독정이 저장되려면 삼백 년, 천년독각사의 피로 생강시를 만들려면 사백 년을 자라야 해. 백 년 전에 겨우 필요한 만큼 자랐지. 하지만 그때의 배교는 천년독각사를 잡을 힘이 없었지."

"그래서 네놈이?"

"그걸 잡는 대가로 천하의 삼분의 일을 주겠다고 하더군. 웃기는 소리야. 내가 왜 그 말을 들어야 하는데? 천년독각사를 잡으려면 덫이 필요해. 그건 우리 당문에 있었어. 예전에 선조들이 배교를 때려잡으면서 빼앗아둔 거지. 그때까진 그게 뭔지도 몰랐어. 놈들이 가르쳐 주더군. 그리고 천년독각사의 독을 처리하려면 역시 우리 당문의 독술이 필요하지. 지존과 적풍에게는 그걸 만질 능력이 없었으니까.”

“결국 네놈이 모든 원흉이구나.”

“흐흐흐. 원흉? 내가 바로 천하를 드실 분이다. 천년독각사를 잡고 독정을 얻은 후 가장 먼저 한 게 뭔지 알아? 바로 지존과 적풍 그 두 놈을 중독시키는 거였어. 크하하하. 그놈들의 얼굴을 봤어야 하는 건데. 정말 통쾌했거든.”

“겨우 그것만으로 그들을 부릴 수 있었느냐?”

“왜 못하겠어? 나는 거꾸로 제안했지. 천하의 삼분의 일을 배교에게 줄 테니 순순히 생강시를 만들라고. 그놈들, 아마 나중에 배신할 궁리를 했겠지만 당장은 순순히 말을 듣더군. 이십 년이나 말이야. 으하하하!”

그가 갑자기 서흑수를 획 돌아보았다.

“당이환 그 녀석이 네놈과 함께 움직였지. 배교의 애송이가 계속 조르더군. 당이환이 방해돼서 너를 처치할 수 없다고. 그래서 내가 그랬지. 그놈을 내 동생으로 생각한 적 없으니까 최악의 경우 제거하라고 했지. 그때부터 네놈들을 죽이려고 애쓰더군. 바보 자식. 그런 것도 하나 똑바로 못하고.”

혁천세가 호통을 쳤다.

“용서받을 자격이 없는 놈이로고!”

“용서? 누가 감히 나를 용서해? 이제 천하를 내가 차지할 텐데?”

“이미 너의 계획은 모두 들통났다. 너를 잡아 죗값을 치르게 하겠다. 당문 역시 그냥 넘어가지 않겠다.”

“으하하하. 계획이 들통나서 끝났다고?”

당이정이 독기를 품었다.

“웃기지 마. 계략 하면 당문이야. 내가 그 독만 믿었을 것 같아? 너희들이 여기서 다 죽을 거라고 생각했겠어? 네놈들이 싸우지 않는 경우에 대한 대비가 없었겠어? 당문의 힘을 보여주지.”

그가 고개를 돌리고 소리를 질렀다.

“문 열어!”

조인식장 바깥쪽에 있던 건물 하나의 문이 덜컹 열렸다. 그곳에서 수십 명의 젊은 여자들이 걸어나왔다.

서흑수는 깜짝 놀랐다.

“생강시다! 막아!”

그의 몸이 그 자리에서 꺼지듯 사라졌다. 그와 동시에 당이정의 앞에 나타났다.

당이정은 그 경우를 대비하고 있었다. 서흑수가 움직이는 순간 당이정도 움직였다. 동시에 그의 손끝에서 암기가 튀어나왔다.

서흑수는 추격할 수 없었다. 막을 수도 없었다. 그는 즉시 몸을 튕겨 그 공격을 피하려고 했다.

암기의 움직임은 직선이 아니었다. 이번에는 뱀 이빨이 아니었다. 천년독각사의 뼛조각이었다. 그것이 나선형의 불규칙한 궤도를 그렸다.

뼛조각이 서흑수의 옆구리를 다시 뚫었다.

"큭!"

당이정은 그 틈에 품에서 패를 하나 꺼냈다. 손을 높이 들며 외쳤다.

"지존께서 내리신 명령이다. 여기 있는 놈들을 전부 다 죽여!"

명령이 떨어졌다. 생강시들이 사람들을 덮쳤다.

서흑수는 재빨리 판단했다.

'당이정을 공격하면 생강시들이 나에게 모인다!'

그러나 그가 공격하기 전에 당이정이 명령을 하나 더 내렸다.

"나를 보호하지 마. 대신에 놈들을 전부 다 죽여 버려!"

무림맹과 마교의 고수 몇 명이 당이정에게 달려들었다.

"이놈!"

"패를 내놔!"

그들은 당이정을 막는 것보다 그의 패에 더 관심이 많았다.

'저 패만 있으면 무림 최고의 권력자가 된다. 줄타기만 잘하면 돼! 무림맹과 마교 모두 내 힘을 얻으려고 할 거야!'

당이정이 손을 뿌렸다. 그의 손에서 뼛조각이 연달아 튀어나갔다.

명색이 무림최고수들이다. 그들은 무기를 휘둘러 그 암기를 막거나 몸을 피했다.

"크아악!"

"으아악!"

"이, 이럴 수가……."

무기로는 암기를 막을 수 없었다. 무엇으로도 뚫을 수 없는 갑옷을 입고 있던 천년독각사의 뼈는 특별했다. 그것은 모든 것을 뚫었다.

피하기도 어려웠다. 암기의 움직이는 궤도가 너무 불규칙했다. 당문 최고의 암기술이 천년독각사의 단단하고 날카로운 뼈에 더해진 결과였다.

그에게 달려들던 네 명이 피를 뿌리며 물러섰다. 몸을 비틀어 급소를 피한 덕분에 겨우 목숨은 건졌지만 모두 중상이었다.

당이정이 소리쳤다.

"으하하. 천년독각사의 몸에는 특별히 날카로운 뼈가 많지. 아주 많지. 얼마든지 더 덤벼봐! 다 죽여 버리겠다!"

서흑수는 상황을 재빨리 판단했다.

'가만 놔두면 생강시들에게 습격당하는 사람들이 너무 많이 죽어. 수뇌부가 당장 당이정을 제압할 수도 없어. 저 뼈는

너무 무서운 암기야.'

서흑수가 소리를 질렀다.

"당이정은 제가 상대합니다! 모두 생강시를 막아요!"

자존심 상한 혁천세가 한마디 했다.

"당이정은 내가……."

서흑수가 소리를 버럭 질렀다.

"사람들을 구하란 말입니다!"

당이정의 암기 위력을 본 수뇌부 몇 명이 도망치듯이 생강시들에게 달려갔다.

'차라리 생강시를 상대하는 게 낫겠다.'

일부가 사라지고 나자 나머지도 급히 몸을 날렸다. 부상자들도 마찬가지였다.

서문지석은 남았다.

"정의야……."

"사부님도 가세요! 나한테 이따위 것 가르친 건 나중에 따질 테니까!"

서문지석의 얼굴이 핼쑥해졌다.

"서, 서운하구나."

"자기는 배우지 않고 나에게만 가르치면서 서운? 당장 안 가요?"

"아, 알았다."

서문지석까지 쫓기듯 사라지고 나자 단상 위에 남은 것은 서흑수와 당이정뿐이었다.

서흑수가 당이정을 노려보았다.

"당이정, 이제 너 하나 남았군."

당이정이 단상 아래를 힐끗 보았다.

"후후후. 그 누구도 생강시를 제압하지 못하고 있군. 그래, 이 중에서 생강시를 상대하는 법을 아는 건 서흑수, 바로 네 놈밖에 없지. 그 경험을 가진 너를 죽이면 계획대로 되는 거야. 무림은 결국 혼란에 빠지고 모든 것은 내 뜻대로 될 거야."

"무림인들은 바보가 아니다."

"바보가 아니니까 누구와 손을 잡아야 하는지 잘 알게 되겠지. 나는 일단 마교와 손을 잡고 무림맹을 없애겠다. 지금의 마교 상황에서는 제발 손잡아달라고 애원할 장로가 몇 명이나 있으니까. 그 후에는 무림 전체가 내 수중에 떨어지는 거지. 크흐흐흐."

"그전에 내가 너를 죽인다."

"가능할 것 같아?"

"증명해 주지."

서흑수가 당이정에게 돌격했다. 주변의 모든 기운이 그를 따라 움직였다.

당이정의 손이 흔들렸다. 그의 손끝에서 뼛조각이 날아갔다.

서흑수는 재빨리 판단했다.

'놈의 움직임에 빈틈이 있다. 근접전에 약하구나. 그럼 뼛조각을 어깨에 맞아주고 대신에 검으로 놈의 심장을 뚫는다. 충분히 가능해!'

갑자기 의심이 들었다. 지존과의 싸움 생각이 났다. 그는 몸을 급격히 뒤집었다. 그의 몸이 바닥에 깔렸다.

'놈이 허점을 이렇게 쉽게 내줄 리가 없어!'

자세를 바꾼 덕분에 서흑수의 칼은 당이정의 몸을 스쳐 지나갔다. 당이정이 날린 뼛조각도 그의 몸을 스치고 지나갔다.

재빨리 일어선 서흑수가 당이정을 노려보았다.

당이정의 옷은 베어져 있었다. 그리고 그 옷 아래에 천년독각사의 가죽으로 만든 용갑이 드러났다.

"용갑을 입고 있구나!"

"후후. 서흑수, 이제야 알았나?"

당이정이 능글맞게 웃었다.

"하지만 알아채는 것이 너무 늦었어. 너는 이미 옆구리가 두 번이나 뚫렸다. 그 상태로 제 실력을 낼 수 있을까? 아니, 불가능하지. 최고의 상태였을 때도 나를 이길 수 없을 텐데 그런 몸 상태로는 어림도 없지."

서흑수가 힘겹게 검을 들어 당이정을 겨누었다.

"지존도 용갑을 입고 비슷한 소리를 했지. 결국 내 손에 죽었어. 완전히 부서졌지."

"어떻게 죽였는지는 들었다. 그게 그놈이 가진 용갑의 한계야. 나는 다르지. 내 얼굴은 완벽하게 보호되거든."

그의 말이 떨어짐과 동시에, 용갑의 뒷부분에서 투구가 올라왔다. 그것은 당이정의 얼굴을 완벽하게 감쌌다. 겨우 눈만 드러낸 당이정이 웃었다.

"크흐흐. 서흑수. 용갑은 두 벌이 만들어졌다. 하나는 시험삼아 만들어진 것. 지존이 가졌지. 다른 하나는 결점을 보완한 완벽한 작품. 바로 이것이지. 약점이 없는 완벽한 용갑. 크하하하!"

서흑수가 한마디 씹어뱉었다.

"지랄하고 자빠졌네."

당이정이 움직였다. 그의 양손에서 암기가 연달아 튀어나왔다.

서흑수는 그것을 보자마자 깨달았다.

'뱀 이빨은 아니다!'

뱀 이빨이 아니라고 해서 만만한 것이 아니다. 당문의 암기가 독군자 당이정의 손에서 펼쳐졌다.

즉시 검을 휘두르며 물러섰다. 암기들을 요란하게 튕겨냈다.

'역시 당이정. 접근할 수가 없다.'

그는 당이정의 빈틈을 찾았다. 쉽지 않았다.

그때였다. 갑자기 남궁진미가 싸움판에 뛰어들었다.

"죽어!"

그녀의 검에서 금빛 검기가 뿌려졌다. 겨우 네 개의 검기였지만 서흑수는 그것을 알아보았다.

'뇌전검법!'

검기 네 개가 당이정의 몸을 때렸다.

서흑수가 전력을 다해 뇌전검법을 펼쳐도 뚫을 수 없던 용갑이다. 그녀의 검기가 통할 리 없다.

당이정이 그녀를 보고 말했다.

"재미있군. 네년이 이걸 어떻게 익히고 있지?"

그녀는 조금 물러서서 당이정을 검으로 겨누며 말했다.

"할아버지에게 배웠다!"

"남궁세가주 남궁현천? 오호. 일이 그렇게 된 거군. 낙뢰검법의 비급서는 모두 세 권이 있었지. 한 권은 지존이 가지고 있었다. 나머지 두 권은 한 명이 가지고 있었는데 그자는 검선에게 죽었지. 검선과 남궁현천은 가까운 사이지. 검선이 남궁현천에게 주었구나."

"알게 뭐야. 이걸로 너를 죽이겠어!"

"바보 같은 년. 광혈심법 없이 그걸 익혀봤자 제대로 된 위력을 내지 못한다. 그거론 나를 죽일 수가……."

갑자기 당이환이 그에게 달려들었다. 그의 검에서 강력한 기운이 뿜어져 나왔다.

콰앙!

큰 폭발음과 함께 당이정의 몸이 한 걸음 밀려났다. 그러나 공격한 당이환은 반탄력을 견디지 못하고 다섯 걸음이나 물러섰다.

당이정이 의외라는 눈으로 당이환을 쳐다보았다.

"이거 재미있군. 네 녀석이 어떻게 파천검법을 아는 거지?"

당이환이 그를 노려보았다.

"이십 년 전에 배교의 잔당을 처리하면서 구했다."

"네놈 실력에 그걸 익힌 자를 죽인 건 아니겠지. 시체가 가진 걸 주웠겠지."

당이환이 그를 노려보며 질문했다.

"하나만 묻자. 화련이를 고가장에 시집보낸 거, 누구 생각이었지?"

당이정이 손을 휘저었다.

"당연히 나지."

"왜 그랬지?"

"그때만 해도 넌 쓸모가 없었으니까. 다른 명문세가에 데릴사위로 보내 버릴 생각이었지. 그깟 이름도 없는 방계와 결혼하게 놔두면 손해잖아."

"내가 그녀를 얼마나 사랑하는지 알면서 그런 짓을 했다는 거냐!"

"그년을 살려둔 것만 해도 크게 은혜를 베푼 거지. 아, 아니지. 그건 확실히 내 실수야.”

그가 서흑수를 노려보았다.

“그때 아이와 함께 죽였어야 했어. 그럼 저놈도 나타나지 않았을 텐데. 그때 독하게 손을 쓰지 못한 건 정말 내 평생 최고의 실수다. 어쨌든.”

그가 당이환을 보고 말했다.

“어차피 너도 광혈심법 없이는 제대로 된 위력을 낼 수 없어. 이 용갑 앞에서는 아무 소용이 없다. 그러니 이제 네놈이고 저년이고 모두 내 손에 죽어라.”

남궁진미와 당이환이 검을 들고 공력을 끌어올렸다. 당이정의 공격에 대비했다.

그때까지 생각에 잠겨 있던 서흑수가 그 순간 움직였다. 그의 검이 산을 무너뜨릴 기세로 당이정을 향해 날아갔다. 파산검법이 펼쳐졌다.

당이정은 배교의 무공을 익히지 않았다 뿐이지 검로에 대해서는 잘 알았다.

‘파산검법의 가장 큰 단점은 변화가 거의 없다는 것. 받아치지 않으면 돼.’

서흑수의 검이 당이정의 다리 쪽을 향해 날아갔다. 당이정이 보법을 밟았다. 그는 서흑수의 공격을 여유있게 피했다.

“크하하하! 그런 것은 내게 통하지 않아!”

서흑수의 검이 땅을 때렸다. 당이정의 뱀 이빨 암기에 맞아

죽은 자가 쓰러져 있던 곳이었다. 파산검에 맞은 땅이 뒤집어 졌다. 거대한 흙무더기가 솟아올랐다.

흙무더기 속에서 하얀 것 하나가 같이 떠올랐다. 서흑수의 입꼬리가 올라갔다. 그의 손이 그것을 잡아챘다.

서흑수는 즉시 뒤돌아섰다. 당이정을 향해 몸을 날렸다.

"죽인다!"

당이정은 보갑을 믿었다.

'바보 같은 놈. 의미없는 몸부림.'

그의 손에서 암기들이 뿌려졌다.

서흑수의 몸이 좌우로 움직였다. 대부분의 암기는 빗나갔 지만 몇 개가 그의 몸에 박혔다.

서흑수는 고통을 참았다. 한가하게 그런 것에 신경 쓸 여유 는 없었다. 그의 몸이 당이정에게 바짝 접근했다.

당이정은 피하지 않았다. 두 손에 독기운을 가득 끌어 모았 다.

'머리를 터뜨려 주마!'

서흑수는 방금 잡아챈 것을 손끝에 끼웠다. 당이정이 최초 에 던진 뱀 이빨이었다. 그 이후에 날려댄 뼛조각과는 모양 자체가 달랐다.

'기회는 한 번뿐!'

그는 손이 앞으로 뻗었다. 서흑수의 손끝에 끼운 뱀 이빨이 당이정의 용갑에 충돌했다. 구멍이 뚫렸다. 이빨은 깊이 들어

가지는 못했다. 뚫린 것은 뱀 이빨의 직경과 같은 작은 구멍이었다. 그래도 확실히 뚫렸다.

당이정의 눈이 커졌다.

"무슨 짓을?"

서흑수의 양 입꼬리가 귀끝까지 올랐다.

서흑수가 뱀 이빨을 꺾었다. 천년독각사의 뱀 이빨의 끝은 휘어져 있었다. 그 끝이 용갑의 안쪽에 박혔다.

서흑수가 손을 아래로 쭉 내렸다. 무엇이든 관통하는 날카로운 뱀 이빨이 용갑의 부드러운 안쪽을 그대로 베었다.

마치 옷을 벌리듯 자연스럽게 용갑이 쭉 갈라졌다. 당이정의 가슴 부분이 벌어졌다.

당이정은 무슨 상황이 벌어졌는지 이제야 깨달았다. 그의 손이 서흑수의 머리를 부수기 위해서 움직였다.

서흑수가 몇 배는 더 빨랐다. 뱀 이빨을 잡느라 오무려졌던 손이 쫙 펴졌다. 그 손바닥이 당이정의 가슴을 짚었다. 손바닥에서 강력한 내력이 폭풍처럼 뿜어졌다.

당이정의 가슴이 폭발했다.

"크아악!"

당이정이 비명을 지르며 뒤로 날아갔다. 서흑수는 날아가는 당이정을 쫓아갔다. 당이정은 거의 삼 장 가까이 날아가서야 땅바닥에 떨어졌다.

당이정의 가슴은 움푹 함몰되어 있었다. 서흑수는 당이정을 산 채로 잡고 싶었다.

"죽지 마!"

산 채로 잡아서 고소미의 위치를 찾고 싶었다. 하지만 그의 검은 용서없이 당이정의 가슴을 꿰뚫었다. 시간을 끌 여유가 없었다.

'만약 지존처럼 폭발한다면 여기 모인 사람들은 다 죽는다!'

당이정이 단말마의 비명을 질렀다.

"으아아악!"

당이정의 손에서 힘이 빠졌다. 서흑수는 그 손에서 패를 낚아챘다.

주변을 재빨리 확인했다. 날고 기는 고수들이 득시글거렸음에도 불구하고 생강시에게 밀리고 있었다.

서흑수가 패를 높이 들고 소리쳤다.

"공격 중지!"

생강시들이 즉시 그 명령에 반응했다. 무림인들을 일방적으로 때려잡던 생강시들이 공격을 멈추었다.

싸움이 끝났다. 사람들은 그 사실을 깨달았다.

뒤늦게 몇 명의 무림인이 생강시의 몸을 검으로 베며 소리쳤다.

"이 괴물! 죽어라!"

칼은 생강시들의 몸에 들어가지 않았다. 쇳소리만 요란했다. 하지만 서흑수는 생강시들이 그 공격을 막아내는 만큼 그녀들의 진원지기가 소모된다는 것을 안다.

서흑수가 고함을 질렀다.

"당신들도 공격을 멈춰!"

누군가가 항의했다.

"우리는 괴물들을 공격하는 것입니다! 왜 막으십니까?"

서흑수가 외쳤다.

"그녀들에게 무슨 죄가 있다고 공격합니까?"

"생강시잖습니까?"

"납치되어 생강시로 개조되고 강제로 공격하는 생체병기가 됐습니다. 그것이 그녀들의 잘못입니까?"

"하지만 이 괴물에게 내 친구가 죽었습니다!"

"칼에는 죄가 없습니다. 죄는 칼을 쥔 인간이 저지릅니다. 미워하려면 그 생강시가 아니라 배교, 그리고 여기 누워 있는 당이정을 미워하십시오!"

무사 하나가 검을 들어 생강시를 겨누었다.

"나는 그렇게 못하겠소!"

서흑수가 즉시 패를 높이 들고 외쳤다.

"누가 공격한다면 스스로를 보호해!"

생강시들의 움직임이 변했다. 즉시 반격을 취하려는 상태로 변했다.

생강시를 공격하려던 무사가 주춤거렸다. 그에겐 반격하는 생강시를 공격할 배짱이 없었다.

싸움이 멎었다.

서흑수는 상황을 완벽하게 정리한 후 당이정을 내려다보 았다.

당이정은 죽어가고 있었다. 가슴의 주요 기혈이 강력한 내 가장력에 맞아 파열되었다. 그곳에 검이 꽂혔다. 운기를 하려 고 해도 가슴 부위로 기가 전해지지 않았다.

칼에 관통당한 곳에서 피가 쿨럭쿨럭 뿜어져 나왔다. 마치 샘솟는 듯했다.

서흑수가 당이정에게 말했다.

"당이정, 소미 어디 있어?"

당이정의 얼굴에는 죽음의 그림자가 드리워져 있었다.

"커억. 켁. 그걸 말하면 살려주겠나?"

"너는 반드시 죽어. 여기서 죽어. 그건 협상 자체가 안 되 는 일이야. 포기하고 죽기 전에 좋은 일 한 번이라도 해. 소미 어디 있어?"

"그렇지. 살려줄 리 없지. 네가 살려주려고 해도 다른 자들 이 막겠지. 아니, 내 몸 상태가 이미 살아나기에는 글렀지."

"다 끝났어. 조금이라도 나은 지옥에 떨어지려면 대답해. 소미 어디 있어?"

당이정이 웃었다.

"크큭. 서흑수, 정말 다 끝났다고 생각하나?"

"물론."

"아니야. 아직 끝난 게 아니야. 기대해도 좋아. 너에겐 살
아 있는 것이 지옥이 될 거야. 크크. 컥. 컥. 커어억!"

당이정은 마지막까지 저주를 뿌리다가 죽었다.

서혹수가 죽은 당이정의 멱살을 잡았다. 목이 찢어져라 고
함을 질렀다.

"소미 어디 있어!"

시체는 대답을 할 수 없다. 서혹수는 허탈해졌다.

무림맹과 마교 수뇌부들이 단상에 올라왔다.

무림맹주 검왕 혁천세가 위로하듯 말했다.

"서혹수 준호법, 걱정 말게. 우리 무림맹이 전력을 기울여
서 그녀를 찾겠네."

마교 장로 한천양이 질세라 나섰다.

"우리 마교 역시 모든 역량을 동원해서 그녀를 찾겠다. 사
파까지 모조리 동원하겠어."

당이환은 당이정의 시체를 씁쓸한 얼굴로 바라보고 있었
다.

남궁진미가 서혹수를 위로했다.

"천하무림 전체가 그녀를 찾을 거예요. 반드시 찾아낼 테
니 걱정하지 마세요."

그녀는 진심으로 그러기를 바랐다.

'눈앞에 없으면 경쟁조차 할 수 없잖아. 서 공자는 그런 사
람이야. 차라리 찾아내는 것이 나아.'

서흑수가 슬픈 얼굴로 말했다.

"다른 방법이 없으니까……."

서흑수의 고개가 갑자기 획 돌아갔다. 그는 황금장의 정문 쪽을 노려보았다.

그곳으로 독제 당백결이 걸어 들어왔다. 그가 소리를 버럭 질렀다.

"내 아들이 어떻게 된 것이냐!"

사람들이 아우성을 쳤다.

"독제다!"

"천하제일공적 당이정의 애비다!"

"독제에게 책임을 물어야 한다!"

"당문이 책임져야 해!"

독제가 그들을 노려보며 소리를 질렀다.

"길을 비켜라! 비키지 않으면 모두 한 줌 혈수로 만들어 버리겠다!"

단상 아래에 있던 사람들은 모두 당백결보다 실력이 낮다. 그들에게는 당백결의 독을 막아낼 능력이 없었다.

사람들이 좌우로 쩍 갈라졌다. 서흑수와 당백결 사이에 길이 만들어졌다.

당백결이 그들을 보고 비웃었다.

"크하하하! 이렇게 나를 두려워하는 놈들이 우리 당문을 그토록 무시했느냐? 이렇게 나를 두려워하면서, 우리 당문에 대한 대접은 무엇이었냐? 기껏해야 오대세가 중 하나, 아니면 정사지간의 문파로 보았지. 위선자 놈들. 내 무림을 제패한 후 네놈들의 오만함을 벌하려 했다.”

그는 이미 당이정이 죽었음을 알고 있었다. 그가 서흑수를 노려보며 소리를 질렀다.

“서흑수! 네가 내 아들을 죽였느냐!”

서흑수는 이제 모든 상황을 깨달을 수 있었다.

“당백결! 모든 것을 알고 있었구나! 이 모든 음모는 바로 네가 만든 것이구나!”

당백결이 비통한 얼굴로 웃었다.

“크으하하하! 바로 나다. 내가 천년독각사를 잡았고, 내가 배교의 두 놈을 중독시켰다. 내가 발작지연제를 만들었다. 목숨 아까워하는 여섯을 내가 골라 직접 중독시켰다. 그들을 여섯 왕으로 만들었다. 지존이라는 애송이까지 여섯 왕을 모두 중독시켰다!”

“당이정의 짓이 아니었어! 네 짓이었어!”

“그 일이 있을 때 이정이는 겨우 서른 살. 너 같은 괴물이 아닌데 어떻게 그런 일을 모두 벌인단 말이냐!”

서흑수의 눈이 이글이글 타올랐다.

‘당이정이 나를 속였다. 모두를 속였다.’

“당백결, 이제 너도 죽인다!”

“서흑수, 그게 가능하다고 생각하느냐?”

“생강시는 모두 내가 통제하고 있다. 너에게는 더 이상 힘이 없다. 당문 자체의 힘으론 무림을 상대할 수 없어!”

“크하하! 서흑수, 내 아들이 죽었다. 내 아들이 죽었어. 둘째는 천년독각사를 잡다 죽고, 첫째는 너를 잡다 죽었다. 내 아들은 모두 죽었다!”

한쪽에서 비통한 모습으로 당백결을 보고 있던 당이환의 얼굴에 경련이 일어났다.

“아버지, 끝까지 나를 인정하지 않으십니까?”

“너를 인정해? 너를 왜 인정해? 너는 기녀와의 하룻밤으로 태어난 놈. 내 피를 받았으니 자질이 뛰어날 줄 알고 거둔 것뿐이다. 가장 충성스러운 무사가 될 테니까. 너는 단지 그뿐이야! 그러니까 너는 내 아들이 아니야!”

당이환이 주먹을 쥐었다. 눈에서는 눈물이 흘렀다.

“아버지, 정녕 끝까지…….”

서흑수가 당백결에게 천천히 다가갔다.

“당백결, 죽기 전에 대답해라. 소미 어디 있어?”

“크하하. 고소미? 보여주마!”

당백결이 외쳤다.

“들어와라!”

당백결의 뒤쪽에서 젊은 여자가 나타났다. 고소미였다.

서흑수가 반가운 얼굴로 외쳤다.

“소미야!”

사람들이 모두 그녀를 쳐다보았다. 이제 모두 서흑수가 찾아 헤매는 고소미가 누군지 확인할 수 있었다.

"저 여자가 고소미……."

"대단한 미모로군."

"하지만 미모만 따진다면 매화 남궁진미도 달리진 않는데……."

남궁진미의 눈이 이글거렸다.

'저 여자가 고소미. 좋아. 해볼 만해. 나는 지지 않아. 저 여자는 또 다른 도전의 대상일 뿐이야!'

서문지석의 목소리가 살짝 떨렸다.

"저 아이, 눈빛이 흐리군."

서흑수도 그것을 보았다. 목이 찢어져라 소리를 질렀다.

"당백결 이 개새끼야아아!"

第十章

당백결이 서흑수를 노려보았다.

"서흑수, 내게 이 아이가 있는 한 무림은 끝장이다."

"내가 그렇게 놔둘 줄 알아?"

혁천세도 한마디 했다.

"당백결, 무림이 그렇게 만만하게 보였나? 겨우 지금 생강시 혼자서 무림을 상대해? 당장 항복해라!"

당백결이 크게 웃었다.

"크하하하! 겨우? 겨우라고 했나?"

당백결이 고소미를 가리키며 외쳤다.

"모두 경배하라. 사상 최초로 천급 생강시가 탄생했다. 단

한 번도 만들어진 적이 없던 천급 생강시다. 그 위력은 사상 최강. 그 누구도 상대할 수 없다. 하지만 내 아들은 전부 죽었다. 이젠 무림을 지배할 필요가 없어. 그렇다면."

그가 선언했다.

"무림 자체를 없애주마."

서흑수의 몸이 사라졌다. 흐릿한 잔상이 당백결을 향해 날아갔다.

고소미의 몸도 사라졌다. 그녀가 당백결의 앞을 막아섰다.

서흑수가 급격히 정지했다. 감히 검으로 베지도 못했다.

그는 천기연이 죽었을 때를 생각했다.

'기연이의 몸에는 약점이 있었어. 그걸 모르고 공격했다가 그 불쌍한 아이를 죽였어. 소미도 그러면 어떻게 하지? 내 손으로 소미를 죽이면 어떻게 하지?'

서흑수의 망설임을 본 당백결이 크게 웃었다.

"으하하하! 신비협객 왕삼. 무림최강이라는 네놈도 천급 생강시의 상대가 되지 못한다. 그런 약해 빠진 마음으로는 첫 번째 제물이 될 뿐이지!"

그 누구도 고소미를 공격하지 못했다. 무림인들은 조금 전에 상대해 본 인급 생강시의 위력에도 치를 떨고 있었다.

"내 칼은 인급의 몸에 생채기 하나 내지 못했다."

"지급도 아니고 천급이라니. 덤볐다간 뼈도 추리지 못해."

"하지만 저 생강시를 베고 베고 또 베면 언젠가는 진원지기를 모두 소모하고 죽어."

"누가 먼저 베겠나? 자네가?"

"난 벌써 죽고 싶지 않다네."

"더구나 천급 생강시의 진원지기 양은 아주 많을 거야. 어쩌면 우리가 다 죽어도 떨어지지 않을지 몰라."

당백결이 그 소리를 듣고 웃었다.

"궁금하느냐? 천급 생강시의 진원지기는 바다처럼 깊고 많다. 네놈들 따위는 몇천, 몇만 놈을 죽여도 마르지 않아!"

서흑수는 초조했다.

'방법이 없어. 방법을 찾아야 해. 시간을 끌면서 방법을 찾아야 해.'

"당백결, 소미가 구음지체였다는 말이냐?"

"크흐흐, 하늘이 나를 도운 것이지."

"하늘은 언제나 나를 미워하지. 네놈은 왜 소미가 구음지체인 것을 몰랐지? 너희들은 소미를 지급이라고 판단했다."

"바보 같은 의원 놈들. 그놈들이 언제 구음지체를 진단해 보았겠느냐? 구음지체는 전설의 체질. 그걸 진맥해 낼 수 있는 놈은 없다. 칠음지체만 돼도 제대로 구분해 내지 못하지. 더구나."

"더구나?"

"이 아이는 백년하수오를 먹었더군. 그것의 음기가 진맥에 혼란을 일으켰다. 그 때문에 더 알아채지 못했다. 의원 놈들이 이 아이가 구음지체인 것을 알아내기만 했어도 내 아들은 여기 오지 않았다. 죽지 않아도 됐단 말이다!"

서흑수의 얼굴이 일그러졌다.

'소미는 완전하지 않을 거야. 그게 육체에 약점이 있는 거라면 상황은 최악. 소미가 죽고 말아. 소미의 상태는 어떻지?

"당백결, 지존은 죽었다. 그놈은 죽기 전에 분명히 소미가 멀쩡하다고 했다. 그런데 어떻게 소미가 저렇게 변할 수 있지?"

당백결이 크게 웃었다.

"크하하. 배교 놈들이 가진 모든 비급은 나도 알고 있다. 지존이라는 애송이가 아는 것을 내가 모를 리 있느냐? 적풍을 죽이고 이년을 빼앗았다. 지급이 될 거라고 생각하고 대법을 시행했더니 천급 생강시가 나오더군. 하늘이 나를 도운 것이지."

"망할 놈의 하늘."

"서흑수, 넌 이제 죽는다. 천급 생강시는 완벽하다. 약점 따위는 없어. 너희 무림인들에게는 아무런 기회가 없단 말이다. 그러니 모두 절망해라. 절망하고 죽음을 기다려라!"

서흑수는 안심했다.

'소미는 죽지 않아.'

동시에 좌절했다.

'소미를 구할 방법이 없어. 단 하나밖에는.'

서흑수가 당백결의 손에 들린 패를 노려보았다.

‘저것을 빼앗아야 해. 어떻게든 빼앗아야 해. 하지만 소미의 반응 속도는 너무 빨라. 소미를 다치게 하기도 싫어. 그럼 도대체 어떻게 해야 하지? 어떻게?’

당백결이 패를 들며 말했다.

“서흑수, 이제 네가 죽을 수밖에 없는 상황임을 알겠지? 그리고 여기 있는 모든 놈들. 내 아들이 죽는 것을 구경만 한 네 놈들도 모두 죽여주마. 그 후에 모든 무림인을 죽여주마. 지금부터 시작이다. 으하하하!”

무림인들이 침을 꿀꺽 삼켰다. 모두 당백결의 손에 들린 패만 쳐다보았다. 대부분은 뒤로 주춤주춤 물러서고 있었다.

서흑수가 이를 악물었다.

‘모두 미안.’

서흑수는 품에 챙겨둔 패를 높이 들었다. 장원이 떠나가라 소리를 질렀다.

“소미를, 저 여자를 막아! 싸우려 들지 마! 팔다리를 잡고 움직이지 못하게 해!”

생강시 오십여 명이 동시에 그 자리에서 사라졌다. 그녀들은 고소미에게 일제히 달려들었다.

그녀들이 움직이는 속도는 정말 빨랐다. 당백결의 입보다 빨랐다.

깜짝 놀란 당백결이 급히 패를 들며 말했다.

"서흑수, 이런 얄은 수를……."

서흑수가 어느새 당백결의 코앞까지 돌격했다.

'너는 딴소리할 시간에 명령을 내렸어야 해. 그러지 못한 이상 너는 끝났어.'

고소미는 어느새 다른 생강시들에게 뒤덮여 있었다. 서흑수는 그 틈을 노리고 당백결을 공격했다.

서흑수의 검이 당백결의 목을 노렸다. 잠시의 기회도 주기 싫었다. 찰나의 여유를 부렸다가 일을 망치기 싫었다. 온몸에서 살기가 폭발하듯 일어났다. 유형화된 살기가 사람들의 눈에 보였다.

당백결은 독제라고 불리던 고수다. 어떤 고수가 공격한다고 하더라도 단 한 수에 당하지는 않는다. 오히려 즉시 반격하고 할 말을 다 할 수 있는 자다.

하지만 서흑수의 공격은 너무 매섭고 강했다. 당백결은 몸을 뒤로 빼야만 했다.

그와 동시에 그의 손이 움직였다. 초고속으로 움직인 손은 암기를 한 움큼 쥐고 움직였다. 한 손으로 만천화우를 펼치려고 했다.

하지만 당백결은 너무 흥분했고, 너무 당황했으며, 잘못된 선택까지 했다. 만천화우는 수많은 암기를 날리는 수법이다. 준비동작이 다른 수법보다 조금 더 많았다.

살기에 물든 서흑수의 검이 그런 당백결의 손보다 더 빨리 움직였다. 그의 칼이 암기를 쥔 손목을 베었다.

당백결이 즉시 공격을 취소하고 손을 뒤로 빼돌렸다. 한발 늦었다. 그의 손목에서 피가 튀었다.

"크악!"

당백결은 다시 기회를 놓쳤다. 그는 비명이 아니라 명령을 내렸어야 했다.

서혹수의 검이 다시 움직였다. 당백결의 패를 든 손목을 노렸다.

그때, 고소미를 덮었던 생강시 오십 명이 사방으로 날아갔다. 마치 화산이 폭발하는 듯했다.

고소미가 움직였다. 공간을 건너뛰었다. 당백결의 앞을 가로막으며 서혹수의 검을 튕겨냈다.

유형화될 정도로 짙은 살기에 뒤덮여 있던 서혹수의 검이 단숨에 반 토막이 났다. 서혹수는 그 충격에 한 걸음 물러섰다.

"소미야!"

당백결이 패를 들며 소리를 질렀다.

"지존께서 내리신 명령이다. 모든 인간을 죽……."

서혹수는 그대로 돌격했다. 그 명령이 떨어지고 나면 되돌릴 수 없다는 것을 알았다.

'내가 죽더라도 너를 잃지는 않아!'

그의 반 토막 난 검이 당백결의 목을 노렸다. 고소미의 하얗고 작은 손이 움직이는 것이 보였다. 몸을 그대로 들이밀었다. 가슴으로 그 손을 받았다.

당백결은 웃고 있었다. 서흑수의 죽음을 확신하는 웃음이
었다.

고소미의 손이 서흑수의 가슴을 관통했다.

서흑수의 검이 당백결의 목을 관통했다.

목 한가운데 그의 검이 깊게 박혔다. 손잡이까지 확실히 틀
어박혔다.

당백결의 얼굴에 믿어지지 않는다는 표정이 가득했다. 그
가 비틀거리며 물러섰다. 손에 패가 있었지만 목소리가 나오
지 않았다.

서흑수는 자신의 가슴을 보았다. 그곳에 고소미의 손이 있
었다.

고개를 들어보았다. 고소미의 눈에서 눈물이 흐르고 있었
다.

서흑수가 작은 목소리로 불렀다.

"소미야."

고소미는 대답하지 않았다. 그녀의 눈빛은 여전히 흐릿했
다. 그 흐린 눈에서 눈물이 끊임없이 흘러내렸다.

서흑수가 속삭였다.

"울지 마."

남궁진미가 비명을 질렀다.

"꺄아아악!"

모든 사람이 똑똑히 보았다. 고소미의 손은 서흑수의 가슴을 관통했다. 손끝이 등에까지 빠져나와 있었다.

서흑수가 고소미의 손을 조용히 빼냈다. 그의 가슴에서 피가 솟구쳤다. 즉사해도 이상하지 않을 중상이었다.

서흑수는 피에 젖은 손으로 고소미의 얼굴을 만지려고 했다. 그러나 자신의 손에 묻은 피를 본 후 그러지 못했다.

그가 작은 목소리로 말했다.

"육체에 갇혀 있어서 괴롭지? 구해줄게. 내가 구해줄게."

서흑수가 당백결에게 걸어갔다. 누가 더 중상이라고 할 수 없을 정도였다.

당백결의 눈이 크게 떠졌다. 그는 서흑수의 가슴을 보고 믿을 수 없다는 듯한 표정을 지었다.

서흑수의 입꼬리는 올라가지 않았다. 그의 얼굴은 슬픔으로 가득했다. 모든 살기가 사라졌다.

"소미가 심장을 피해서 찔렀어. 나를 살리기 위해서 심장을 피했어."

서흑수가 당백결의 코앞에 가서 말했다.

"당백결, 넌 실패했어."

그 소리에 당백결의 기혈이 흐트러졌다. 당백결은 더 이상 버티지 못했다. 꺽꺽거리다 숨이 끊어졌다.

서흑수가 쓰러지는 당백결의 손에서 패를 주웠다. 소미에게 명령을 내릴 수 있는 패였다.

남궁진미가 뒤늦게 서흑수에게 달려왔다. 고소미가 그녀의 앞을 막았다. 남궁진미가 악을 썼다.

"저 사람 살려야 한단 말이야!"

고소미는 미동도 하지 않았다. 눈에서는 여전히 눈물이 흐르고 있었지만 그녀의 몸은 정해진 규칙대로 움직였다.

서흑수가 패를 들었다. 목소리가 잘 나오지 않았다. 속삭였다.

"소미야, 괜찮아. 보내줘."

남궁진미가 고소미의 옆을 돌아 서흑수에게 달려들었다. 그녀는 즉시 서흑수의 가슴 혈도를 연달아 짚었다. 그의 가슴에서 출혈이 눈에 띄게 줄어들었다.

무림인들이 우르르 다가왔다. 그러나 생강시가 무서워 가까이 오지는 못했다.

지금까지 서흑수에게 접근할 수 있도록 허락받은 것은 남궁진미뿐이다. 그녀 외에는 아무도 접근할 수 없었다. 고소미가 허락하지 않았다.

무림맹과 마교의 수뇌들이 앞 다투어 외쳤다.

"내게 좋은 약이 있다."

"본 문의 청령환을 써라!"

"환혼단이 최고다!"

남궁진미는 그들의 제안을 듣지 않았다. 그녀는 품에서 작은 상자를 꺼냈다. 그것을 열자 환약이 하나 나왔다. 청량한 향기를 풍기는 환약이었다.

그녀가 눈물을 글썽거리며 말했다.

"이거 먹으면 괜찮아질 거예요."

소림사 출신 무림맹 장로가 깜짝 놀라 자신의 품을 뒤지다 외쳤다.

"대환단! 본사의 보물이 왜 네게!"

서흑수가 흐리게 웃었다.

"역시 복면미녀."

"그래요. 나 복면미녀예요. 이건 원래 우리 둘째 오빠 주려던 거예요. 여기 소림사 사람들이 많이 모여 있을 때 겨우 훔친 거예요. 그러니까 닥치고 어서 대환단이나 먹어욧!"

서흑수는 거절하지 않았다. 하지만 이제 그걸 받아먹을 힘이 없었다.

남궁진미는 망설이지 않았다. 즉시 대환단을 입에 넣고 깨물었다. 이빨로 잘게 쪼갠 후 서흑수에게 입맞춤을 했다.

그녀의 첫 입맞춤은 씁쓰레했다. 대환단의 쓴맛이 입맞춤의 달콤함을 느끼지 못하게 했다.

잘게 부서진 대환단 조각이 서흑수에게 넘어갔다. 서흑수는 그것을 받아먹은 후 눈을 감았다.

남궁진미가 초조하게 기다렸다. 그대로 시간이 한없이 흘렀다.

마침내 서혹수가 눈을 떴다. 가슴의 구멍은 그대로였지만 적어도 출혈은 완전히 멎었다.

"좋은 약이군."

남궁진미의 얼굴이 환해졌다.

"살았어요! 서 공자가 살았어요!"

그녀가 서혹수의 손을 잡으려고 했다. 서혹수가 힘겹게 손을 뒤로 뺐다.

남궁진미가 그의 태도를 오해하고 사과했다.

"아, 미안해요. 패를 빼앗으려던 건 아네요."

서혹수가 고개를 살짝 가로저었다.

"패에 독이 있어요."

남궁진미의 얼굴이 창백해졌다.

"도, 독이요?"

"천년독각사의 독정. 여섯 왕을 중독시켰던 독정. 그것이 패에 감춰져 있었어요. 내가 패를 잡았을 때 활성화되었어요. 나는 지금 독정에 중독된 상태예요."

"어서 그 패를 놓아요!"

"당문의 복수는 역시 무섭네요. 독제는 역시 독제네요. 모든 것이 실패했을 경우를 대비해서 이런 안배를 하다니. 패를 쥔 자는 당연히 그를 죽인 사람. 아마 마지막 복수였겠죠."

남궁진미의 눈에서 눈물이 흘렀다.

"패를 놓으라니까요!"

서흑수가 웃었다.

"여기는 이 패를, 아니, 소미를 원하는 사람이 너무 많아요. 이걸 놓으면 소미를 빼앗겨요."

"소미, 소미, 소미. 소미밖에 없어요?"

"미안해요, 진미 아가씨. 내 품을 뒤져 봐주세요."

남궁진미가 급히 서흑수의 멀쩡한 쪽 가슴을 더듬었다. 창피하고 자시고가 없었다. 그녀는 급했다.

작은 함 하나가 그녀의 손에 잡혔다. 그녀가 그것을 열었다. 조그마한 약이 하나 들어 있었다.

서흑수가 말했다.

"발작지연제예요. 지존을 죽이고 얻었죠. 그걸 주세요."

남궁진미가 아까처럼 입으로 약을 먹여주려고 했다. 서흑수가 말렸다.

"무슨 성분이 들어 있는지 몰라요. 그냥 줘요. 대환단 덕분에 이제 약 정도는 먹을 수 있으니까."

남궁진미가 조심스럽게 약을 먹여주었다. 그것을 받아먹은 서흑수가 다시 눈을 감았다.

약간의 시간이 흐른 후, 그가 비틀거리며 몸을 일으켰다. 남궁진미가 그를 부축했다.

"서 공자, 천년독각사의 독각이 있으면 그 독을 완전히 해독할 수 있잖아요. 그렇잖아요?"

서흑수가 힘없이 웃었다.

"마지막 안배가 천년독각사의 독정으로 중독시키는 거였어요. 그 말은 당백결의 모든 수단이 끝났다는 거지요. 이건 최후의 수법이죠. 그 최후의 수법을 무위로 돌릴 걸 남겨둘 리가 없어요."

남궁진미가 소리쳤다.

"너무해요! 너무해요!"

서흑수가 비틀거리며 고소미에게 다가갔다. 그가 고소미를 안았다.

"소미야, 내가 구해준다고 했지? 미안. 조금 늦었어."

남궁진미가 그의 등을 보며 눈물을 흘렸다.

'내가 먼저 만났으면, 내가 먼저 만났으면 지지 않았을 거야. 내가 먼저 만났으면 마음을 얻었을 거야. 나도 조금 늦은 것뿐이야. 하지만 이제 이길 자신이 없어.'

서흑수의 사부인 검선 서문지석이 다가왔다.

"정의야."

서흑수가 그를 보고 웃었다.

"사부님께 묻고 싶은 것이 많았는데, 이제 더 궁금한 게 없네요. 싸우다 보니 무슨 일이 있었는지 다 알아버렸어요."

"미안하구나."

"사부님 잘못이 아니에요. 진혈심법을 완성하지 못한 내 잘못이지요."

서문지석은 더 이상 말을 하지 못했다.

이번에는 혁천세가 다가왔다.

"서흑수 준호법, 이제 어떻게 할 생각인가?"

서흑수가 주변을 둘러보았다. 수많은 무림인들이 그만 바라보고 있었다. 그리고 고소미에게 날아갔던 생강시 오십 명도 보였다.

서흑수가 생강시 오십 명을 조종할 수 있는 패를 들었다.

"스스로를 보호해. 다른 사람을 공격하라는 명령은 무시해. 그리고 앞으로는."

그가 남궁진미를 가리켰다.

"저 아가씨의 말만 들어."

그가 남궁진미를 보고 웃었다.

"해줄 수 있죠?"

그녀가 눈물을 훔쳤다.

"날 어떻게 믿고 맡겨요? 내가 무림을 점령하려고 들면요?"

"패가 없이는 내릴 수 있는 명령에 한계가 있어요. 지존이 굳이 패를 가지고 다닌 걸 보면 알 수 있어요. 그리고."

그가 남궁진미를 향해 웃어주었다.

"진미 아가씨는 그럴 사람이 아니잖아요."

서흑수가 패를 손에 쥐었다. 공력을 운기했다. 대부분의 내공은 가슴의 상처 때문에 제대로 통제되지 않았다. 그래도 손에 약간의 내공이 모였다.

‘이 정도면 충분해.’

그가 손을 움켜쥐었다. 패가 단숨에 박살이 났다.

사람들에게서 탄식이 터져 나왔다.

“저 아까운 것을…….”

서흑수가 서문지석에게 말했다.

“소미를 데리고 갈게요.”

“하지만 그녀는 이미…….”

서흑수가 고개를 가로저었다.

“소미를 이렇게 만든 건 배교의 대법이죠. 정상으로 돌릴 수 있는 방법은 오직 하나밖에 없어요. 지존이 분명히 말했어요. 광혈심법을 대성하면 생강시가 된 사람들을 되돌릴 수 있다고 했어요.”

서문지석이 질문했다.

“진혈심법을 대성하려는 생각이냐?”

“근본은 같은 심법이잖아요. 진혈심법을 대성하면 소미를 되돌릴 수 있어요.”

“하지만 지금까지 광혈심법을 대성한 사람은 그것을 만든 자밖에 없다고 알려져 있다. 그나마도 전해지는 이야기지. 나머지는 모두 실패했다. 대부분은 중간에 주화입마에 빠졌다. 마지막 단계를 도전한 자는 살기에 완전히 지배되었다. 그것이 이백 년 전에, 그리고 삼백 년 전에 나타났던 광마의 정체란다. 네 상태를 보니 진혈심법의 마지막 단계에도 마찬가지

위험이 있겠구나."

서흑수가 웃었다.

"그래도 해야지요. 소미를 살려야지요."

"그러다가 네가 진짜 광마가 된다."

"소미를 사람들이 접근할 수 없는 곳으로 데려가겠어요."

서문지석의 얼굴이 딱딱하게 굳었다.

"무슨 뜻이냐?"

서흑수의 웃음이 슬퍼졌다.

"내가 만약 실패해서 광마가 되면 소미 손에 죽겠어요. 그렇게 명령을 내려두겠어요. 내가 실패하면 소미도, 광마도 다시는 세상에 나오지 않아요."

서문지석이 호통을 쳤다.

"너무 위험하다!"

서흑수가 쓸쓸한 표정으로 말했다.

"사부님, 저는 독정에 중독됐어요. 제 수명은 이제 일 년 남았어요. 해약은 없어요. 하지만 진혈심법을 대성한다면 독정을 극복할지 몰라요. 일 년 안에 할 수 있는 일은 진혈심법을 대성하는 것밖에 없어요. 그것이 소미를 살리고 나도 사는 길이에요."

"이, 이 녀석……."

서문지석은 더 이상 그를 말릴 수 없었다.

"하아. 모든 것은 내가 쌓은 업보로다."

　서흑수는 결국 소미 한 명만을 데리고 떠났다. 아무도 그의 뒤를 쫓아가지 못했다. 감히 서흑수의 뒤를 쫓을 꿈도 꾸지 못했다.

　그가 떠난 후, 혁천세가 서문지석에게 질문했다.
　"어르신, 제자인 서흑수 준호법의 원래 이름이 꽤 흔한 거라고 했지요?"
　"그랬지."
　"그 이름이 혹시……."
　서문지석이 쓸쓸한 표정으로 말했다.
　"왕삼이지."

그 후의 이야기

따뜻한 햇볕이 내리쬐는 어느 날 오후에 무림맹주 검왕 혁천세가 차를 마시다 말을 꺼냈다.

"서흑수, 아니, 왕삼이 떠난 지 벌써 삼 년이 흘렀군."

군사 제갈관우가 찻잔을 든 채 대답했다.

"시간이 참 빠릅니다. 무림이 사라질 위기가 닥쳤던 날이 바로 엊그제 같은데……."

"왕삼은 살아 있을까?"

"독정에 중독당한 그가 살아남으려면 일 년 안에 진혈심법을 대성하는 것밖에 방법이 없습니다. 그건 검선 어르신도 인정하신 일입니다. 만약 그가 진혈심법을 대성했다면 최소한

이 년 전에 나타났겠지요. 하지만 그는 나타나지 않았습니다.”

“역시 죽었겠지?”

“점창 장문인 유본기는 당문이 온 역량을 동원해 치료해도 이 년 동안 가사 상태에 빠져 있습니다. 유본기가 아직 죽지 않은 것만 해도 기적입니다. 그런 도움을 받지 못하는 왕삼이 살아 있을 수는 없습니다.”

“그래도 미련이 남는군. 혹시 살아 있지 않을까 하는…….”

“살아남았으면서도 나타나지 않는다면 단 한 가지밖에 생각할 수 없습니다. 진정한 광마가 된 것입니다.”

“하지만 고소미와 함께 있잖아.”

“그렇습니다. 왕삼은 사상최강의 생체병기 고소미를 데려 갔습니다. 자신이 광마가 된다면 고소미의 손에 죽을 거라고 말했습니다. 그 말대로 됐을지 모릅니다.”

“군사, 어쩌면 고소미가 왕삼에게 당했을지도 모르지.”

“그것도 불가능합니다. 당문에서 확보한 자료를 분석한 결과 천급 생강시를 이길 수 있는 인간은 없습니다. 왕삼은 죽었습니다. 확실합니다. 고소미 역시 왕삼을 죽인 후 죽었겠지요. 아무도 돌봐주지 못했을 테니까요. 이 년 동안 굶으면 아무리 생강시라고 해도 죽습니다.”

혁천세가 아쉬운 듯이 말했다.

“그래, 인정해야겠지. 왕삼, 그는 정말 이 세상에 큰 것을 주고 갔어.”

“죽었지만 천하제일협객이라는 명예를 얻었습니다.”

혁천세는 정자 바깥을 돌아보았다. 모든 것이 평화로웠다.

“그가 과연 명예를 원했을까?”

*　　　*　　　*

팽도천이 어깨를 으쓱거리며 무림맹에 나타났다.

사람들이 그를 발견하고 웅성거렸다.

“팽도천이다!”

“구룡이화 중 가장 패도적이라는 패룡 팽도천이다!”

“천하제일협객 왕삼 서흑수 대협과 함께 했다는 그 팽도천이다!”

“벌써 무림맹에 돌아왔군.”

그런 팽도천의 앞을 막아서는 사람이 몇 있었다. 젊은 아가씨들이었다.

팽도천이 크게 웃었다.

“으하하하! 소저들께서는 본인에게 무슨 볼일이시오?”

아가씨들이 방긋 웃으며 말을 걸었다.

“팽 대협, 실제로 보니 정말 남자다우시네요.”

“우리 같이 차나 마시면서 팽 대협의 협객행에 대해서 들으면 안 될까요?”

팽도천이 호탕하게 웃으며 대답했다.

"아하하하! 얼마든지요. 그럼 저쪽으로 가시겠습니까? 제가 잘 아는 찻집이 하나 있습니다."

사람들이 뒤에서 그 모습을 보고 고개를 잘래잘래 저었다.

"하지만 여자에게 너무 약해."

"그래도 인기는 좋잖은가?"

"그럼 뭐 하나? 정작 남궁진미는 그에게 관심도 없는걸."

"하긴, 그가 남궁진미를 쫓아다닌다는 소리는 나도 들었네."

"저렇게 아무 여자가 불러도 좋아서 쫓아가면서 어떻게 다른 여자의 마음을 얻겠다는 건지 원. 더구나 상대는 다른 사람도 아니고 금검 남궁진미인데."

*　　　*　　　*

제갈무한이 인상을 잔뜩 쓰며 무림맹을 걸어갔다. 그의 곁을 무사 몇 명이 따라갔다.

사람들이 그 모습을 보고 수군거렸다.

"제갈무한이다."

"구룡이화 중 가장 머리가 좋다는 지룡 제갈무한이다."

"천하제일협객 왕삼 서흑수 대협과 함께 했다는 그 제갈무한이다!"

"그런데 지금 뭘 하는 거지?"

"자네 몰랐나? 무림맹 정보 조직인 비각에서 꽤 중요한 자리를 맡고 있잖은가?"

"아, 들어본 것도 같으이. 역시 제갈세가 사람은 다르군. 저 젊은 나이에 들어가기 힘들다는 비각에서도 높은 자리에 오르다니."

"다 서흑수 대협과 함께 싸웠으니 가능했던 거지. 한마디로 말해서 운 좋게 서흑수 대협 곁에 있었으니 공을 세울 기회가 온 거지."

"어허. 이 친구. 천하제일협객의 본명은 서흑수가 아니라 왕삼이라네, 왕삼. 왕삼 대협이 옳지."

"이 사람아! 왕삼이라고 하면 멋이 없잖은가, 멋이? 역시 무림맹에서는 서흑수 대협이라고 불러야 맞지."

"이 친구가 정말. 감히 왕삼 대협을 가명으로 불러?"

"어쭈? 잘하면 치겠는데? 그분께서 천하를 구하실 때 왕삼을 가명처럼 쓰시고 서흑수를 본명처럼 사용하셨네. 그럼 당연히 서흑수 대협이지. 왕삼 대협은 마교 놈들이나 부르는 이름이고."

"뭐가 어쩌고 어째? 마교? 그럼 내가 마교라는 소리냐? 에라이!"

"이 자식이 감히 나를 쳐! 오냐, 오늘 너 죽고 나 살자!"

*   *   *

남궁진미가 검을 휘둘렀다. 그녀의 검에서 금빛 검기가 쭉쭉 뻗어나갔다.

한참을 수련한 그녀가 검을 조용히 거두고 땀을 닦았다.

남궁세가의 가주 남궁현천이 박수를 쳤다.

"이제 네 뇌전검법이 경지에 올랐구나."

남궁진미가 고개를 가로저었다.

"아직 멀었어요. 서 공자가 펼칠 때는 정말 벼락이 떨어지는 듯한 소리가 났어요. 제 것은 아직 부족해요."

"하지만 서 공자는 진혈심법을 익혔다. 진혈심법이나 광혈심법을 익히지 않은 네가 그 검법의 진짜 힘을 끌어내기는 어렵다."

"어렵다고 포기하면 남궁세가의 무인이 아니지요."

"녀석, 고집은. 나는 네가 너무 그 무공에 집중하는 게 아닌가 걱정이구나."

"가문의 무공도 틈틈이 익히고 있어요. 둘째 오빠와 가끔 대련도 하는걸요?"

"가문의 무공이 주가 돼야지 틈틈이 익히면 어떻게 하느냐? 우리 가문의 무공이 배교의 것보다 약한 것도 아닌데."

남궁진미가 검을 꼭 쥐었다.

"서 공자가 돌아왔을 때 뇌전검법만 가지고 겨뤄보고 싶어요. 그러니까 더 익혀야 해요."

남궁현천은 미안해졌다.

‘이 아이가 그에게 끌리게 된 건 혹시 내가 보냈던 전서 때문일까? 그를 손녀사위로 만들려고 한 게 늙은이의 욕심이었나 보군.’

미안한 마음을 감추기 위해서 말했다.

“그는 죽었다. 인정해라.”

남궁진미가 고개를 격렬히 흔들었다. 묶어두었던 그녀의 머리가 흘러내렸다.

“그는 죽지 않아요!”

＊　　　＊　　　＊

당문 문주 당이환이 의자에 앉아서 사람들의 보고를 듣다 말고 말했다.

“결국 유본기를 깨어나게 할 방법을 찾지 못했다는 소리군. 우리 당문의 해독 능력이 이것밖에 되지 않는다니. 안타깝다, 안타까워.”

보고하던 사람들이 무안한 표정으로 입을 다물었다.

“됐소. 다들 물러가시오.”

사람들이 고개 숙여 인사하고 물러났다.

당이환의 사촌동생 당이암이 홀로 남아 있다가 그에게 다가왔다.

“형님, 왜 이렇게 유본기를 해독하는 것에 집착하십니까?

당문 문주가 되셨으면 격에 맞게 행동하셔야지요. 그런 문제
는 다른 사람들에게 맡겨두십시오."

"유본기에게 집착하는 게 아니야."

"예? 그럼 왜……."

"독정에 집착하는 거지."

당이암은 생각나는 것이 있었다.

"혹시 서흑수 때문이십니까?"

"독정을 해독할 방법을 찾으면 그걸 핑계로 흑수 녀석이나
찾으러 다녀볼까 하는 거지. 당문 문주의 자리는 다 좋은데
좀 지루해."

"형수님께서 가만히 있으시겠습니까?"

"화련이가 왜?"

"아직 신혼 아니십니까? 더구나 형수님 배가 산만 합니다.
형님이 여행 간다는데 좋아하실 리가 없습니다. 형님은 형수
님 말이라면 꼼짝 못하시잖습니까?"

"반대하지는 않을 거야. 흑수를 찾게 되면 내 딸 소미도 찾
게 되는 거니까."

당이암이 머리를 긁적거렸다.

"아, 그게 또 그렇군요."

산들바람이 대청 문을 통해 들어와 시원하게 그의 몸을 휘
감았다.

"이맘때였는데."

"뭐가 말이십니까?"

"고가장에서 흑수 녀석을 만난 거. 이맘때였는데."

당이암도 문밖을 돌아보았다. 정원에 푸른 나뭇잎들이 보였다.

"그러네요. 정말 이맘때였네요."

그들은 그대로 추억에 잠겼다.

당이환이 바람을 즐기다 조용히 말했다.

"이암아, 나는 아직도 잘 모르겠는 게 있는데……."

"뭐가 궁금하십니까? 아이들을 풀어서 알아오겠습니다."

"아버지가 말이야."

"전대 문주님이 왜……."

"황금장에서 돌아가실 때 내가 아들인 걸 부정하셨지."

"그러셨죠. 그래서 형님이 당문의 문주가 되실 수 있었잖습니까?"

"그랬지. 무림을 전멸시킬 뻔한 아버지의 죄는 물려받지 않았어. 대신에 흑수 녀석과 함께 무림을 구한 공은 인정받았지."

"덕분에 형님이 당문의 문주가 되셨습니다. 형님이 문주가 되시지 않았다면 우리 당문은 멸문당했을 겁니다."

"그런데 아버지는 정말 내가 아들인 걸 부정하신 걸까?"

"예?"

"어쩌면, 패배할 것을 알고 당문을 살리기 위한 마지막 계책을 쓰신 게 아닐까?"

"설… 마요……."

"나를 부정하신 건 오히려 아버지의 아들이 당문 문주가 되게 하기 위한 계책이 아니었을까? 난 결국 인정받은 걸지도 모르지. 난 그렇게 믿고 싶다."

당이암이 입을 다물었다.

"듣고 보니 그런 것도 같네요."

당이환이 중얼거렸다.

"흑수 녀석이 보고 싶군."

당이암의 목소리가 커졌다.

"형님, 죽은 사람은 그만 찾으십시오!"

*　　*　　*

고세옥이 사천 수유현의 길을 걸어갔다. 삼 년 동안 충분히 자라 건장한 청년이 된 그는 당화련을 닮아 상당한 미색을 자랑했다.

수유현의 아가씨들이 그를 훔쳐보며 소곤거렸다.

"꺄악! 고 대협께서 돌아오셨어!"

"어머, 나 이제 어떻게 해. 나 죽을 것만 같아."

"아, 저 넓은 가슴에 안겨봤으면."

젊은 아가씨 하나가 아쉬운 듯이 말했다.

"꿈 깨라. 고 대협은 사천당문 문주의 아들이 됐잖아. 그뿐이야? 무공은 또 얼마나 대단해? 머지않아 구룡이화가 십룡이화로 바뀐다는 소리까지 들리는데. 그런 고 대협을 니들이 노린다고 될 것 같아?"

"흥. 꿈도 못 꾸니?"

그녀가 한심하다는 표정으로 말했다.

"제일 비참한 게 뭔지 아니? 고 공자는 소라 언니밖에 모르잖아. 그것도 삼 년째 생강시 상태로 있는 소라 언니밖에… 너희들이 그러면 그럴수록 생강시의 상대도 안 된다고 스스로 인정하는 것밖에 안 돼."

아가씨 하나가 한숨을 쉬었다.

"에휴. 맞아. 또 소라 언니 보러 돌아온 거겠지. 말도 못하고 사람도 못 알아보는데 차라리 석상을 보지 뭐 하러……."

*   *   *

점창 장문인 유본기가 눈을 떴다. 자기 방 천장이 눈에 들어왔다.

유본기가 몸을 일으켰다. 오랫동안 움직이지 않은 뼈마디가 비명을 질렀다.

"아픈 것을 보니 난 아직 살아 있군."

유본기가 힘들게 움직여 방문을 열었다. 시원한 바람이 들어왔다. 맑고 푸른 하늘을 보자 눈이 부셨다.

"저 하늘을 다시 볼 줄은 몰랐는데……."

점창파 제자 장창권이 그 앞을 지나가다가 유본기를 발견했다. 장창권의 몸이 나무토막처럼 굳었다.

다음 순간, 장창권이 유본기에게 달려왔다.

"장문인! 깨어나셨습니까?"

유본기가 손을 흔들었다.

"호들갑 떨지 마라. 내가 얼마나 자고 있었느냐?"

장창권은 감격에 떨었다.

"이 년입니다. 이 년! 이 년 만에 깨어나셨습니다. 모두 포기하고 있었는데… 장문인!"

"녀석, 조용히 하라니까."

"크흑. 알겠습니다."

"이 년이라. 마치 하룻밤 자고 일어난 것 같은데 이 년이라……."

"정말 긴 시간이었습니다. 이제 일어나셨으니 정말 다행입니다. 당장 이 소식을 모두에게 알리겠습니다."

유본기가 미소를 지었다.

"창권아, 난 왕삼 대협을 먼저 보고 싶구나."

"예?"

"왕삼 대협을 좀 불러주겠느냐?"

장창권이 나름대로 상황을 판단하고 말했다.

"장문인, 너무 오래 정신을 잃고 계셔서 아직 머리가 맑지 못하신가 봅니다. 이미 죽은 왕삼 대협을 여기서 찾으면 어떻게 하십니까?"

"죽어? 왕삼 대협이? 지금 점창에 머무는 것이 아니라 죽어?"

"시체는 발견하지 못했습니다. 하지만 천하제일협객 왕삼 대협이 죽었음은 누구나 인정하는 명백한 사실입니다."

유본기가 고개를 갸웃거렸다.

"이상하구나. 그의 목소리를 들은 것 같은데……."

*   *   *

구소라가 눈을 떴다. 몸을 일으켰다.

"아파……."

온몸이 아팠다. 안 아픈 곳이 없었다.

그녀는 주변을 둘러보았다. 표정이 밝아졌다.

"나, 이제 내 마음대로 움직일 수 있구나."

비틀거리며 움직여 방문을 열었다. 숨을 크게 들이쉬며 기지개를 크게 켰다.

"후아아. 마음대로 움직이는 건 정말 좋네."

누군가의 비명 소리가 터졌다.

"꺄아아악!"

구소라가 고개를 돌려보았다. 구가장에 고용된 젊은 여자가 그녀를 보고 비명을 지르고 있었다.

“왜……."

그녀가 채 질문하기도 전에 고세옥이 담을 타고 뛰어넘었다. 물 흐르듯 부드러운 경공이었다.

고세옥은 구소라를 보고 움직임을 멈췄다.

“누, 누나!"

구소라가 웃었다. 그녀는 지난 삼 년간 육체에 정신이 갇혀 있었다. 눈을 뜨고 있는 동안은 주변에서 일어나는 일을 볼 수 있었다. 눈을 감고 있을 때는 소리를 들을 수 있었다. 고세옥이 지난 삼 년간 그녀를 얼마나 애타게 불렀는지 너무 잘 알았다.

“세옥아."

고세옥이 눈물을 글썽거리며 구소라를 와락 껴안았다.

“누나! 누나! 누나!"

구소라의 얼굴이 붉어졌다.

“왜, 왜 이래?"

하지만 빠져나가지는 않았다. 안긴 채 질문했다.

“그런데 세옥아, 서 대협은 왜 안 보이니?"

고세옥이 그녀를 안은 채 질문했다.

“누나, 흑수 형은 왜 찾아?"

구소라가 고세옥에게 머리를 기대며 행복한 얼굴로 말했다.

“그냥. 목소리를 들은 거 같아서."

*   *   *

무림맹주 검왕 혁천세가 찻잔을 내려놓으며 말했다.

"서흑수가 살아 있을 가능성은 조금도 없을까?"

군사 제갈관우가 차를 한 모금 마신 후 확신에 찬 얼굴로 말했다.

"확실히 죽었습니다. 그가 살아 있다면 최소한 고소미라도 나타났어야 합니다."

*   *   *

사천 수유현 고가장의 대문이 벌컥 열렸다.

"엄마!"

장원에서 일하던 사람들의 시선이 일제히 대문으로 향했다.

고소미가 기운차게 소리쳤다.

"엄마 딸이 돌아왔어!"

『천하제일협객』 終.

작가 후기

　문득, 이전에 쓰던 것과 조금 다른 사정을 가진 사람의 이야기를 쓰고 싶어졌었습니다.

　그래서 계획한 천하제일협객의 이야기는 처음에는 대단히 어둡고 무거웠습니다.

　제목 역시 천하제일협객이 아니라 '광마' 라고 정했습니다.

　뼈대와 틀을 다 만들고 나서야, 처음 계획대로 쓰면 이야기의 무게가 너무 무거워져 많은 독자들이 읽을 수 없게 된다는 것을 깨달았습니다. 고민을 하다 결국 읽기에 부담스럽지 않을 수준까지 이야기의 무게가 가벼워지게 조정했습니다.

　무게 조정에 실패한 걸까요? 이게 잠룡전설과 유사하다는 평을 볼 때마다 이해를 할 수 없었습니다. 그 정도로 가볍게 쓰지는 않았는데…….

　글의 무게만이 아니라 제목도 바꿔야 했습니다. 이미 '광마' 라는 제목을 가진 글이 있었습니다.

'광마'는 '천하제일'로 바뀌고 그것이 다시 '천하제일협객'으로 바뀌었습니다.

광마는 이 이야기의 배경이 되는 저주입니다. 천하제일은 여러 등장인물들이 원하는 목표입니다. 그리고 천하제일협객은 주인공의 잃어버렸던 꿈입니다.

천하제일협객을 쓰면서 생각했습니다.

'고소미에게 정을 붙인 독자라야 납치된 이후를 재미있게 읽을 수 있겠구나.'

서흑수와 고소미 사이의 이야기로 1권이 통째로 채워진 것은 그 때문입니다.

이 글은 원래부터 추리 무협이 목표가 아니었습니다. 약간의 추리가 가미된 추격 무협에 가깝습니다. 본격 추리 무협은 글 솜씨가 좀 늘어나면 시도해 볼까 합니다.

　그리고, 이제 완결됐습니다.

　완결 후기를 쓸 때는 곧잘 뿌듯함과 아쉬움이 교차합니다. 하나의 이야기를 마무리 지었다는 뿌듯함과 부족한 부분에 대한 아쉬움이 함께 합니다.

　천하제일협객은 제가 지금까지 쓴 무협 중에서 아쉬움이 가장 많이 남는 글입니다. 아무리 아쉬워도 이미 출판되어 나온 이야기를 되돌릴 수는 없습니다. 이 이야기는 이것으로 끝났습니다.

　읽을 만하셨는지 모르겠습니다.

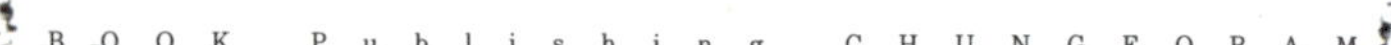